光文社文庫

長編推理小説

雑草群落(上)

松本清張プレミアム・ミステリー

松本清張

光　文　社

目次

雑《ざつ》草《そう》群《ぐん》落《らく》（上）

現　場

雨は昼間より激しいものに見えた。ヘッドライトの先の舗道に白い水煙が立ち昇っている。

「すっかり梅雨《つゆ》だね」

高尾庄平《たかおしょうへい》はタクシーの運転手の背中に話しかけた。

運転手は返事をしない。車を止めて煙草を吸っている。前に車の列がつかえているので、不機嫌だった。新宿から甲州街道へ抜ける西口のあたりはことに混雑する。

夜の九時ごろだが、いつもだと、すいているのに、雨のせいで、数も多く、容易に進めない。ワイパーだけがフロントガラスにいそがしく回転していた。

遠くの信号が青に変わっても車はわずかに進んだだけだった。

運転手は舌打ちして煙を吐く。

「雨が降ると、君たちも忙しいね」

高尾庄平は愛想を言った。

「いくら忙しくても、こう走れないんじゃ商売にならないよ」

運転手は、いらいらした声を投げた。

庄平は、雨滴の流れている窓から外をのぞいていた。商店街の明るい灯の下では無数の傘《かさ》が動いていた。

ここから幡ケ谷《はたがや》までは、いくら手間どっても十五分あれば行きつく。十五分後に女のアパートに入っている自分を想像し、庄平は腕時計を一瞥《いちべつ》する。九時三分。

どこかで、消防車のサイレンが鳴っていた。

ようやく交差点を通過した。甲州街道にかかると、運転手はこれまでの無駄な時間を取り返すように、ぐいとアクセルを踏んだ。

高尾庄平は、横倒しになった。

運転手が気づいて、ちょっと速度をゆるめた。

「お客さん、大丈夫?」

と、顔を横に向けた。

「いや、大丈夫だ。……しかし、急にスピードを出すものだから」

庄平はクッションに坐《すわ》り直した。

「このぐらいのことは普通なんだけどな。お客さんは年取っているから」

運転手は、すみません、とも言わなかった。

庄平は、運転手が詫《わ》びを言わないよりも、年寄り扱いにしたのが癪《しゃく》だった。

「年って、それほどでもないよ。誰だって急ブレーキの反動じゃ、がくんとなるよ」

「へえぇ。お客さん、若いのかな？」

運転手はまた速度を出しながらバックミラーを見上げた。

「どう見ても六十くらいだが、違うかな？」

庄平は黙った。六十二歳である。

「もっとも、このごろは、年寄りもみんな気が若くなってるからね。寿命が延びたからな」

と、運転手は嘲《あざけ》るように言った。

客が沈黙したので、運転手は前の自家用車を追い抜いて自由にハンドルを切っている。

消防車が横を走り抜けて行った。

「おっと、そこでいいんだ」

庄平は、目標の映画館の灯が見えたところで叫んだ。

「お客さん、もっと早く言ってもらわなくちゃ困るね。急に止められやしないよ」

若い運転手なので、庄平は口喧嘩《げんか》もできなかった。

タクシーを降りて甲州街道口《ぐち》を横断しようとしたとき、庄平はおどろいて立ち停まった。

二百メートルばかり先が十字路になっているが、そこに警官が十人ばかり出て、雨の中で提灯《ちょうちん》を振っている。そこも車が混雑しているだけでなく、傘をさした多勢の人間が駈け出したり、街角に集まったりしていた。サイレンを鳴らして消防自動車が一台、十字路を右に走りこんだ。

さっきのタクシーの中でもサイレンの声を聞いたが、火事はこの近くだったのか。見上げると、屋根の向こうが赤くなって夜空に煙が流れている。

急に胸騒ぎが起こった。横断歩道を急いで渡り、映画館の手前から狭い路地に曲がった。路地には多勢の人間が集まっている。傘のため、群衆はほとんど身動きできないでいた。路地の正面の、軒と軒との間には、赤煙が渦巻いていた。これは近い。方向からして和《かず》子《こ》のアパートの近所だと直感した。

「どこが火事ですか?」

庄平は眼の色を変えて、そばに立っている青年に口早に訊いた。

「なんでも、アパートということですがね」

青年は無関心そうに答えた。

「アパート? 何というアパートですか」

この辺はアパートが多い。庄平が和子のところに行く途中も、左右に大きいのが四つも五つもあった。

「さあ」

庄平は、その男が知ってないので、人の肩の間をすり抜けるようにして前に出た。

炎の色が急速に褪《さ》めて、黒い煙が濃くなってきた。消防のエンジンが間近に聞こえている。

先に行くほどヤジ馬は多くなっている。狭い通りは群衆で真っ黒に詰まっていた。

「火事はどこですか？」

庄平は、またそこで中年の女に口早にきいた。

「アパートですよ」

「何という？」

「八幡アパートだそうです」

庄平は、心臓が破れるくらいに早く搏《う》った。

やはり、和子のアパートだった。瞬間に、炎を避けて逃げ惑う和子の姿が浮かんだ。

「怪我人は出たんでしょうか？」

庄平の顔はもう蒼ざめた。

「別に、そんな話は聞きませんがね」

庄平は、できるだけ前に出たかった。彼は人の肩を小突きながら無理に進んだ。

この路地は消防車も入らないので、ヤジ馬には絶好の場所となっている。

「もう、消えてしまった」

という声が群衆の間から洩《も》れた。

「八幡アパートだけが焼け落ちて、ほかは助かったらしい」

「雨が降ってたおかげだ」

全焼と聞いて、庄平は脚がふるえた。

高尾庄平は、できるだけ八幡アパートの見えるところまで行きたかった。とにかく、それを見届けなければ落ちつかない。和子の安否が知りたかった。

彼は邪魔な傘をすぼめて、人の間をかき分けた。頭から雨を浴びたが、そんなことにかまっていられなかった。

さっきから漂っていたキナくさい臭いが強くなった。空から黒い灰が落ちてくる。

ようやく前に出たが、その先は縄が張ってあって、消防署員と町内の者とが提灯を持って立っていた。そこまではまだ人垣がつかえているが、それでも現場の模様は眼に入った。

かなり大きかった木造二階建てのアパートが、黒焦げの柱を残して完全に失われていた。ただ、建物の端のほうがいくらか焼け残って、残骸を危うく立たせている。ホースの水が無数の筋になって余燼《よじん》の上にかけられていた。伸び上がってみると、消防署員が動いているだけで、焼け出された人間の影は見当たらない。

「よく焼けたものだ」

傍らでは人が言っていた。

「古かったからな、雨の中でもよく焼けた道理だ」

「ガスコンロの不始末だそうじゃないか。このアパートには、バアや料理屋に勤める女が居たから、火元は、そういう連中かもしれない」

「それにしてはまだ時間が早いのに、どうしたんだろうな？」

「きっと、休みの女がうまいものでもつくっていたんだろう」

庄平は気が気でなかった。見物人の想像に思い当たるところがある。

「火元は、まだはっきりしませんか？」

彼はシャツだけの男にきいた。

「さあ、わからないね」

相手はじろりと庄平の顔を眺めた。

庄平は顔をそむけた。誰からも注目されたくなかった。

「焼け出された人は、どこに行ってるんでしょうか？」

と、庄平は、反対側の商人らしい男に向かって質問した。

「さあ、どこだかね。それぞれ知り合いのところに入りこんでいるんだろう。そうでなかったら、近くの小学校の講堂かな。火事にはお定まりだからな」

和子のことは人にきけなかった。それに、尋ねたところで何も知らないにちがいない。

庄平は、ここに立っていてもどうにもならないと思いながらも、もう少し様子が詳しくわかるまではとなおもたたずんでいた。相変わらず火は完全に水に叩き消されて、黒い煙だけが上がっていた。すでにゆっくり鐘を鳴らして引き揚げる消防車もあった。

庄平は、もっと様子のわかる場所はないかと爪立ちした。ここよりも向かい側の路地に移ったほうが、あるいは事情がわかるかもしれない。

再び人混みを分けて引き返そうとしたとき、

「あら」

女の低い声が庄平の耳に聞こえた。

庄平は思わずそっちをむいた。

四十くらいのおかみさんのようだったが、眼をまるくして庄平を見ている。人混みの間から身体まで乗り出していた。

庄平は、本能的に顔をそむけて、急いでその前から逃げた。今の女が何か言いたそうにしているのを振り切るような脚だった。

あのアパートの近くの、どこかのおかみさんだろうと思った。こちらは見おぼえはないが、先方では庄平のことを知っているらしい。知っているとすれば、和子のところに足を運んでいるときだ。

庄平はおびえた。もう、和子の行方を捜して回る段ではなかった。そんなことをすれば、ますます、自分の顔が人に見られる。

彼は路地を引き返した。火が消えたので、ヤジ馬もぞろぞろ帰っている。その人混みにまじって、庄平は下を向いて歩いた。

甲州街道に出たが、人があふれ出て、タクシーは警笛を鳴らしながらのろのろ走っていた。

彼は急いで、その一台を拾った。

「麻布《あざぶ》の市兵衛町」

行く先だけを言って、疲れたように座席のうしろに背中をつけた。

「火事ですか？」

運転手がハンドルを動かしながら背中越しに訊いた。

「そうらしいな」

「そうらしいって、お客さん、火事見舞いじゃなかったんですか？」

「違うよ」

「だけど、肩から袖にかけてコートが泥だらけですよ」

庄平はあわててハンカチを出し、言われたところをぬぐった。ハンカチはすぐに真っ黒になった。彼は、もう一度、拭《ふ》いた。

車が自分の家のほうへ向かっているので、よけいに和子のことが気遣われた。危難に遇《あ》っているのを、そのまま見殺しにして逃げて来たような思いである。死傷者はなかったから、まあ、よかったものの、和子はどこに避難しているのだろうか。

火元は、バアか料理屋に勤めている女らしいと、ヤジ馬が話していた。ガスコンロの不始末が原因かどうかはわからないが、もし、そうだとすれば、あのヤジ馬の話のようにガスコンロをつかっていたかもしれぬ。庄平が今夜くるとわかっているから、和子は勤めを休んで、その用意にかかったような気がする。たった独りで居るから、彼女が鍋をかけて、ちょっと用足しに出た留守に、ガスコンロの火がほかのものに燃え移ったのではあるまいか。

幡ケ谷が遠くなるにつれ、心が残った。うしろ髪を引かれる思いとは、こういうときの気持ちだろう。といって、引き返す気は毛頭起こらなかった。こっちの顔をおぼえている女に見られただけで懲《こ》りた。

もし、和子のとこが火元だとすると、彼女は警察に調べられる。そんなところに顔でも出そうものなら、女との関係がすぐにわかってしまう。

車は赤坂見附に出た。ネオン看板の多いここは、幡ケ谷の火事とは全く切りはなされた日常の光景だった。

高尾庄平の家は、麻布市兵衛町の表通りからせまい坂に降りる途中にある。有名なホテルのある一帯は昔の名残《なご》りがいくらかある屋敷町だが、長い塀の間を降りると、崖下に小さな家がならんでいる。表通りよりも、こんな裏通りが近代的な住宅地になっている。

やっと車の入る路に乗り入れさせた庄平は、自宅の前で降りた。

「お帰んなさい」

嫁の杉子《すぎこ》が玄関の灯を入れて迎えた。濡れた傘を取り、コートを肩からはずしてくれる。

「あらあら、泥だらけ」

杉子が言ったので、庄平はぎょっとして彼女の手に垂れ下がったコートの裾を眺めた。

「傘が泥だらけですわ」

傘の先から半分くらいのところまで泥が付いている。傘までは気がつかなかった。火事の現場を見たとき、これをすぼめたおぼえがあるから、そのときに付いたにちがいない。

「どこをお歩きになったの？　これ、すぐ洗いますわ」

「うむ、ちょっと」

とっさのことで、行く先の土地の名が出なかった。

裏庭の見える、奥の八畳の間に坐った。二階全部と下半分が洋式になっている。新築するとき、息子の健吉《けんきち》が全部洋式にすると言い張ったのを、やっと階下半分だけ和室を残させた。

庄平は火事のことがまだ気になっている。和子は、今夜彼が行くことがわかっているので、気をもんでいるだろう。当然、和子のほうでも自分の現在を彼に報《し》らせたいはずだった。

電話がかかってくるかもしれないな、と思った。しかし、夜は絶対にかけてこないように言い渡してあるから明日になるだろう。早く消息が知りたかった。

和子は、彼が火事現場まできて、黙って逃げたことも察しているだろう。薄情を恨んでいるにちがいない。和子の責める声が今から聞こえそうであった。庄平に気の重いことがもう一つふえた。——

妻の友子《ともこ》がせかせかと入ってきた。

「おや、もう外の用事は済んだんですか？」

妻には、横浜まで行ってくるので遅くなると言ってあった。

「電話がかかってきて、先方の都合で別な日に変わったのだ」

庄平は無表情に答えた。

「そうですか。あんた、まだ、着かえないんですか」

「いや、着かえる」

わざとぐずついたあとで起《た》った。友子は庄平よりも背が高い。手が筋張っている。

「たいへんな汗」

友子は庄平の脱いだシャツを握るようにした。

「どこへ行ったんですか。杉子から聞くと、傘も泥だらけだったそうですが」

「うむ、ちょっと、道の悪いところを歩いたんだ……」

高尾庄平は、妻に食事の支度をさせた。

「あら、まだ食べてなかったんですか？」

女房は怪しそうに訊いた。

「ああ、まだだよ」

「今夜は外で済ませるからと言って出かけたでしょ。そのつもりでいたから何もありませんよ」

「相手が都合でこられなかったから、そのまま帰って来たのだ」

その晩飯は和子といっしょに食べるはずだった。あの火事も、あるいは和子がその支度にとりかかっていたのが原因かもしれない。

「杉子さん、何かお父さんの食べるものある？」

妻は襖《ふすま》越しに嫁に訊いていた。

「大したものはないと思いますけど、いま、見てみますわ」

台所に行く杉子の気配がする。

「健吉はまだ帰らないのか？」

杉子の足音を聞いて庄平は訊いた。

「今夜はどこか得意先に行くので遅くなるそうです」

庄平は黙った。健吉が夜中まで行く得意先に彼は心当たりがなかった。が、それは口の中に呑んだ。微《かす》かに杉子へ憐憫《れんびん》みたいなものが浮かんだ。このごろは健吉の帰りの遅い日がよくつづく。

「こんなものしかありませんけど」

襖をあけて杉子が鮭《さけ》の粕漬《かすづ》けを見せにきた。

「ああ、それでいい」

「雲丹《うに》がまだ少しは残っていたわね？」

女房が言うと、杉子はうなずいて襖を閉めた。

妻は、小さな飯台を出して茶碗をならべている。庄平は、支度の出来るまで所在なさそうにテレビを見ていた。

歌謡曲みたいなものだったが、すぐにニュースに変わった。

茶碗の触れ合う音を聞きながら、政治家の顔が映るのを見ていた。すると、最後のほうになって「今日の出来事」という字幕が入り、「今夜八時半ごろ、幡ケ谷でアパートの火事がありました」

という声が聞こえたので、庄平はびっくりした。

画面を見ると、白い炎が焼け落ちた屋根の上にチョロチョロあがっている。消防署員らしい黒い影がうろうろしていた。声がつづいた。

「焼けたアパートは、渋谷区幡ケ谷××番地の八幡アパートで、午後八時十分ごろ、一二号室の田川一夫さんの部屋から出火、たちまち老朽した同アパートをひとなめして鎮火しました。消防活動の不便な所でしたが、幸いなことに雨のためと、懸命な作業とで他への類焼は免れました。原因は目下調査中ですが、漏電の疑いが強くなっています。なお、同アパートの二十一世帯は焼け出され、その大部分が付近の小学校に避難しました。鎮火は九時十五分ごろでしたが、付近は家屋が密集し、一時は大混雑でした」

庄平は、画面に映る火事現場の模様を息を呑んで見つめていた。

画面には、ほんの何秒かだったが、ヤジ馬の密集しているところが二場面ほど映った。撮影にライトを向けたらしく、群衆の顔が白くはっきりと出た。

庄平は思わず身を引いた。その中に自分の顔が映っているような気がしたが、よくわからないうちに次の場面に変わってしまった。

「まあ、火事があったのね？」

女房の友子が庄平のうしろから声をかけた。皿をならべる手を休めて見ていたらしい。

「そうらしいな」

庄平は、なるべく興味のない顔をした。

「ちっとも知らなかったわ。こちらは気がつかないでも、東京では必ずどこかで火事が起こってるのね」

友子は無関心そうに言った。庄平が、ほっとしていると、杉子が焼けた鮭と、雲丹の瓶詰と、それに燗《かん》のついた銚子を一本運んできた。火事の話題はそれきりになった。

杉子は友子の傍に坐って、飯台の上の支度を手伝った。

「今夜、健吉はだいぶん遅くなるように言っていたの？」

友子が杉子に訊いている。

「ええ、十二時すぎるかもしれないと言って出かけましたわ」

杉子はちょっと眼を伏せて答えた。

「そんなになるの？」

「佐川先生のところに伺って、それから、都合次第ではどなたかのお宅にごいっしょに回ると言ってましたわ」

「そう」

友子は黙って庄平を見返した。

「そこに行けば遅くなるかもしれないな。佐川さんは呑兵衛だから」

庄平は盃を口に当てた。

健吉が佐川のところに行ったというのは嘘だろう。ちょっとぐらい寄ったかもしれないが、それが今夜遅くなる理由ではなさそうだった。

このところ、庄平は健吉とあまり話す機会がない。家の中でも、店でも、絶えずすれ違いになっている。健吉のほうが父親を避けている感じだった。健吉は健吉でひとりで商売しているようなふうにみえる。

しかし、息子が今夜遅くなるのに、まるきり心当たりがないでもなかった。だが、これは女房や嫁の前では言えない。

その杉子も、庄平が食事を済ませる途中で自分たちの部屋に引き取った。

「健吉は、ほんとに商売で遅くなるんですか?」

嫁が去ってから妻は訊いた。

「どうだか、おれにはわからない。骨董の商売はな、おまえにわかっているように、いつ、どんな用事が起こるかわからないし、誰かに会って話すのも先方次第だからな」

庄平は、いつか息子の味方になっていた。間接的には自分の弁護でもあった。

「お父さんから少し健吉に言ってみたらどうですか。近ごろ、様子がおかしいと思いませんか。あれじゃ杉子が可哀想ですよ」

翌朝、庄平は、枕もとで朝刊をひろげた。腹ばいになって、煙草をくわえながら新聞を読むのが習慣になっている。

一番に社会面をさがした。出ていた。昨夜は都内に三つ火事があったらしい。幡ケ谷のは一番小さく、最後に扱われている。庄平は、八幡アパートの罹災《りさい》者の活字がならんでいるのを、老眼鏡ごしに見つめた。

その中に「料理屋従業員野村和子」の名前がはさまれていた。

避難先は載っていない。昨夜のニュースでは、近くの小学校ということだったが、そこにノコノコ訪ねて行くわけにはいかなかった。ほかの連中に顔を見られるのを何よりもおそれた。

といって、和子にこちらから連絡するアテもなかった。先方から何か言ってくるのを待つほかはない。和子には電話を店のほうに寄こさせているから、今朝、早速かかってくるにちがいない。

庄平は、いつもより早く床をはなれ、顔を洗った。

「もう、お出かけですか？」

友子が、茶の間に入ってきた庄平のそわそわした様子を見上げた。

「今朝、約束の客が店にくることになっている」

食卓にはまだ用意が出来ていなかった。

「杉子さん、お父さんの食事を早くしてくださいな」

友子は障子をあけ、台所に向かって言っていた。杉子の返事が聞こえた。

「健吉は、昨夜、とうとう帰らなかったんですよ」

友子は暗い表情で坐った。

返事の代わりに庄平は、顔をしかめた。

「お父さんに何も言わなかったんですか？」

友子はきいた。

「何も聞いていない。それは昨夜も言ったはずだ」

「変ですね。心当たりもないんですか？」

「さあ、いま、二、三口ひっかかっている話があるが、それ以外は、どうも心当たりはない」

庄平は曖昧《あいまい》にぼかした。息子を弁護するのではなく、自分を匿《かく》す気持ちだった。

「杉子、どうしている？」

「それは、あなた、しょんぼりしてますよ」

「………」

「昨夜も一時すぎまで起きてたらしいわ」

友子があとを言いかけたとき、杉子が食事を運んできた。

「お早うございます」

「お早う」

健吉のことが素直に口に出なかった。杉子もその話を避けるように、活潑《かっぱつ》に茶碗や皿をならべていた。夫婦は、そんな嫁の快活な動作を憮然《ぶぜん》として見ている。杉子のわざと明るい素振りが、夫の話が出るのを封じているように思えた。

庄平はとうとう健吉のことが杉子に言えず、逃げるように早い食事を終わった。

「お店へ出たら、健吉の様子がわかるでしょ。わかったら、すぐに電話してくださいな」

友子が別の部屋で洋服を着ている庄平のそばに来て言った。

古美術商『草美堂』は、日本橋のビルの二階にある。

一階は外国の航空会社の営業所があったりして、派手な通りになっている。そのほか、有名な宝石商や、真珠店、化粧品店、衣料品店などが店をならべていた。

借りている二階の三室つづきは古美術商らしく店つきは整っていた。陳列窓には、古い皿や壺、小さな軸ものといったものが、茶室を思わせるような雰囲気で出されている。場所柄、ときどき外国人が立ち寄るが、店の品格が悪くなるといって、土産品《スーブニール》まがいのものはいっさい置かなかった。

店は、古くから使っている山口という三十を越した番頭と、女店員が二人だった。

庄平は、お早うございます、という皆の挨拶に迎えられて奥の部屋に入った。ここだけが店と区切られた彼の居場所であった。狭い畳の隅には紐のかかった四角な棚箱が積み上げられてある。

「山口」

庄平は番頭を呼んだ。

「健吉は、昨夜、どこか商売に行くと言っていたかい？」

山口は、肥った身体をもじもじさせて、

「なんですか、今朝、電話がかかりました」

と言った。庄平が店に入って、一番に眼で捜したのが健吉の姿である。

「ほう、何時ごろ？」

「はあ。旦那が見える三十分ぐらい前でした。いま申しあげようと思ってたところです」

「なんと言っていた？」

「昨夜十時の汽車で急に静岡に行くことになって、いま、まだ静岡にいるが、午後早く東京に帰るということでした」

「静岡からの電話か？」

「へえ」

「用事は言わなかったか？」

「帰ってから旦那に話すと言っておられました。なんでも、急に掘出し物のような話があったので、あわをくって来たのだが、期待はずれだったということでした」

庄平は、むずかしい顔をした。静岡の急な出モノは口実だろうと察した。期待はずれで商売にならなかったという言葉が、そのまま健吉の行動を決定している。

近ごろのはどこの女だろうと思った。庄平には心当たりがない。山口は知っているかもしれないが、いまは訊けなかった。

それよりも、和子から電話がくるのを心待ちにした。

同業のカツギ屋が入ってきて、一時間ほど無駄話をして行った。カツギ屋は店舗もかまえず、古物商の鑑札も持たず、口先一つで仲介をしながらリベートをかせぐ一匹狼である。話好きの庄平もこの日はカツギ屋の駄ボラにつき合っている気がしなかったのである。一つは、かかってくるはずの和子の電話に心が惹《ひ》かれていた。

「社長さん、お電話です」

女事務員が顔をのぞかせた。彼女たちは社長さんと呼んでいる。電話が二つあって、店のはそこまで出なければならない。

「誰から？」

「竜泉堂さんからです」

竜泉堂は、和子のかけてくるときの偽名だった。同業らしい名前で、庄平のつくった架空名である。

庄平は店の電話に出た。女店員の一人は陳列品を拭いている。一人は帳簿を見ていた。

「わたし、和子」

受話器に早口の声が聞こえた。

「ああ、どうしている？」

庄平は受話器を手で囲った。現場から逃げたうしろめたさで胸が痛んだ。

「わたし、すっかり丸焼けよ。あんた、昨夜、すぐ近くに来てたんでしょ？」

和子の声が追及した。

「ああ」

「じゃ、みんな、あの火事を見てるわね？」

「ああ」

「……そこに誰かいるの？」

「うむ」

「じゃ、わたしだけが言うから、聞いててちょうだい」

「……」

「いま、友だちのところにいるの。場所を言うわ。書き取って」

庄平は、うろたえて電話機の横に備えつけの鉛筆と紙を取った。

「いいこと？」

「ああ」

「杉並区高円寺×丁目××番地つつじ荘一六号室。つつじは植物のつつじよ」

「うむ」

「電話番号を言うわ」

庄平は、和子が区切って一字一字言う数字を書き取った。

「友だちの名前は富永喜久子。その人ひとりでいるから、転げこんだの。でも、長くは迷惑だから早く落ちつき先を捜したいわ」

「そうだね」

「あんた、今すぐ出られる？　いろいろと話したいわ」

「うむ」

「そう。場所は、高円寺駅の北口で降りてすぐだわ。角に交番があるから、そこを西のほうに曲がって百メートル行ったところから、また右に折れるの。面倒だったら、その辺で訊いたら、すぐアパートはわかるわ」

「よし、わかった」

「……ねえ、あんた、昨夜は、ずいぶん長いことあんたのくるのを待ってたのよ。近所の人が手伝ってくれたから、少しは荷物も持ち出せたけど、あんなとき、ほんとに情けなく思ったわ」

「………」

「それにしても薄情ね」

和子は予想どおり恨みを言った。

「すみません。事情は、会ってから話します」

庄平は取引仲間に言うように話した。

「聞かなくても、大体の察しはついてるわ。でも、あんなときだから、ちゃんと力になってくれると思ってたわ」

和子は、自分の言葉に昂奮しかけたが、思い返したように、

「今さら、こんなことを言ってもはじまらないわね」

と、低く笑った。

「とにかく、なるべく早くここを出ます」

庄平は脂汗をふく思いで答えた。


高円寺駅で降りた庄平は、教えられた和子のアパートの途中まで行ったが、足がそこで止まった。今朝出がけに友子から、健吉のことを電話で知らせてくれと頼まれたことを思い出したのだ。

彼は、煙草屋の店先に置いてある赤電話を取った。

出たのは嫁の杉子だった。

「おれだがな」

と、庄平はやさしく言った。

「健吉は、昨夜、商売で静岡に行ったらしい。急に出モノがあると聞きこんで、わしにも連絡する暇がなくて直行したそうだ」

「あら、そうですか」

気のせいか、杉子の声には、勢いがなかった。

「それでな、今日午前中には帰ると言っていたから、今晩は普通に戻るだろう。わかったな。お母さんも心配してたから、おまえから、そう伝えておくれ」

「お父さん、いま、お店からですか?」

「いや、ちょっと、出先からだ」

公衆電話でかけているのは、杉子が受話器を取ったときにわかっている。

「そいじゃね」

「はい。わざわざどうも」

電話は杉子から先に切った。

杉子は健吉のことをうすうす感づいているようである。今の電話の声の調子も、そんな反撥《はんぱつ》が感じられる。健吉にそれとなく注意しようと思った。

いったん電話機を置いたが、また思いついて、手帖をポケットから出した。書き取った、和子のアパートの電話番号にダイヤルを回した。

管理人らしい声の次に、知らない女の声が出た。それが和子の言った友だちであろう。和子の名を告げると、すぐに本人に替わった。

「高円寺駅まで来ているんだが、ここまで出てこないか」

庄平はすぐに言った。

「あら、駅なの。そんなら、ここまで近いから、いらっしゃいよ」

和子は高い声を出した。

「うむ、実は、そこに行くつもりで来たんだが、どうも、いきなり知らない人の部屋に行くのが怖《お》じけてな。おまえのほうから、ここまで出ておいで」

「あら、平気よ。わたしが厄介になっている友だちにも会ってもらいたいわ」

「うむ、それもそうだが……ま、それは別の日にしよう。いまは、そのつもりできてないんだ。それに、そんな所で詳しい話もできないしな。また、わしのような男がそっちに行けば、アパートの人にじろじろ見られる。駅まで来てくれたほうが、ずっと気が軽いんだよ」

「相変わらずね」

和子は言ったが、けっきょく、

「じゃ、すぐに行きます」

と承諾した。

車の混雑している駅前で十分ばかりぶらぶらしていると、人混みの中から、赤いセーターに黒いスラックスをはいた和子が、あたりを見まわしながら現われた。

庄平は、その服装から、はじめ、人違いではないかと思った。

庄平は、和子を促して駅構内のベンチにならんでかけた。

「すまなかった」

庄平は、自分から先に頭を下げた。

「気にかかっていたんだが、つい、行きそびれて、あの場から戻った。まあ、勘弁してくれ」

「ずいぶん薄情ね」

うすい赤いセーターを着た和子は彼をにらんだ。

「どんなに口惜しかったかしれないわ。ほかのことではなく、火事で焼け出されたのを知っていながら逃げ帰るなんて、あんまりだわ。それがあんたの本当の気持ちなのね」

「何と言われても返す言葉がない。ほんとに申しわけのないことをした。決しておまえを見捨てたというわけじゃない。昨夜なんか気になって、ろくに寝られなかったくらいだ」

「どうだか、わかったもんじゃないわ。あんたも口がうまいから」

「本当だ。そりゃ信じてくれ。だから、今朝おまえの無事な声を聞いたときは、正直、ほっとしたよ。まあ、家財は少し焼けたかもしれないが、身体が無事で何よりだったよ」

「少しどころじゃないわ。ほとんど無一物になったわ」

和子は両手を振った。

三十二になるが、着ているものが派手なせいか、そのしぐさまで若やいでいる。

「ねえ、早速、どうかしてよ」

「そりゃ考えている。すぐに適当なアパートを捜してみてくれ」

「今まで居たところは窮屈だったから、今度は少し広い部屋がほしいわ」

「そりゃ、構わない」

「それから、必要な道具もすぐに買いたいわ。タンスが丸焼けだったんだもの、中のものだって一つも出してないわ。だって、ちょっと出るのにも友だちから借りて、こんな恰好だもの」

「うむ。その友だちというのは、かなり若い人らしいね」

「そうよ。前にウチで働いていた女の子だけど、ある人といっしょになって、いま、バアに出て働いているわ。二十六だけど」

「そんな子がいたかな？」

庄平は思い出すように黙った。和子は神楽坂《かぐらざか》の待合「はな富」のお座敷女中をしている。庄平が客を招待したり、呼ばれたりして「はな富」に行っている間に、係り女中だったこの女との仲が出来た。一年前からだった。

「そうね、ちょっと出ただけだから、あんたの記憶にないかもしれないわ」

「きれいな子かい？」

「ちょっとアカ抜けがしてるわ。だから、新宿のバアでは相当もてて金になるらしいわ」

「そのいっしょになってる男というのは、どういう人だ？」

「不景気な絵描きさんよ。三十だというんだけど、蒼い顔をして一日中、家の中でモソモソしてるわ」

「絵描きか」

庄平は、小ばかにした顔になった。

それから、和子の珍しい恰好をジロジロと見ているうちに次第に欲望が彼に湧いてきた。

「まあ、こんな昼間から？」

和子はくすぐったく眼で笑ったが、

「こんなところでおまえと話しても落ちつかない。いろいろと、あと始末の相談もゆっくりしたいから」

という庄平の言いなりに従った。

目下、友だちのアパートを借りているので、旅館に行くよりほかなかった。

駅を出ると、空は今日もどんよりと曇ってむし暑い。タクシーのたむろしている地面には、昨夜の雨が水溜まりを残していた。

「降るかしら？」

傘の用意のない和子は、チラリと上に眼を向けた。

「大丈夫だよ。二時間ぐらいはもつだろう」

庄平も空をみて言った。

「二時間？」

和子はその意味をさとって含み笑いをした。

タクシーで新宿にむかった。劇場のある裏側が静かな旅館街になっている。その狭い角で車を止めさせた。

庄平は素早くあたりを見まわしたが、通行人は少なかった。和子は先に小さな路の奥へずんずん歩いている。彼女がある家の門をくぐったのを見てから、庄平は足を早めた。

旅館の玄関はしんかんとしていた。

ここは、和子のアパートでは都合が悪いときに、ときどき利用していた。庭石のところで、掃除支度の女中がおどろいたように二人を迎えた。

「いらっしゃいませ」

女中の笑顔は、馴染み客にむけた親しさだった。

「おねえさん、部屋はあって？」

和子がなれなれしく女中に言った。六十二歳の庄平が肩をちぢめて、女のうしろから歩いた。

「奥さま、今日はすっかりモダンなお姿で」

座敷に入ると中年の女中が和子の赤いセーターに眼をむけた。

「変でしょ。こんな恰好で恥ずかしいんですけど……」

「いいえ、とてもよくお似合いですわ。ずっとお若く見えて……いいえ、そら、お若いに決まってますけど」

「この色と顔とが似合わないわね」

「何をおっしゃいます。おきれいでいらっしゃいますのに」

庄平は、和子に言う女中の世辞を、斜めに背中をむけて聞いていた。

「今日は変な時間に来て、ごめんなさいね。恥ずかしいんだけど、少し話があるというので、引っぱってこられましたわ」

「とんでもありません。ほかのお客さまも、こういうお時間にお見えになりますから平気でございますよ。でも、いつもご円満で結構ですわ」

女中は茶と菓子を運び、風呂の支度をして、両手をついて去った。

「いやアね、こんな昼間から」

和子はスラックスの片膝を崩して茶をのんでいる。

「しかたがないよ」

庄平は湯呑みのフタをとった。部屋には雨戸が入り、電灯がついている。雨戸の隙間から洩れる外光が障子に映らなかったら、夜と同じだった。

「おまえ、その姿もなかなかいいよ」

庄平は、半分照れ隠しに、さっきの女中の言葉をなぞった。

「じゃ、今度は洋服をつくろうかしら。……ねえ、頼んでいい？」

庄平は風呂で身体を流した。

床《とこ》の和子はいつもながらこくがあって、彼を満足させる。三十歳違う女の身体は若く、それに脂の乗りざかりだから、胸も腹も足も皮膚がすべすべしている。肉体には弾力があった。彼女の激しい反応も彼を昂奮させた。

(あんた、無理しないで。心臓が急にヘンなことになったなんてイヤよ)

和子は言うが、庄平は自制できない。じぶんでも若がえった気持ちになるのだった。

先に上がった和子は、もう、セーターとスラックスに着かえて鏡台にむかっている。雨戸の隙間から洩れる光線が障子に白い筋になっていた。

庄平は、旅館の浴衣を脱ぎ、手早くワイシャツを着た。

「ねえ、あんた」

化粧しながら和子が鏡台前から言った。

「いま、胸算用してみたんだけど、新しいアパートの敷金だとか、当座の衣類だとか、調度だとか、ざっと二百万円か三百万円はかかりそうだわ」

「そうか」

庄平はズボンをはいている。

「それくらいは仕方がないだろうな」

「あら、もっと出してくれるの？」

「まあ、当座のものから買うのだな。あとで、どうしても要るものがあれば、そのときにしよう」

「お願いするわ。こう着たきりスズメじゃ、どうにもならないから。それに、あんた、火事の現場から薄情にも逃げ帰ったんだから、罰金も払わなくちゃあね」

「それはわかってるが……いま、不景気だからな」

「あんたの商売もそう？」

「こういう時世だと、一番にこたえる。景気よく買ってくれた客も、骨董などとなると、どうしてもあと回しにするからな。かえって今度は、金に詰まったところから品が出るようになる。元手がかかるよ」

「そう」

和子は、髪を自分で手直しし、

「どう、うしろ、ヘンじゃない？」

と、立っている庄平のほうへ恰好を見せた。

「大丈夫だ。わかりゃしない」

「……お店も、近ごろ、ずっと静かよ」

和子は、話のつづきを引き取った。

「やっぱり、不景気は水商売にいちばん響くから困るわ」

「景気のいい、宴会もないのか？」

「景気のいいのも悪いのも、ずっと少なくなったわ。会社関係がみんな緊縮だから、お座敷はいつも二つぐらいあいてるの。だから、あたしだって収入はへるし、ほんとに泣き面にハチだわ」

和子は、愚痴を言いながら鏡台の前から起った。湯上がりに化粧したばかりなので庄平にはひどくきれいに見える。

「だめよ」

和子は、唇を寄せてくる庄平を押しのけた。

「口紅がつくわ」

「じゃ、ちょっと、その頬っぺたをなめさせろ」

「いいかげんにしてよ。また化粧し直さなきゃならないわ。……それよりも、ねえ、あんた、必要な金、いつ渡してくれるの？」

「明日の午後でも持ってゆくよ」

「きっとね？」

「待て待て。おまえのアパートに行くわけにはいかんから、また、どこか途中まで出て来てくれ」

「いいわ。そのついでに、新しいアパートをいっしょに捜しましょうよ」

旅館を出た庄平は和子と新宿のデパートに行った。さし当たってすぐ着るものがないというので、普段着用の服を買うためだった。

「はな富」には仲居用のお仕着せ着物があるから、通勤は簡単なワンピースでもいいのである。

和子は、出来合いのワンピースを三着択《えら》んで包ませた。庄平もいっしょに見立てた品だ。デパートの若い女店員は、親子でもなし、夫婦でもなし、年齢の違う男女をどう見ただろうか。庄平は気をつかった。

「ついでだから、家具売り場に行ってみたいわ」

和子は包みを抱いて言った。

「まだ早いじゃないか。明日、アパートが決まってからでも間に合うだろう」

庄平は腕時計を見た。もう、三時間ぐらい、店を空けている。

「あら、ついでだもの、下見しておいても損はないわ。いま買うというわけではなし、値段を見ておいたら、予算も立つわ」

と、もっともな理屈を言った。

庄平は、エレベーターで五階にあがった。家具売り場の客は静かだった。その代わり大きな商品が広い売り場を埋め尽くしている。客はその間をチラチラと歩いていた。

「近ごろは、ずいぶんモダンなのができてるのね」

和子は、いちいち陳列品の前に立ち止まった。豪華な応接セットを羨《うらや》ましそうに眺めたり、洋服ダンスや三面鏡の前で足をとめたりした。一つ一つの調度は、家の広さや構造やらの夢をふくらませる。

「早いとこタンスを見て決めろよ」

庄平は和子をいそがせた。留守にしている店が気にかかった。健吉が戻っているかどうかもわからないし、女店員二人では商売が出来ない。和家具のところで、和子の足が動かなくなっていた。陳列品は、購買欲を高価なものにむかわせるようにならべられている。安いのはみすぼらしく、貧弱だった。

「おい、まだかい」

庄平は、いつまでも比較してはきょろきょろ眺めている和子を促した。

「まあ、待ってちょうだいよ。じっくり見ておかないと損するわ」

和子は顔をしかめた。

若い女にそんな嫌悪の表情を見せられると、庄平の気持ちもくじける。

「そんなに急ぐの？」

和子は不機嫌な声で言った。

「なにしろ、だいぶん店をあけているからな。ま、もう三十分くらいならいいよ」

「こんなところはゆっくり見るもんだわ。あんたといっしょじゃ、ちっとも落ちつきゃしない。……わたし、お腹がへったから、あとで食堂に行きたいと思ってるくらいよ」

いいかげんにしろと、女房なら怒鳴りつけるところだが、和子には声が出なかった。

庄平は諦めたように立ち、所在なさそうに眼を別のところに向けた。そのとき、向こうの洋家具売り場にいる人物が眼に入って、はっとなった。

和子をふりむいたが、彼女はこっちに背中をむけて総桐タンスの正札を手にして見ている。

庄平は、洋家具売り場の人物のところへ行ったものかどうか瞬間迷った。

庄平が見たのは、はるか向こうの家具売り場に立っている、やや髪を伸ばした、痩身の佐川竹雄だった。

佐川は、国立総合美術館日本画課長、文部省技官、文化財保護委員である。

庄平は佐川には、かねてから商売上世話になっている。それで、すぐに佐川のところに行って挨拶したかったのだが、ためらったのには理由がある。

一つは、そこには佐川だけでなく、同業の駒井竜古堂の当主駒井《こまい》孝吉《こうきち》がいっしょにいるからだ。駒井は、背の低い、ずんぐりした中年男で、いま、佐川技官に付き添い、まるで家来のように陳列の家具をあれこれと見せている。

庄平は、この駒井をあまり好まない。いまでは青山に店舗を持っているが、もとはカツギ屋であった。そのせいで、商売にはこすからい。だが、目利きは相当なもので、庄平も駒井は煙たい存在だった。その鑑定眼のため、仲間には相当幅を利かせていた。彼もまた佐川技官を常に利用している。

いまも二人でデパートの家具売り場に来ているところをみると、どうやら、佐川に応接セットの一つも贈るつもりなのかもしれない。駒井孝吉は、美術館や文化財保護委員のご機嫌を取ることに巧妙だった。

庄平が二人のそばに素直に行かないもう一つの理由は、いま自分が和子といっしょにいることである。女づれだということを見られるのはまずいのだ。ことに庄平は佐川を三、四回も「はな富」に招待しているので、和子の顔を佐川がおぼえているかもしれないのだ。

そんなことで庄平が躊躇《ちゆうちよ》しているうちに、ひょいと駒井がこっちを向いた。思わず両方で視線がかち合い、駒井のほうで、おや、という顔になった。すぐ横の佐川に眼で報らせている。

こうなると、隠れてばかりもいられないので、庄平は思い切って二人のほうへ行った。和子はまだタンスの下見に夢中になっているので、庄平は黙ってはなれた。

「先生、今日は」

「やあ」

庄平はかなりな距離を歩いて佐川技官の前に進んだ。

佐川は、庄平の挨拶を受けて鷹揚《おうよう》に、

「君がこういうところにくるのは珍しいね」

と、白髪がまじりはじめた髪をかきあげて言った。

「はい、ほかの買い物のついでに、ぶらぶらと歩き回っているところです」

庄平が答えると、横の駒井が、

「今ごろのんきにデパート遊びとは、羨ましいですね」

と、ひやかすように口を入れた。

庄平は、君こそ、と言いたかったが、そばに佐川がいるので、黙って苦笑していた。どうせ、駒井が佐川をこんなところに引っぱってくる魂胆はわかっている。何かまた適当な品に佐川の鑑定書を付けてさばくつもりか、あるいはさばいたかであろう。ケチな男が応接セットを贈るとしたら、相当な儲け口にちがいない。

「高尾君、商売のほうはどうだね？」

佐川技官はニヤニヤしてきいていた。

「はあ、まあ、何となく」

庄平は曖昧な笑顔をした。

心の中では、和子がうしろで自分を捜してはいないか、そして、こうして佐川と話をしているのを見つけて、何気なくこっちへ歩いてこなければいいが、と思っていた。

いやいや、万事察しの早い和子のことだから、それとなく物蔭にかくれているかもしれない。それならよいが、まだタンスの選択に夢中になってウロウロしている姿を、この佐川に見つけられなければいいが、と念じていた。

「いやいや、先生」

駒井竜古堂が早速庄平の返事を引き取って言った。

「高尾さんは、もう、万事息子さんに任せきりで、のうのうとしておられるんですよ。あんな立派な息子さんがいれば、高尾さんもあくせくと商売することはないですからね。いや、ほんとに、あの健吉君は目から鼻に抜けるような商売人で、われわれ古い連中も顔色なしです。高尾さんは、もう、すっかり左団扇《ひだりうちわ》の結構な身分ですよ」

これは皮肉まじりだった。

佐川技官もニヤニヤして、

「まったく健吉君は若いに似合わず立派な目利きで、高尾君も安心だな」

と、相槌を打ち、

「それに態度も丁寧だし、きびきびしている。わたしの家内なんざ、すっかり感心している」

と、付け加えた。

そばの駒井がキラリと眼を光らしたのは、健吉が佐川の自宅にまで頻繁《ひんぱん》に出入りしているとさとったからである。だが、さすがに彼は商売人で、そんなことはおくびにも出さない。

「もう、なんだか、われわれの時代は去りつつあるという感じですね。これからは健吉君のような人が活躍する時代です。それというのも、高尾さんのお仕込みがよかったからですね」

「健吉君は、失礼だが、親父さんを乗りこえる存在になるという予想だね」

佐川も言った。庄平は、両人に息子のことをしきりと賞められて悪い気持ちはしなかったが、佐川はともかく、駒井竜古堂の言葉には素直でないものを感じる。いつも不愉快な男だった。

彼らが応接セットの下見を中止して、庄平に話しかけているのは、どうやら、買い物のことをかくして、さりげなく見せようとするためらしい。その下心が読めているだけに、庄平はイヤな気持ちになる。

イヤな気持ちだけでは説明が足りない。その裏には、駒井が佐川にそこまで取り入ろうとするなら、こっちもうかうかしていられない。近いうち佐川をどこかに呼んで、酒でも呑まさなければいけないと思った。佐川は無類の酒好きである。

「では、先生、わたくしはこれで」

庄平が頭を下げると、

「そうかね。じゃ、失敬」

と、佐川も手をあげた。

翌日の午後一時、庄平は、和子と新宿駅近くの喫茶店で待ち合わせた。

「昨日はどうも」

と、和子は言ったが、今日は着物で来ていて、帯も庄平の知っているのをちゃんと締めていた。

「おや、おまえ、そいつだけは助かったのか？」

と、庄平は意外そうに見つめた。

「やっとどうにか四、五枚ほど持ち出したのよ」

「四、五枚あれば、当座は十分だな」

「だけど、もう、くたくたになっているし、それでなくとも、そろそろ新しいのを作らなくてはと思ってた矢先だわ……お金、出来て？」

彼女はこっそりきいた。

「ああ、さし当たり一本だけ」

庄平は、今日は手さげ鞄を持って来ている。この百万円の工面もあまり楽ではなかったのだ。

「うれしい。それだけあれば、アパートの敷金に、当座の家具ぐらいは買えるわね」

彼女は、クリームソーダをすすった。

今日は昨日と違い、すっかり晴れあがったいい天気で、暑さが急激に昇っていた。梅雨もそろそろあがったとみえる。

「そんなに急ぐことはないだろう。ゆっくりアパートを捜したほうがいいよ。あわててつまらないところに入ることはないからね……」

「ええ」

和子は、あまり気の乗らない相槌を打った。

「それとも、今いっしょに居る友だちのところが、何か不愉快なことでもあるのかい？」

彼女の表情を汲み取って庄平はきいた。

「そういうわけではないけれど……」

「友だちの人は、別におまえを邪魔扱いするわけではないだろう？」

「気心の知れてる人だから、そんなことはないわ。だけど、バアに行ってるから、夜遅く酔って帰ったりしているの。ときにはお客さんなんか連れて来て、飲み直したりしているの。それがイヤなの」

「お客さんを連れてくるって？　だが、部屋には彼女の彼氏がいるんだろう？」

「ええ、いるわ」

「よく黙ってるな？」

「昨日も話したように、その人、絵描きさんなんだけど、ちっとも売れないのね。自分ではぼそぼそと何か描いてるけど、お金にならないから、彼女に遠慮してるわ。だから、彼女が客を連れこんできても、あんまり文句が言えないの」

「気の毒だな。まだ年は若いのに覇気がないのかな？」

「そうね、あんまりものも言わないし、蒼白い顔をしてごそごそやってるの。喜久子というのが友だちの名だけど、彼は、喜久ちゃん、喜久ちゃん、と大事にしてるわ。喜久子は朝が遅いから、朝飯の支度や、お掃除までしてやってるわ。それから、彼女が帰ってくるときなんか、ちゃんと夜食まで作ってるの」

「完全に飼われてる状態だな。で、絵はうまいのか？」

「そうね、わたしはうまいと思うけど……そうそう、ここに、昨日一枚かいてもらった絵があるわ」

和子は、帯の間に手を入れた。

和子が帯の間から取りだしたのは、四つにたたんだハンカチだった。

「これ、わたしにかしてあげると言ってくれたのよ」

庄平の前にそのハンカチをひろげた。

庄平が見ると、墨で蘭がかいてある。

「うむ、南画か」

絵の上部には、誰かの詩からとったらしい賛《さん》が書かれてあった。

「ね、ちょっとうまいでしょ？」

墨で一気にかいた蘭は思いのほかうまい。つれづれにハンカチにかいたとしても、ちゃんとした絵になっている。筆づかいも相当な腕前と思う。

絵もそうだが、その上に書かれた賛の文字が枯れている。とても三十の男が書いたとは思われない筆蹟だった。

「これは、ちょっとおどろいたね」

「……でしょ？」

「達者なものだ」

庄平はまだハンカチに見入っていた。

「ねえ、この人、どこか描かせてくれるところ世話できないかしら？」

「さあ」

「あんたの得意先は大金持ちでしょ。そんなところ、安くていいから世話してあげられない？」

「冗談じゃないよ」

庄平は、そのハンカチを和子の前に戻した。

「いくら達者な絵をかいても、われわれの得意先には向かないよ。みんな名のある画家の

いって先生の描いてくれた絵を手本に習ったものだ。その人も、そんな習作の段階では、

「つまり、立派な絵を写真版か何かで見ながら模写することさ。昔の日本画家は、粉本と

「シュウサクって何？」

「習作時代だな」

「ええ、いろいろな絵の本をいっぱい集めて、それを見てかいてるわ」

「その人、勉強してるのかい？」

和子は、そのハンカチを元どおりたたんで帯の間にはさんだ。

「むずかしいものね」

やんの厄介になってるほかはないな」

「まあ早い話、日展の特選ぐらいは取らないとね。そうでない限り永久に、その喜久子ち

「そうかしら？　じゃ、この人が売れないのも無理ないわね」

ない。たとえば、日展に二、三度入選したくらいでは食えないからな」

で掃き棄てるほどいるんだからな。どこの人が描いたのだか知れないものを買うやつはい

「いくら上手だといっても、その程度では知れているよ。そんな画家は日本じゅうに箒《ほうき》

と、和子は、そのハンカチを取り上げて見入っている。

「こんなに上手にかけても？」

絵しか欲しがらないからな」

まだまだ先が程遠いね。喜久子ちゃんが面倒をみるつもりなら、芽が出るまで十何年かかっても待つことだな」

「気の遠くなる話ね。……わたし、あんたにこれを見せたら、どこかに売りこみ先を世話してもらえるかと思ってたわ」

二人は喫茶店を出た。

和子が、最近、高円寺の駅近くに建ったばかりのアパートがあると人から聞いたというので、それを見に行くことにした。

二人は中央線の国電に乗ったが、中はすいていた。窓から見える街の屋根に強い陽が当たっていた。

高円寺で降りて、和子が手帖に書きつけた番地を捜して歩く。北口の前を少し行って狭い商店街を左に入る。商店街が切れると、両側が小さな家の住宅地になる。美容院、洗濯屋、八百屋といったものが間にはさまっていた。

目的のアパートは、果物屋の角から、もっと狭い路を奥に入ったところで、中型自動車が一台、やっと通れるくらいの路幅だった。

アパートは、鉄筋コンクリートの五階建てという堂々としたもので、そこだけは急に敷地が広くなっている。

新築だけに外観もきれいで、和子は見ただけで気に入った。

管理人に話を通じると、三階の中ほどに一部屋あいているという。

庄平は、管理人の案内で部屋を見せてもらった。２ＤＫだ。六畳に四畳半の和室、八畳ぐらいの広さのリビングキチンである。

家賃が十万五千円で、敷金が十カ月分ということだった。

「いちばん下の階はあいてないですか？」

庄平はきいた。三階まで上がる苦労よりも、途中で他の居住者に遇うのがイヤだった。

少々家賃が高くても一階のほうを望んだが、それは塞《ふさ》がっているという。

「ここでもいいじゃないの」

和子はすぐにも決めたいふうだった。今まで居たところが古いアパートだっただけに、新式の部屋の模様が満足なのである。
二、三日うちに越してくるということで、庄平は手付けとして十万円を払って、その部屋を出た。案の定、廊下でも、階段でも、物珍しそうに行きずりの奥さん連中から顔を見られた。
「も少しこぢんまりしたところはなかったかな」

庄平は和子とせまい路を戻りながら言った。

「あら、あそこでいいじゃないの。あんたのようにひとばかり気兼ねしてたら、キリがないわ」

和子は、少し腹を立てたように言った。

「それはそうかもしれないが」

「なにしろ、わたしの居るアパートが焼けてるのを見捨てて引っ返す人だからね」

和子は皮肉を言った。

「もうそれは言うなよ。謝っている」

「あんたったら、いつまでもそんな体裁ばかりつくるんだもの。こうなったら、ある程度覚悟を決めてちょうだい」

覚悟か――庄平は、すぐに女房の顔が浮かんだ。いずれはわかることかもしれない。女房はともかくも、その騒動になったとき、嫁の杉子への遠慮が鬱陶しく思われてきた。

杉子といえば、健吉のやつ、何をやっているのだろう。

庄平が汗ばんだ身体で日本橋の店に戻ると、女店員二人がぼんやりしていた。

「山口は？」

庄平はさも忙しそうに番頭を求めた。

「いま、何か用たしで出ておられます」

「ふうむ……健吉はまだ帰らないのか？」

庄平は奥に入る前にきいた。戻ってないことは空気でわかっている。が、そうきかないわけにはゆかない。

「まだ、お見えになりません」

「電話か何かで連絡があったかい？」

「いいえ」

庄平は奥に入って手さげ鞄を置き、机の前に坐った。

これで健吉は二晩ほど家をあけている。昨日は静岡から電話があったが、それきり昨夜も戻らない。

昨夜は帰るだろうと、昨日も出先からわざわざ杉子に連絡してやっただけに、庄平は今朝、嫁の顔を見るのが辛かった。

女房の友子も不機嫌でいる。

近ごろ、健吉が用事をこしらえては外泊する。この商売は、ときには急な用事が出来てふいに遠方に行くこともあるので、外に泊まる口実には都合がいい。

最近、健吉に女が出来たらしいことはうすうすわかっていた。

前にはバアの女だったが、今度のはどうだろうか。杉子もそれを知りたがっているようだ。

健吉は、昨日も庄平がデパートで佐川や駒井竜古堂から賞められたように、目利きは出来るし、商売もうまい。つまり、若さに似合わずやり手だった。それは庄平も認める。

健吉は活動的だけに遊びも相当なものだった。容貌も親の目からみて、これなら女に惚れられるだろうと思われるくらいだし、バイタリティもある。それだけに仕事には積極的で、ともすると、庄平がはらはらすることがある。その積極性がときとして山気《やまけ》に見える。気をつけろ、と言っても、その場ではわかっているような顔をしているが、結局は自分の思いどおりなことをしている。多少の失敗はあるが、案外に成功することが多い。

わが子ながら、庄平も健吉には手綱が利かないかたちだった。

今夜も帰らなかったら、明日叱ってやろうとは思うが、叱言《こごと》がどれぐらい息子に通じるか。わかっていますよ、という表情でうすら笑いしている顔がすでに想像できた。

しかし、このように二晩もつづけて外に泊まるのは珍しい。これは、いま出来ている女との間がよほど進行しているか、あるいはもつれているかだろう。どういう素性の相手か。もっとも、健吉の性格がわかっているから、女に金を注ぎこむことはない。その点は安心だった。

庄平が机の前にぼんやりしていると、

「お電話でございます」

女店員の一人が顔を見せた。

「どこから?」

健吉かと思った。

「駒井さんからです」

駒井孝吉は、昨日デパートで佐川といっしょのところを見たばかりだ。何の用事で電話をかけてきたのか。

「今日は」

電話で駒井は挨拶した。

「やあ、昨日はどうも」

庄平は、あまり虫の好かない相手ながら、同業だから、そこはあまり無愛想にもできなかった。

「いや、こちらこそ失礼。ところで、相変わらずお忙しいだろうね？」

駒井の調子は低かった。

「いや、ひまですよ」

駒井は、それに飛びついたように言った。

「じゃ、ちょっと、これからお邪魔してもかまいませんかな？」

ひまだと答えた手前、庄平は急に忙しいとも言えず、

「どうぞ」

と答えるしかなかった。

「そんなら、ほんの二、三十分ばかりダベりに行きますよ」

電話を切ったあと庄平は、また駒井竜古堂が何で今ごろくるのかと考えた。昨日は彼が佐川技官といっしょだっただけに、何かそれに関連した話でもあるかと思った。駒井が、あのデパートの応接セットを佐川に贈るのだったら、やっぱり、何かうまい商売をたくらんでいるらしい。駒井がダべりにくるというのは、それに付随した用件かもしれない。あの男は、金儲け以外にはめったに無駄話をしにくるやつではない。

向こうの話次第では、どんな商売をもくろんでいるのかわかると思い、はじめは彼がくるのが気に染まなかったが、だんだん、一種の興味が出てきた。

その駒井孝吉は、案外近い所から電話をかけていたとみえ、三十分ばかりもすると、ずんぐりとした背の低い本人が店先に現われた。

「やあ、昨日はどうも」

駒井のほうはにこにこしている。

「やあ、まあ、おかけなさい」

庄平がすすめると、駒井は坐る前に店の陳列を神妙に一巡した。

「いつも立派なものをお揃えですな」

追従半分に賞める。

女店員がお茶を汲んで出した。

「どうです、近ごろは?」

駒井は湯呑みで鼻のところまで隠し、眼だけ笑わせてきいた。

「こう不景気では、さっぱり品が動きませんな」

庄平は当たり障りのないことを言う。

「そうですな。お宅などはちゃんとした得意先があるけれど、そこへゆくとわれわれは、こういう時世ではさっぱりですわ」

駒井は丁寧に湯呑みを置いた。

それも世辞で、竜古堂が日ごろからあくどい商売を蔭でやっていることは庄平も知っていた。

「ときに、健吉さんは？」

駒井はキョロキョロと店を見回した。

「健吉は、ちょっと外に出てますよ」

庄平が駒井にさりげなく答えたとき、外から番頭の山口が戻ってきた。

「いらっしゃい」

山口は駒井に挨拶し、ついで庄平に、

「お帰んなさい」

と言った。庄平は、つまらんことを言うやつだと思ったが、果たして駒井が、眼を向けてきた。

「おや、どこかにお出かけだったので？」

「いや、ちょっと野暮用でね」

　庄平がわざとつまらなそうに答えると、

「いや、お忙しくて結構。これだけの店舗を張っていながら、御主人も健吉さんも揃って得意先回りとは、さすがに草美堂さんですな」

　またお世辞を言った。

「いや、商売じゃありませんよ。これでなかなか雑用が多くてね」

「今日は健吉さんの顔も見たかったが、外出では残念でしたな」

　駒井はまた言った。

「何か健吉に用事でしたかね？」

　庄平はきいた。

「いや、別に用事というほどでもありませんがね。いや、やっぱりお宅にくると、健吉さんの顔もいっしょに見ないとね。昨日も、ほれ、佐川先生が賞めておられたように、健吉さんは若いのに大した商売人だから、話していても教えられるところがありますよ」

　駒井はポケットから煙草を出した。

　庄平は、駒井が健吉に何か用があってきたらしいとは見当がついたものの、どういう目的だかよくわからない。今から煙草を取り出すくらいだから、ここでかなりの時間落ちつくつもりらしかった。

「健吉さんはすぐには帰らんでしょうな？」

駒井は煙を吐いた。

「さあ、夕方かもわからないし、すぐ帰るかもしれませんよ」

庄平も同じように煙草を出した。

番頭の山口は、そこから離れて、陳列のガラスケースを女店員といっしょに拭いている。

「昨日は佐川先生とごいっしょだったようだが……」

相手が目的をはっきりさせないので、庄平のほうから探りを入れることにした。

「ははあ、あれはね、先生と、あのデパートの美術部でばったり出遇ってね。そこで、少し店の中をぶらついてみようということで、ぼくがお供してたんですよ」

駒井は軽く笑った。

庄平は、そう切り出せば相手が何か反応を見せるかと思ったのだが、全くそのこたえはない。

はてな、と思った。駒井竜古堂が無駄話をしにくるわけはなし、といって用件の片鱗も見せない。

すると、庄平は、もしや、あの売り場で和子が佐川か駒井かに見られたのではないかと思った。あのときは、庄平は二人と別れて、いかにも用ありげにいったんエレベーターで四階に降りたが、そこで二十分ばかり費やし、また戻ってみた。そのとき二人の姿はなく、和子だけが彼を求めてウロウロしていた。

やれやれ、とほっとしたことだが、今となっては、どこかで佐川と駒井とが、自分たちの様子を見ていたのかもしれぬという気がしてきた。

その駒井は容易に腰を上げようとはしない。庄平も仕方なしに相手になっている。

「ときに、高尾さん、どこか、いいコレクターにコネはつきませんかな？」

駒井は言う。コレクターといえばしゃれて聞こえるが、要するに骨董品集めをする人のことだ。駒井竜古堂も佐川技官あたりと付き合っていると、そんなハイカラな言葉をふんだんに使うのかと、庄平は内心笑止だった。

「そんなのがあれば、こっちで捜したいくらいですよ」

庄平は答えた。

近ごろは、以前のように名のあるコレクターというのがなくなった。また、わずかに残っているそれらしい金持ちも全部骨董屋が入りこんでいるので、途中から割り込むすきはない。

「いま不景気だから、こういうときはよけいに困りますな」

駒井は嘆いたあと、

「ときに、いま一番景気のいいのは薬屋さんでしょうな」

突如として話頭を転じた。

「そうですかね」

「あれほど天下を風靡《ふうび》した家庭電器界も、証券も、カメラ業界も頭打ちという状態のなかで、相変わらず製薬界だけは勢いが衰えないようですね。いくら不景気になっても、人間、病気には勝てないから、薬は売れるんでしょうな。いや、不景気だと医者にかかるよりも、つい、買薬で済ませるという傾向になるでしょうからな」

駒井の世間話はだらだらとつづいた。

「おおきに、そうかもしれない」

仕方なしに相槌を打ったが、まだ、この男の店に現われた目的がわからなかった。

「その中で、明和製薬の村上さんは、相変わらず長者番付の上位に名を連ねているから、大したもんですな」

「そういえば、あそこは凄いですね」

庄平も、明和製薬の村上為蔵の名は有名だから、もとより知っている。

明和製薬はおよそ五十年前の創業だが、今では在来の製薬会社を押しのけて営業成績はトップになっている。が、それよりも、社長の村上為蔵の名のほうが世間では売れている。村上社長は、この四、五年来、矢つぎ早に人生訓や経営訓みたいな本を出版し、そのほとんどがベストセラーになっていた。

「村上社長は小学校もろくに卒業してないということだが、たいしたもんですね。運もよかったかもしれないが、たいへんな努力家ですね」

「そうですな」

自分には関係のないことで、庄平が気のない相槌を打っていると、

「ね、高尾さん、村上社長も相当骨董好きだが、あそこに何とかして割り込むようなことは出来ませんかね？」

駒井孝吉は突拍子もないことを言い出した。

「それは、てんで望みがないでしょうな。あそこは有名な大阪の仲山が入っているから、われわれぐらいではどうにもなりませんよ」

庄平は、非常識なことを言う駒井の言葉をはね返した。

仲山精美堂は大正初年の創業、最も伝統ある古美術商で、日本はおろか、世界にもその名を知られている。

竜古堂は、庄平の返事を聞いても一向に表情を動かすではなく、短くなった煙草をスパスパと吸いつづけて言った。

「そうですな、村上為蔵社長のところには仲山が入りこんでいるからほかの骨董屋は入りこむ余地がないと思って、指をくわえているわけですが、しかし、案外、諦めたままでいいかどうか、そこに問題があると思いますね」

「ほう。すると、あんたに何か見込みでもあるというんですか？」

庄平は半分バカにしたようにきいた。

「いや、わたしに見込みがあるというわけではないが」

駒井はちょっとあわてたように早口で言い、

「つまりですな、天下の村上社長のところには天下の仲山精美堂が入っているのでだめだという気持ちが、われわれの仲間にみんなあるわけでしょう。そこが案外、盲点になっているんじゃないかと思いますね」

「盲点、なるほどね」

「そりゃ、仲山精美堂は日本一の古美術商です。立派なものですよ。だが、村上為蔵さんだって、仲山とは別に、面白い道具を持っている骨董屋があれば、案外、受け付けてくれるんじゃないですかね。なんだか、そういう気がしますよ」

駒井はじろじろ庄平の顔を見た。

「そりゃ面白い考えだが、いきなりツテもなく天下の村上さんのところに行ってもむだでしょうな。また、あんたの考えるようなことはほかの者も考えているにちがいないから、存外、そういう手を使って近づいている仲間も今までには居たと思いますよ。だが、まだ、それが成功したことを聞いてないから、やっぱり入りこむ余地がなかったんでしょうな」

庄平は、そんなことぐらいわかりそうなものだ、といった顔つきで駒井に言うと、

「そうでしょうかね？」

駒井は首をかしげ、

「どうも残念ですな。コネさえあったら、面白いものが持ち込めるのだが」

出来もしないことを残念がっている。

「おや、あんたは、そんな面白いものをお持ちですか？」

庄平は皮肉にたずねた。

「いやいや、いま持っているというわけではないが、向こうの望みなら、必死に捜し出しますよ」

駒井は無成算なことを言う。店を持たなかったカツギ屋上がりの癖がぬけず、頼まれてから品物を捜すつもりらしい。もっとも、この駒井は、そういう才覚にはかなりむいている。

だが、いかに駒井竜古堂が必死に働こうと、名うての仲山精美堂と太刀打ちのできる品が手に入るはずはない。この男、口先ばかりは相変わらず大きなことを言うと、庄平はいよいよ軽蔑した。

駒井相手に時間を潰《つぶ》すのがばからしくなってきたとき、

「ときに、高尾さん、あんたは倉田三之介さんという謡の師匠をご存じありませんかね？」

またまた妙なことを言い出した。

「倉田？」

庄平は深く考えもせず、

「いや、一向に」

首を振った。

心当たりのないことをきかれたときの阿呆らしさも手伝い、

「そんな人、知りませんよ。一体、どういう人？」

やや不機嫌にきき返した。

「ご存じない。はてね？」

駒井は仔細げに首をかしげ、

「てっきり、あんたは、知っていなさると思ったんだがな」

それきり質問の理由も、どのような人物かも彼は説明しなかった。だが、少々間が悪いのか、湯呑みの底に残った茶をわざとらしく飲み、

「健吉さんは、どうやら遅くなるようですな」

と呟《つぶや》いた。

健吉に何か用事があれば聞いておきましょうとは、先ほどから言っていることなので、庄平はもう、それに取り合う気持ちも湧かなかった。それで、わざと駒井を無視したよう

に黙って煙草を吸っていると、

「それから、つかぬことをお尋ねするようですが」

また駒井孝吉は言い出した。

「はあ、何ですか?」

「いや、あんたは、早川市太郎さんという方をご存じですかな?」

少し遠慮したようにきいた。

駒井という男は、いつも遠回しにものを探る癖があって、今も倉田だの早川だのと、庄平の全く知らない人物の名をつぎつぎと出してくる。それが彼の商売に関係があるようには思われるが、もちろん、それは庄平の関知するところではなかった。

「ほう、その方も知らないんですか。なるほど」

駒井は庄平の返事を聞いて、二度三度、したりげにうなずく。

こちらからきき返すのもばかばかしいと庄平は思ったが、そこはやはりいくらか気にかかって、

「その早川さんという人は何ですか?　あんたの仲間ですかね?」

つい、きいてしまった。

「いいえ、とんでもない。もっと社会的な地位のある人ですよ」

「というと、あんたのお客さん?」

「それならいいんですがな。なかなか、この人に近づけなくて弱っています」

先ほど駒井は、さも簡単に製薬王の村上為蔵に取り入れるようなことを言いながら、名の知れない人間をたいそうに扱っている。

「倉田三之介」と「早川市太郎」とがどう関係があるのか、庄平には、駒井竜古堂がこっちの目の前でクルクルと指を回しているような、眩惑《げんわく》戦術に出ているとしか思えなかった。

「いや、どうも、おおきにお邪魔しました」

駒井も庄平の機嫌があまりよくないとみたか、ようやく腰をあげた。

「健吉が戻ったら、何かことづけを言っておきましょうか？」

つい、庄平も最後の愛想になった。

「いや、それはまた改めて出直してからにしましょう」

椅子から出口に歩きかけたが、その前に、

「健吉さんは熱海あたりじゃないですかね」

駒井孝吉は謎のようなことを言った。

庄平は、竜古堂が最後に言った一句が気にかかる。

（健吉さんは熱海あたりじゃないですかね……）

どういう意味だろう。駒井のことだから、健吉の隠れ遊びの場所をカンづいているというのだろうか。それは駒井だけが見つけたのか、それとも、道具屋仲間のひそかな噂になっているのか。

庄平は気にかかってきた。

熱海といえば、温泉旅館がすぐに浮かぶ。健吉は今度出来た女と、どこかの旅館を巣にしているのだろうか。もし、道具屋仲間の噂になっていて、親の庄平だけがそれを知らないとなれば、大きな恥である。

といって、あわてて駒井を引き止め、そのことを根掘り葉掘りきく勇気もなかった。

庄平は考えているうちに、ふと、いま駒井が言った二人の人名がそのことに関連がありそうだと気づいた。つまり、何も知らない庄平に、竜古堂がその二人の名前をヒントとして与えたのではないかと思ったのである。

「山口」

庄平は、まだ女店員といっしょに陳列棚のガラスを拭いている番頭を呼んだ。

「へえ、何ですか？」

山口は、早速、庄平の間近に来た。

「いま、駒井さんが言ったのだが、おまえ、倉田三之介という謡の師匠を知っているかい？」

「いいえ、一向に」

山口は本当に知らない表情だった。

「旦那、その謡の師匠というのは観世ですか、宝生ですか？」

「そんなことは知らないよ。とにかく、そういう人の名を聞いたことはないかい？」

「一向に。ぼくは謡曲とはまるで縁がありませんからね。だが、全然聞いたこともない名ですから、どっちにしてもたいした師匠じゃないでしょう。……それが駒井さんと何か関係があるんですか？」

「それはわからない。ま、それはいいとして……もう一人、早川市太郎という人がいるそうだ。この人の名を聞いたことがあるかね？」

「早川市太郎……。さあ」

山口はちょっと考えて、

「いいえ、どうも心おぼえがありませんが」

真顔で否定した。

山口が二つとも聞かない名前というなら、健吉の熱海の件とは別かもしれない。あるいは、山口も熱海のことを知らないから、駒井のヒントが解けないのかもしれぬ。山口が健吉をかばって隠しだてをしているようにも思われない。それは彼の正直な顔つきでわかる。

庄平は、むっつりして煙草を吸っていたが、この際思い切って山口にだけは健吉と熱海の関係を探ってみようと考えついた。

「ときに健吉だが、あいつ、近ごろ、熱海にちょくちょく行ってないかね？」

なるべく平然ときいた。

「熱海？　さあ」

山口の顔色が初めて動揺したのを庄平は見た。

庄平は咄嗟《とつさ》に女店員を見たが、二人とも離れたところにいた。

「なあ、山口、健吉は、やはり熱海にときどき出かけているようかね？」

庄平は声を小さくし、内緒話の顔つきになった。

「へえ……」

山口はどっちつかずの返事をして、曖昧な表情でいる。気兼ねしているところは十分に見えた。

「いや、実は、いま竜古堂が、そんなことをちょいと口走ったのだよ。わたしとしても、健吉が陰で何かやっていれば、こいつは気にかかるからな。竜古堂が知っているくらいだから、道具屋仲間に知れ渡っているかもしれない。それをわたしが気づかないでいるとなると、やはり笑いものにされるわけだ」

庄平は説くような調子で述べた。

「へえ、竜古堂さんが、そんなこと言いましたか」

山口も自分の表情では隠し切れぬとみたか、諦めたようだった。

「しかし、おかしいですな。健吉さんが熱海に行ってることは、道具屋仲間では誰も知ってないはずですがね。竜古堂さんはどこで聞いたんでしょう？」

　山口は眼をしばたたいていた。

　庄平は、それを聞いて仲間の噂になっていないことにまず安心したが、山口が知っている事情とはどういうことだろうか。駒井のことはしばらくおいて、山口の詮議が先だった。

「おまえ、まさか健吉といっしょになって、あれの隠れ遊びを助けているわけじゃあるまいな？」

　強い眼になると、山口はちょっとあわてて、

「そうじゃありません。ぼくも健吉さんのことは知らないのです。ただ、熱海にときどきお出かけのことくらいうすうす知っている程度です」

　それが嘘かどうか見きわめる前に、庄平はおもむろに山口に不審をたずねることにした。それは内輪のことを相談するような調子だった。

「熱海のどこに行っているのだね？」

「さあ、よく知りません」

「では、商売と言って外に出ているが、そのうち何回かは熱海行きがあるわけだな？」

「へえ……」

「おまえ、どうしてそれを知っている？」

「実は、その」

山口は頭を掻いて弱く答えた。

「急用があったりして行く先に連絡されると困るので、今日はどこそこに行っているようにと、言い含められていました。旦那の手前もあるわけでしょう」

「熱海というと、それは旅館かね？」

「……じゃないかと思いますが」

「向こうから電話がかかってくるとか、こちらからかけるとか、そういうことはなかったかい？」

「へえ、旦那の居ないときに、健吉さんのほうからかけられることがあります。だけど、熱海も直通ですから、いきなり電話番号を回せばすぐにつながりますので、ぼくらにはどこだかわかりません」

どうやら、山口もそれ以上はくわしく知っていないらしかった。

「その熱海行きは、いつごろからだい？」

庄平はまたきいた。

「へえ、そうですな、半年くらい前からじゃありませんか。でも、以前は月に一回か二回ぐらいの程度でしたけれど」

山口はぼつぼつ吐いた。

「ふむ。じゃ、最近はどれぐらい向こうに行ってるのか？」

「よくわかりませんが、ぼくの考えでは、一カ月に五、六回というところじゃないでしょうか。もっとも、このごろは前のように口止めにされていませんから、ぼくも、うっかり、健吉さんが商売で出ているると思いこむことが多いのです」

してみると、健吉もあんまり頻繁になったので、いちいち山口に言うのが気がさしてきたのではないか。

「なあ、山口、相手の女は東京から連れてってるわけではあるまい。そんな者といちいち熱海で会う必要はないからな。すると、これはやっぱり向こうの土地の女かな？」

「さあ、どうでしょうか」

山口はその点は本当に知らない顔だった。

「どうせ素人ではあるまい。芸者か、バアのホステスか？」

「さあ、何とも……」

庄平は考えた。

熱海といえば、昨日、健吉がかけてきた電話連絡は静岡からだった。熱海も静岡県だから彼は、女を連れて静岡くんだりまでドライブでもしたのだろうか。あの辺は久能山《くのうざん》もあるし、日本平《にほんだいら》もある。

庄平は、少々、健吉に腹が立ってきた。いま商売があまり面白くないというのに、勝手に女と遊び回っている息子の気が知れぬ。そのうえ、彼の浮気は杉子にうすうすわかっているので、それに影響されて何となく家の中が暗い。いや、それが庄平自身のうしろめたさにもひびいてくる。

健吉に直接当たっても素直には言わないだろう。息子といっても仕事は出来るし、手綱はとっくに利かなくなっていた。

なんとかして相手の女を突き止める工夫はないか。

番頭の山口は、もう庄平の前から逃げていた。

熱海といえばものすごい数の旅館で、たとえ一流だけに当たってもわかりっこはない。こんな際だ、ひとつ秘密探偵社でも使ってみるかと思ったが、それは最後の手段である。その前にこっそりと自分だけで知る方法はないだろうかと思った。なるべく外部の力を借りたくない。店の信用にもかかわることであった。

すると、庄平にいい工夫が浮かんだ。

山口の話では、健吉は熱海に直接ダイヤルを回して話していたという。それなら、毎月の電話局の通話料の請求書には市外電話の回数が記入されてある。電話局には先方の番号が記録されているだろう。

庄平は、女店員の一人を呼んだ。

「先月の電話の請求書を出してみなさい」

会計をしている女店員が伝票類の綴込《とじこ》みを繰った。

女店員が持ってきた「日本電信電話公社支払請求書」なるものを見ると、先月の市外通話料は六百十円となっている。予想と違い、市外のどの局と通話したのか、また、回数は何回だったかはいっさい省略されてある。

さすがに公社の請求書は簡略を極めている。内訳明細のないものをぽんと送りつけて料金を「納めさせる」ところは、完全にお上《かみ》式だった。

庄平は電話局に問い合わせた。

「何か料金の点で不審なことがあるんですか？」

係のキンキンした女の声がつっかかるように問い返した。

「市外通話の明細を知りたいんですよ」

庄平は、なるべくおだやかに言った。

「だから、どういう点をお聞きになりたいんですか、ときいています」

「この市外電話の中には熱海との通話が入ってると思うんだが、こちらとしては、先方にかけた番号を教えてもらいたいんです」

「けど、それはお宅のほうでおかけになったんでしょ。それで電話番号がわからないんですか？」

キメつけるような局の女の調子に、庄平は思わず怒鳴りたくなったが、胸をおさえた。

「済みませんが、うちでかけた人間に心当たりがないんです。お調べ願えませんか」

「今すぐと言われても困ります。あとで調べてご返事します」

「どのくらいかかるでしょう？」

「そんなことはわかりません」

「たいへんお忙しいところ申しわけありませんが、よろしくお願いします」

庄平は癪にさわるあまり、かえって逆に相手の声へ糞《くそ》丁寧に出た。もっとも、相手には、そんなニュアンスまではわかるまい。

こっちの頼み方が丁寧だったせいか、案外早く電話局からの返事があった。

「先ほどのことですが、熱海八×局の五六四二番です」

「ここへ三回ほどおかけになっています」

同じ女の声が事務的に言った。庄平は、眼の前の紙にメモした。「どうもありがとう……あ、ちょっと、その熱海八×局の五六四二番というのは、何という家でしょうか？」

「それは申しあげられません」

「え？」

「局としては電話番号の問い合わせにはお答えしますが、番号から持ち主の名前をお教えできないことになっています。法規《ほうき》でそうなっています」

ホウキだかチリトリだか知らないが、ずいぶん不合理だと思った。持ち主を教えることによってどのような弊害があるというのか。かえって人名から番号を問い合わせるほうが弊害は多いと思うのだが。

庄平は、それなら手があると思い、すぐに熱海八×局の五六四二番のダイヤルを回して相手を呼び出した。

「もしもし、こちら……でございます」

出た女の声が名前を言ったが、庄平の耳はすぐにはとらえられなかった。

庄平は二度問い返して、やっと受話器から相手の名前が「チョウフウソウ」と聞き取り得た。

多分、「潮風荘」であろう。

「あなたのほうは、旅館なんですね？」

庄平はつづけてきいた。

「はい、そうです」

先方では客からの問合わせ電話と思ったにちがいない。存外、応答が丁寧だった。

庄平は、よほど健吉のことをきこうかと思ったが、いや、まだ早い。ここは先方の名前だけたしかめればよいと思い、電話を間違ったようです、と告げて切った。

いま出た女の声は女中にちがいないが、なんとなく受話器からうける感じでは、大きな旅館のようには思えない。声の背後が静まり返って、なんだかこぢんまりとした家と思えた。健吉が女とあいびきするなら、そういう旅館は考えられる。

向こうの名前がわかったが、熱海市の町名が正確に捉《とら》えられない。庄平は、改めて市外電話の番号問合わせ先に電話した。

「潮風荘というんですがね。旅館ですが、熱海の何町だかはよくわかりません」

しばらく待たされて、

「それは熱海の……番です」

と教えたので、まさに間違いはなかった。

「ああ、もしもし、そこは熱海の何町になっていますか？」

「来宮《きのみや》の一、八二四番地です」

受話器を置いたあと、庄平はやれやれと一服する。

来宮とは、なるほど、かくれ遊びの旅館に似つかわしい土地だと思った。彼の眼には、熱海の海岸通りから十国峠に行くバスの窓から見た坂道の両側が浮かんだ。来宮の旅館街は、その静かな環境の中にある。大きな洋式旅館はすべて熱海の中央から東側に集まり、来宮の高台には別荘風なこぢんまりした旅館が多い。バス道路の坂道を中心にいくつも横丁が分かれていて、銀行や会社の寮の看板が出ていたのを思い出す。

健吉が月に三回ぐらい潮風荘という旅館に電話をするのは、もちろん、そこをよく使っている証拠だが、熱海ではほかに電話していないのをみると、あるいは、旅館を通じて女を呼び出しているからかもしれぬ。もっとも、相手が熱海の女とは限らないから、東京から連れて行く女だとすると、潮風荘への電話は、部屋の予約ということになる。

いずれにしても、相手の女の正体が知りたい。

庄平は、山口でも向こうにやって調べさせようかと思ったが、それはやめた。使用人に息子の行跡をさぐらせるのはまずい。ことに山口は健吉にまるめこまれるおそれがある。

これは女房の友子に相談してみようかと思ったが、それも気がさす。自分にも女がいることだし、こっちのほうに危険が向いてくるような心地がした。

調査

その晩、庄平は仲間の寄り合いがあり、少し酔って九時ごろに帰宅した。

部屋に入ると、妻の友子がぽつんとひとりでテレビを見ていた。

庄平の姿をちょっと振り向いただけだった。その様子だけでも、不機嫌だとすぐにわかった。

「健吉はまだ戻らないか？」

友子はすぐには返事せず、まだテレビを見つづけていたが、突然にぷつんと消して起ち上がった。

「戻ってますよ」

義務的な手つきで庄平の上衣を後ろからはぎ取った。

「なに、戻っているのか。何時ごろだ？」

「二時間ほど前ですよ」

「ふむ、しようのないやつだ。店のほうには全然連絡しない」

友子は黙ってワイシャツを取り、ズボンを取った。庄平は浴衣に着かえて、帯を巻きつける。

「風呂に入りますか?」

「風呂はあとでいい。……健吉は今までどこに行ってたと言っている?」

友子は洋服をハンガーにかけ、

「京都だと言ってましたよ」

と短く答えた。返事が短いのは気分の面白くない証拠だった。

友子とは長いこと夫婦関係が断絶している。和子とくらべて古女房の枯れた身体に庄平はなんの魅力もなかった。やはり若い女、それも熟しきった中年女がいい。

友子は和子の存在をまだ具体的には知らない。だが、庄平にほかの女がいるらしいことは、うすうす察しているようだ。始終、不機嫌でいるのはそのためだ。

庄平は坐って煙草をつける。

友子は洋服ダンスを音立てて閉め、正面に坐ったが笑顔はなかった。

「健吉は商売で京都に行ったというんだけど、あなた、その商売にお心当たりがあるんですか?」

「さあ、知らないな。どういう人のところに行ったというんだな?」

「知りませんよ。わたしにも杉子にも何も言いませんからね。あなたでないと駄目ですよ」

庄平は、むやみと煙草を吸いつづけた。息子が自分の言うとおりにならないことは、庄平自身がよく知っている。

女房は、それでもまだ父親としての彼にいくらかの期待をかけていた。

「おかしなやつだな。静岡から昨日電話をかけて来たんだろう。あれから京都に行ったのかな」

京都が本当かどうかは別として、もし、女といっしょだったら、三日間ものうのうと遊び歩いていたことになる。

「少しはあなたが監督をきびしくしないといけませんよ」

友子は尖《とが》った声で言った。

庄平は、それには答えず、

「二階の様子はどうだ？」

と眼を上のほうに向けた。

「二階の様子なんかわかりませんよ。でも、コトリとも音がしないから、きっと杉子はむくれているんでしょ」

息子夫婦の険悪な空気が想像できた。しかし、それが女房にまで伝わって、こっちまで不機嫌にされるのはかなわないと思った。

「おい、ちょいと健吉をここに呼べ」

友子はちらりと庄平の顔を見て、起ち上がった。

「健吉、健吉」

階段の下から二階へむけて友子は呼んだ。

健吉が二階から降りてきた。

その息子は正面から父親の顔を見ても別に悪びれた風でもなかった。かえって庄平のほうが眼をそらした。

健吉は、シャツ一枚にズボンであぐらをかき、手に持っていた煙草の函《はこ》を開いた。面長で、父にも母にもあまり似ていない。眉が濃く、髭剃りの跡が青々として、男臭い精気が漲《みなぎ》っていた。庄平は、わが子ながら羨ましさを感じた。

「おまえ、三日ほど家も店もあけて、どこに行っていたのだ？」

庄平は静かにきいた。二人から離れて、友子が聞き耳を立てて坐っていた。

「静岡の旧家が仁清《にんせい》を持っていると聞いたんでね、それでおれはアワをくって出かけたんだ」

健吉は、鼻の前に煙を撒《ま》き散らして言った。

「仁清？　誰がそんなことを言ったんだい」

「国立総合美術館の佐川先生」

っしょだった。

「え、佐川先生が？」

庄平は、たちまち先日デパートで見た佐川技官の顔を浮かべた。竜古堂の駒井孝吉もい

「だもんだから、いち早く飛んで行ったんだよ。もっとも、佐川先生は、自分が見たわけではなく、こういう旧家にあると聞いたから、とにかく見てくるんだね、というんでね。ぼくはほかの仲間に知られないうちにと思って、先生から住所を聞き、静岡のその家へ急行したんだ」

「仁清はあったのか？」

「なかった。なるほど、旧家で、古いものは持ってはいたが、みんなガラクタだった。佐川先生も人づてに仁清のことを聞いて、ぼくにそう言ったんだろうから、あんまり先生を責めもできない。おれ、静岡から店に連絡したはずだけど」

「それは聞いている。だが、京都は何だったんだ？」

「静岡まで行ったら、急に京都まで足を伸ばしたくなってね、小西さんや戸田さんのところへ行って古いものを見せてもらい、勉強してきた」

小西も戸田も京都の骨董屋だった。両人とも、たしかにいいものを集めている。

「それだったら、京都の一泊でよかったじゃないか」

健吉が勉強のためと言う以上、あまり深く追及も出来なかった。また、ぎりぎりまで追

及すれば、かえってよくない。

横の友子がこっちに顔をあげた。

「奈良に行ったんでね。ちょうど、博物館の陳列替えがあると聞いたから。正倉院のガラス器を中心にしたペルシャのカットグラスだというので、ぜひ見たくなったんだ。参考品として、例の伝安閑天皇陵出土の玉碗も出されていた。いま、ペルシャのガラス器が、ブームになっているからね」

理由はことごとくもっともである。たしかに、いま、古代ペルシャのガラスが人気を呼びはじめていた。

「それならそうと、なぜ、連絡しないいんだ？」

「するつもりだったけどね、どうせ明日帰ると思っているうちに二晩ほど経《た》ってしまったんですよ」

友子が眼を光らした。

健吉の言葉は、嘘か本当かわからない。が、それなりに一歩もこっちから突っ込めぬものがあった。

庄平は嘘だと思っている。だが、究極まで問い詰めてゆく勇気はなかった。

健吉は悠々と煙草をのんで、親父の訊問など歯牙《しが》にもかけぬふうだった。

そばの友子がじっと庄平の顔を見たのは、彼女は彼女なりに息子の返事に信用を置いてないからである。それをもう少し庄平に追及してもらいたいと催促しているのだ。表情から、歯がゆく思っているのがよくわかる。

「あんたが京都や奈良に行ったのは一人だったの？」

ついに友子はたまりかねたように健吉にきいた。

「ああ、一人だったよ」

健吉は簡単に答えた。

それ以上、友子は何も言えない。女の伴《つ》れがあったのじゃないかとききたいのだろうが、その詰問はまた庄平に譲っているかっこうだった。母親でも言いにくいようだ。

庄平は、ここで、よほど熱海の「潮風荘」の名を出そうかと思ったが、いや、それはまだ早い。かえって、調べてもいない先にその名前を出すと健吉に先回りをして片づけられそうであった。

あとを警戒するにちがいないから、つかめる証拠がつかめなくなる。

庄平は、いよいよどこかの秘密探偵社にでも頼んで潮風荘を調査させようかと、息子を眼の前に置いてそんな手筈《てはず》を考えていた。

「杉子はどうしているの？」

友子は嫁のほうから健吉に迫った。

「どうもしてないよ。二階で黙って雑誌なんか読んでいたな」

健吉は平気で答えた。

「杉子はあんたのことで心配してるんじゃないかね？」

「心配なんかしてないだろう。どうしてだい？」

「どうしてったって、無断で外に泊まったりするんだもの、そりゃ誰だって気をまわすわよ」

「気をまわすほうがどうかしてるよ。こっちの商売は、いま説明したとおり、いざ、物が出たときくと、すぐさま飛び込んで行かねばならんからね、きまり切った普通の商売とは違う。おふくろも親父の商売を長いこと見ていて、そのくらいのことはよくわかっているはずだがな」

「杉子にはまだ無理ですよ。遠くへ行くのはいいけど、連絡だけはちゃんと取っておくれ」

「そんな窮屈なことを考えたら、商売はできなくなる。そのへん、もっとおれを自由にさせてくれんかな」

「そうはゆかないよ。杉子なんか、ずっとあんたの帰りを待ってるんだからね。あんたはそう言うけど、いま杉子は機嫌が悪いんじゃないかえ？」

「杉子の機嫌の悪いのは今にはじまったことじゃないよ」

健吉は言い捨てると、吸殻を灰皿に押しつけ、両腕を上に伸ばすようにして起ちあがった。

——もっと、おれに自由をくれ。庄平には、健吉の言ったその言葉だけが胸に共感をもって残った。

庄平は、翌日、店の出がけに青山のほうに寄って川上秘密探偵社というのを訪れた。

この社を思いついたのは、何かの広告で読んだ記憶があるからで、別に有能だと目星をつけたわけではない。しかし、こんな程度のことなら、どこの探偵社でも同じだろうと思った。

青山六丁目の青山通りから入った所に、その探偵社はあった。青山通りには大きな看板が出ている。事務所は小さかった。

訪ねると、すぐ応接室に通された。待つほどもなく、四十年配の、顔の平べったい男が現われた。

その男が所長の名刺を差し出した。冷たいコーヒーが運ばれて、サービスはすこぶる上々である。

庄平は、実はお恥ずかしい話だが、と前置きして、熱海の潮風荘という旅館に息子が出入りしているようだが、その実体を調べてもらえないか、と言った。

「そんなことならわけはありません。なお、詳しい事情をお話しいただけませんか。わたしのほうは絶対に依頼者の秘密を守りますから、その点はどうぞご安心ください」

所長はその点を強調して、健吉の年齢や、特徴、性格など詳しく聞いた。写真があれば見せてもらえないか、とも言った。

そうだろうと思って、庄平は健吉の写真を一枚持参していた。

「なるほど、立派なお方ですね」

所長は写真に見入ってお世辞を言った。

「それで、その旅館というのは何という人が経営してるんですか？」

「その点がさっぱりこちらにわかってないのです。それも詳しく調べてください。ただ名前と所番地しかわかってないものですから」

庄平はていねいに言った。

「承知しました」

「わたしの考えでは、息子はどうやらそこで女と会っているように思えるんです。如才ないでしょうが、当人たちに気づかれないように、女の身元をさぐってもらいたいのです」

「これには、やはり尾行が必要でしょうね。熱海というと出張になりますし、特別調査となると規定の費用をいただくことになっています。その点はよろしいでしょうか？」

「費用は相当かかるんですか？」

「やはりこちらの所員を熱海に泊めなければなりませんからね。汽車賃のほか、そういう宿泊代、食事費などがいるわけです。これは実費で頂戴します。それに出張となると特別調査費をいただきます」

「大体、調査は何日ぐらいの見込みですか？」

「息子さんは、その旅館に週一回くらいおいでになるということでしたな？」

「そうです」

「その日にちがはっきりあなたにわかってないとなると、やはり一週間か二週間、旅館に張り込んでいなければならないでしょう。存外早く息子さんがおいでになれば、それだけ日数も縮まるわけです」

「わかりました。で、費用の点は概算どのくらい？」

「そうですね、特別調査費は、一日、一万五千円となっております」

秘密探偵社の所長は、報告書が出来たらお宅のほうに届けましょうか、と言った。

庄平は、少し考えて答えた。

「いや、それが出来上がったら、わたしの店のほうに電話してくれませんか。わたしがここにそれを取りに来ます」

報告書の内容次第では女房に見せられないこともある。それに嫁の杉子の眼に触れる危険もあるから、今の方法が安全だと考えた。彼は、手付けとして十万円を所長に取られた。

庄平は、青山六丁目からバスに乗って日比谷に向かったが、どうも気持ちがさっぱりとしない。この調査で健吉の行動はわかるという安心はあったが、一方、わが子を秘密裡に調査させる後味の悪さはどうすることもできなかった。

健吉は、探偵社の尾行や張り込みなどの視野にこれから入るわけだが、あまり恥を掻くようなことをしてもらいたくなかった。依頼人が当人の親だから、第三者を調べさせるようなわけにはいかない。といって、それとなく健吉に注意するわけにもいかないし、一週間か二週間経って、その調査報告書を見るのが今から心配だった。

いつもより遅く日本橋の店に入った。

「健吉は？」

庄平はすぐに女店員にきいた。

「先ほど、佐川先生のところに行くと言ってお出かけになりました」

近ごろは、健吉と庄平とは別々に家を出る。健吉は車を持っている。最初のうちは、健吉にその車を運転させて庄平は店に出たものだが、そのうち両方で何となく気詰まりを感じ、今では健吉だけが車、庄平はなるべくバスで通うようになっている。このほうが健康にいいし、庄平にもかえって気が楽だった。

「佐川先生から電話か何かかかったのかい？」

「いいえ、なんですか、昨日からお約束があるとかで……」

「そうか」

庄平は店の奥に坐って、女店員の運んできたお茶をむつかしい顔付きをして一口ずつすすりながら考えた。

健吉は本当に佐川技官のところに行ったのだろうか。近ごろ佐川の名を頻繁にダシにしているようなところもある。この前、静岡に行くと称したときも佐川の名を出していた。

庄平は、健吉が本当に佐川のところに行ったとすれば、その佐川がつまらないことをしゃべらなければいいがと、今度はそっちが気になりだした。この前、デパートで佐川と駒井孝吉と二人づれのところを遇《あ》ったのだが、あのとき、こっちも伴《つ》れの和子を見られたかもしれない。もし、佐川に気づかれていたら、放言癖のある彼のことだ、おまえの親父も派手なことをやっていると健吉に言いかねない。

佐川と駒井は和子を見てないとは思うが、それもはっきりとは断定できなかった。

電話が鳴った。

「あら、あんただったの」

庄平の声を聞き知った受話器の声がすぐに言った。いま心配している本人の和子だった。

「いま、そこに誰かほかの人がいるの？」

「いや、誰もいない。何だ、話してもいいよ」

「わたし、いま、あのアパートに引っ越ししている最中よ。ねえ、あんた、ちょっと出てこられないかしら？」

その夜八時ごろ、庄平は、高円寺のアパート三階にある和子の部屋を訪れた。

廊下に面した窓の灯が明々とついている。いかにも引っ越したばかりの様子が外からも窺《うかが》えた。

ノックをすると、簡単服に前掛をした和子が、まだ頭にネッカチーフをかぶったままで、ドアを中から開いて出た。顔に汗が出ている。

「ずいぶん遅かったのね」

和子は、恨むような眼で庄平を見た。

「いろいろ用があって、なかなか抜けられなかったんだ。悪かったな。少しは片づいたかい?」

足もとには、まだ縄をかけたままの道具が三つも四つも置かれてあった。

「昼間は手伝いの人を頼んだけど、一日では片づかないわ。今まで一人で片づけてたの」

「少し手伝おうか?」

「もういいわ。あんたに頼んでも、それほど役に立つとは思えないから」

庄平は上にあがった。

部屋は、見ただけで眼にパッと明るく映じた。壁の色も新しいし、入ったばかりの調度も美しい。今まで居たアパートの暗さにくらべて新居らしい匂いがぷんぷんしていた。

「やっぱり新しいのは気持ちがいいな」

庄平は満足そうに見回した。この前、デパートで下見したタンスも、ちゃんと壁際に収まっている。飾り棚も、鏡台も、それから、台所の電気冷蔵庫も、食器もぴかぴかに光っていた。カーテンも彼女が択んだものだが、うすいブルーの地に花模様が若やいだ気分を添えている。

ずいぶん費用がかかったにちがいないと、庄平は思った。敷金や家賃のぶんだけは渡したが、あの残りでこれだけのものが買えたとは思えない。和子は存外金を溜めていたのだなと思った。

「あんたに頼んでもすぐには間に合わないから、これで友だちからだいぶん借金したわ」

和子は庄平の気持ちを見抜いたように言った。

「そうか。そいつは早く返さないといけないな。いくらぐらい借りている?」

「百万円ほど借りたけど、まだまだ、それだけでは足りそうにもないわ」

庄平は憮然となった。

「でも、借金だけ返せば、あとはぼつぼつでいいのよ。いっぺんではたいへんだから」

彼女は多少彼の心を引き立てるように言い、

「いま、風呂を沸かしているわ。先に入ったらどう?」

とすすめた。移転で、今夜は神楽坂の店は休んだという。

風呂場をのぞいてみると、小さな浴槽だが、それでもタイル張りで、上にならべた真新しい板の隙間から白い湯気が上がっていた。

「じゃ、ひとつ入るかな」

「よかったわ。あんたに一番に入ってもらいたかったの」

「おまえもだいぶん汗をかいて汚れているよ。いっしょに入らないか？」

「そうね、二人いっしょでは小さいけど、そうしようかしら」

和子は、簡単服の上に締めていた前掛をはずした。

庄平が先に湯槽《ゆぶね》に漬かっていると、裸になった和子が手拭いを当てて入ってきた。湯気にうるんだ電灯の灯が彼女の白い身体を鈍く照らした。庄平は、半分眼をあけて彼女の肩や腹の艶を眺めた。

「もう少し、そっちにどいて」

和子は臆面もなく背を立てて湯槽に片足から入れてきた。

「わたしが入ると、お湯が溢《あふ》れ出そうだわ。大体、二人いっしょに入るのが無理よ」

女はむっちりとした硬肥《かたご》えだった。なめらかな皮膚から脂が湯の上に流れそうである。

湯が溢れてタイルの下が洪水のようになった。

「あらあら、たいへん」

と、和子は肩をちぢめ、少しずつ沈んでゆく。そのたびに湯がはじき出た。

「おまえ、いま、目方はどのくらい？」

庄平は、彼女の肉づきのいい背中を抱きながらきいた。湯槽が狭いから、身体を合わせないと二人ぶん収容しきれない。

「そうね、六〇キロ近くあるかしら」

女としては理想的な体格だ。庄平は幸福を感じた。指の先で乳首をつまみかけると、

「いやらしいわね、さっそく。……さあ、背中流してあげるから、上がって」

和子は庄平の手を払って、子供のように湯槽の外に押し出した。

つづいて浴槽を出た和子は、庄平の背中に石けんを万遍なく塗り、手拭いを固めてこすりはじめた。若いだけに力がある。年とった女房ではこうはいかない。

「垢がコロコロ出るわ。おうちではあんまりお風呂に入ってないの？」

「入ってるが、皮膚がヒリヒリするくらいこすったことはない」

「痛いの？」

「おまえは力が強いから、もうすこし手かげんしてくれ」

思わず自分の老境を告白したような言葉になった。痩せた身体が、近ごろ、また細くなっている。うしろにまわっている和子の肉塊に威圧をおぼえた。彼女の太い膝頭に腰が当たる。

しかし、仕合わせだった。風呂は新しいし、好きな女と裸でいられる。女はいっさいの遠慮を取り去っている。

——これで、今まで出した百万円でいっさいが済めば、なおさら言うことはないのだ

が、和子はあと百万円をすでに友だちから借金したと言っている。それもこっちの負担だ。いっぺんに払わなくとも、三回ぐらいに分けてもいいだろうが、そうなると、その間に和子はほかに欲しがるものがまたあったりして、分割払いのぶんだけではすまなくなる。

「さあ、早く上がって」

和子はせきたてた。あとで一人になって、ゆっくりと全身を洗うつもりらしい。もっとも、今日は汗と埃まみれになっている。

庄平は、急にその腕を引っ張って抱きよせたくなったが、女の裸の量感に心が萎縮した。すごすごと狭い板の間に立つと、和子が中腰になって、乾いたタオルで拭いてくれた。乳だけがぐっと前に出て、ひっこんだ腹部が二重にくくれている。

庄平は湯から上がって、シャツ一枚になっていた。

和子が使う湯音がしている。手拭いでもすすいでいる様子だった。庄平は何となくいい気持ちになって、その辺を見回していたが、壁際に置いたばかりのタンスの小引出しが少しあいているのにふと眼が止まった。

その隙間からは白い封筒が少しばかりのぞいている。

庄平はタンスに近づいた。だれかほかの男から来た手紙ではないかという疑いが起こったからである。

和子はまだ湯から上がってこないだろう。庄平は、そっと小引出しをあけた。手紙の封筒はまだ新しい。

表に附箋《ふせん》が貼《は》ってある。宛先《あてさき》が前の焼けたアパートになっているので、郵便局のほうで調べて、彼女が身を寄せた高円寺の友だちのつつじ荘に回送したものだ。ほかのことではなく罹災者だから、郵便局も気をつかったようである。それはともかく、封筒の横には「書留」の判がしてあった。

急いで裏を返した。そして一目見るなり、庄平はあっとおどろいた。

大阪市北区——町——番地、明和製薬株式会社と社名が活字で、横に、

「早川市太郎」

と、これはペンで書き添えられてある。

——早川市太郎

この名前が庄平の脳裏に閃光《せんこう》のようによぎった。

先日、竜古堂の駒井孝吉が店に来て話したときの言葉が思い出される。

(あんた、早川市太郎さんというのを知っていますか?)

早川市太郎と、もう一人、名前は忘れたが、二人の名前を何の連絡もなく出したものだ。知らないと言ったら、そのあと駒井は勝手にその話を引っ込めてしまったが。

その当人の名で和子に手紙をくれている。

もう一つのおどろきは、その早川市太郎が明和製薬の関係者らしいことであった。

事実、それは襲って来たという形容が当たる。何の関係もない場所に、埋没した連絡がふいに発見されたようなおどろきだった。

次に庄平の脳裏に来たのは、早川市太郎がわざわざ書留で和子に手紙を出したくらいだから、彼女とは非常に親しい間だと推察したことである。あるいは、という気がして胸がどきんとなった。この手紙の端が眼に入った瞬間から覚えた疑いが間違いないように思われた。

和子にこんな男がいたのか。

今にして思い当たる。駒井竜古堂が早川の名を出したのは、実は和子と自分のことを前から気づいていて、しかも、その和子には早川というかくれた情人があるのを知っていたからではあるまいか。それを駒井孝吉は、あんな言い方で自分をためしたように思われる。

庄平がその手紙の中を開こうとしたとき、あいにくガタンと風呂場の戸が開く音がした。彼はあわてて手紙をそのまま引出しの中にもとどおり入れ、そっと閉めた。

和子は感情の激しい女で、無断でそんな手紙を庄平が読んだと知ったら、どんなに不機嫌になるかしれない。

しかし、庄平はいったん起こった疑惑を胸の中にたたんでおくことは出来なかった。事実を糺明《きゅうめい》しなければならない。身体をふいて下着をつけている和子の気配を聞きながら、彼はその方法を考えていた。

「お湯から上がるとさっぱりするけれど、暑いわね」

和子はとりかえた簡単服で現われた。

「新型のクーラーを早く入れたいわね」

庄平の前を素通りして隅の鏡台の前に坐り、化粧をはじめた。

手紙のことがなかったら、どんなに楽しいかしれなかった。あの手紙を境にして庄平の気持ちは濁っている。気持ちがはればれとしない。

和子は、庄平が返事をしないのは新しいクーラーの買いものを渋っているとでも思ったらしい。

「ま、いいわ。今度のことで相当お金がかかったから、来年の夏あたりまで我慢するわ。来年なら、もっと値段が下がってるんでしょうね」

顔を軽くマッサージする指先の音を聞かせながら言った。

――どういうふうに和子に訊いたものか。いま、あれを持ち出すのは唐突すぎるようだ。せっかく、うきうきしている和子の気持ちをこわしたくなかった。このままの雰囲気をもう少しつづけてみたい。

和子は化粧し終わった。

「あんた、ビールでも飲む?」

彼の前に坐った彼女は湯上がりの化粧が映えていた。

和子は肌のキメが細かく、色が白いので化粧映えのする顔だった。顔の感じはしゃくれているが、それがかえって可愛らしくみえるし、受け唇《くち》が魅力的だった。顎が軽く括《くく》れているのも稚《おさな》い感じがする。

「もう、ビールは冷やしてあるのか?」

「あんたがくると思ったから、何はともあれ冷蔵庫に入れておいたわ。そのかわり、食べるものはろくなものはないことよ」

「こういう際だ、何でもいい」

ビールを飲みながら手紙のことに触れようか。

コップ二つにビールを注いだ和子は、乾杯の真似のように、その一つを眼の前に上げた。

「やあ、おめでとう」

庄平は誘われて言った。

「どうもありがとう。ほんとにご迷惑をかけたわ。ご免なさい」

和子は上眼づかいに彼を見て、にっこり笑った。

ビールを二本ぶんあけたが、庄平はあの話が容易に持ち出せなかった。和子は機嫌よくしゃべっている。引出しにある手紙のことはもちろん毛筋ほども出さない。庄平は、ずるずると訊問の機会を延ばした。

ビールのあと、庄平は和子の敷いた床の上に横たわった。

新しい部屋だと、蒲団の感触まで新鮮になる。和子が電灯を消し、スタンドの暗いほうの灯をつけた。寝巻に着かえ、庄平の寝ている横にすべりこんだ。

風呂に入り、酒を飲み、いっしょに身体を合わせる。住居が違っただけに、その新しい環境が昂奮をもりあげた。新しい畳が青草の匂いを漂わしていた。蒲団の中に熱風がこもる。

庄平は少し眠った。眼をさますと、和子が隣りの間で道具を動かす音がしていた。まだ終わらない整理が気にかかってならないようだった。

庄平は腹ばいになって枕もとの腕時計を手に取った。十時を五分すぎていた。煙草に火をつけた。

彼が眼をさましているのを和子は知らないらしく、物音はまだつづいていた。庄平は頭をもたげてタンスのほうを見た。小引出しはぴったり閉められていた。あいていたのに和子が気づき彼の知らない間に閉めたものらしい。だが、手紙を見たことまではわかってないと思った。

庄平は和子を呼んだ。物音がやみ、襖があいた。

「あら、起きてたの？」

和子はもとの簡単服に着かえていた。

「お茶でも上げましょうか？」

「いや」

煙草を消して、枕に頭をつけた。

「ちょっと妙なことをきくけど……」

「なに？」

和子がそこに坐った。

「おまえ、早川市太郎という人を知ってるかい？」

できるだけおだやかにきいて、和子の顔を見た。スタンドが暗いのでよくわからないが、それでも、おどろいている表情はとらえられた。

「あら、どうして知ってるの？」

和子は眼をみはって息を呑んだ顔になっている。

庄平は、その表情から情事関係を見出そうとしたが、自分の欲目か、そこには素直な顔しか読みとれなかった。庄平はちょっと安心した。

「どういう人だね？」

すぐには和子の返事がない。それは、庄平がどうしてその名を知ったか、と考えているようだった。

「わかったわ」

和子は膝を打って叫んだ。

「あんた、あの手紙を見たのね？」

すぐに視線をタンスの小引出しに走らせた。

「内容は見ていない」

庄平は強くいった。

「ほんとに見てないの？」

和子は、たしかめるように彼をまだ見据えていた。

「ああ、そのなかを読むまがなかった。ただ封筒の裏表だけだ」

「そう」

和子が詰めていた息をふっとはいた。

「早川市太郎という人は、おまえの前のいい人かい？」

「バカね。何でもない人よ」

「しかし、書留で来ている。あれはどうしたのだ？」

「書留？」

庄平に言われて、和子はちょっと返事を考えるようにした。

「それみろ。書留でくるなんて普通のことではない。どういうわけだ？」

庄平は、たたみかけるようにしてきいた。

「そうね、書留って、めったな人はくれないわね」

和子はとぼけた顔でいた。庄平には、それが小ずるくみえる。

「金を書留で送ってきたのか？」

「変な人ね。そんなことを疑ぐるなんて、あんたもどうかしてるわ。第一、あの人は大阪に居るじゃないの」

「昔は東京に居て、現在は大阪に移っているということもある。いまはかなりな地位の人だ。そして、ときどき東京に出てきて、おまえと会っているんだろう？」

駒井竜古堂が名前を口にするくらいだから、事実、明和製薬でも相当なところだろうと想像した。

「変なことばかり考えるのね」

「じゃ、はっきり説明してみろ。その人、明和製薬に勤めているらしいが、何かい、前には東京の支店長でもしていたのかね？」

「東京なんか居たことないわ」

和子は、明和製薬のことも、相当な地位もすぐに否定しなかった。

「では、ずっと以前に、東京に会議か何かで出張したとき、〝はな富〟の宴会に行き、そこでおまえとの因縁ができたのだろう？」

「違うったら。この人、もう七十に近い方よ」

「それにしても、おれとそう違ってるわけじゃない」

「あんた、邪推でどこまで疑ぐるかわからないわね」

「おまえが妙に隠しだてをするからだよ」

「隠しだてなんかしやしないけど……でも、つまらないことだからよ」

「そこが怪しいのだ。もし、何でもなかったら、あの手紙をおれに見せろよ」

「それだけは堪忍」

和子はにわかに両手を合わせて庄平を拝む真似をした。

「どうしてだ？」

「手紙は見せられないわ。そのかわり、どういう人だか話しするわ」

「うむ。早川市太郎をな？」

「早川さんは死んだ父の友だちなの。そして、今度わたしが火事に焼け出されたと新聞で知ったから、見舞金を送って来たんだわ。父とはもう四十年間からの友だちで、わたしが生まれたときから可愛がってくれた人よ」

和子の亡父は九州の人だった。和子の子供のころに死に、母も十ぐらいのときに死んだという話は前に和子から庄平は聞いていた。

「あの手紙を見せない限り疑いが晴れないな」

「わたしの言葉を信じて。わたしが焼け出されたと知ったから、あれ、ちゃんと届くように、書留できたのよ。わたしの住所も前のところが書いてあったでしょ。もし、あんたの疑ぐるような仲だったら、とりあえず高円寺のつつじ荘の友だちのところを教えているわ」

庄平は、それもそうだと思ったが、それで納得したわけではなかった。

「じゃ、いくら、金を送ってきたのだ?」

和子は黙って庄平の顔を見まもっていた。その表情が謎のようにみえる。

「どれくらいだ?　五万円か……十万円か?」

相手が明和製薬の相当の地位の人だったら、それくらいは送ってきたかもしれないと思った。もっとも、これは和子と特別な因縁のない場合だが、何かがあったとすれば、その額はもっと多いにちがいない。とにかく、新聞を読んですぐに金を送ってきたというのだから、かなり相手は熱心だった。

「まあ、その辺の見当ね」

和子は答えたが、庄平の感じでは、どうもまだ嘘をいっているような気がする。すると、金額はそれよりもっと多いかもしれない。もし、少なかったら、そんなに送ってくるもんですか、と言いそうなものだが、その表情はなかった。

「でも、あの金はそっくり向こうに返すわ」

和子はふいに意外なことを言った。

それが自分への遠慮かと庄平は思った。

それともこっちが気を悪くしたのを見て、和子がその場のとりつくろいで口から出まかせのことを言ったのかもしれぬ。

しかし、和子の表情は、どうも先方に金を返す意志が本当らしくみえる。

「せっかく送ってきたのだから、もらったらどうだ」

庄平は少し皮肉まじりに言った。

「あんな金、欲しくないわ」

意外に強い言葉の調子だった。それがまんざら彼への手前だけでもなさそうである。実際にそう考えているらしい響きがあった。

「そりゃまたどうしてだ？」

「どうってことはないけど……」

和子はちょっと眼を伏せた。

「そりゃ変じゃないか。それとも、おれにわかったから、その男から金をもらえないというのかい？」

「まだ、そんなへんな邪推にこだわってるの？」

心外というように、和子は屹《きっ》と庄平を睨んだ。

「邪推もしたくなるよ。それというのが、早川市太郎さんとおまえの関係がよく呑みこめないからな。きいても答えてくれないではないか。多分、答えられないんだろうな？」

「ええ、ちょっと、それ、事情があるのよ」

「それみろ。言えなければそれでもいい。おれにはそれがずっとシコリになって残るだけだ」

「困るわね、あんたにも。ほんとにわたしの言うのを信じて」

「ほかのことなら信用できるが、男との問題となると、やはり疑いが残ってゆく。それとも、おれの納得のいくように、あの手紙を見せてくれるか？」

「どうしても見せなきゃならないの？……いいわ」

和子は決心したように、タンスのほうへ起ち上がった。

和子は、手紙を庄平の寝ているところに持ってきた。しかし、それを渡すのではなく、一枚の便箋を半分くらいに折って、自分が手に持ち、そこだけがわかるようにしている。

「なんだ、全部読ませないのか？」

腹這《ば》っている庄平は和子を見上げた。

「ほかのところは読まないでちょうだい」

膝小僧を揃えて、折ったところを手で隠している。

「なぜだ？」

「都合があるからよ。それに、あんたの疑いが晴れたらいいんでしょ。ここだけ読んでくれてもわかるわ」

ここだけというのが、便箋二枚目で四行ぐらいしか出ていない。

「……以上のような次第で、同封の送金小切手をお受け取りください。お手数ながら、御落手の上は小生まで折り返し領収書をお送りくださるようにお願いします。宛名は小生で結構です。なお、新聞だけでは詳しいことはわかりませんので罹災状況が不明ですが、無一物になられた場合は何かと入用なものがあると思われますので、これで不足の場合は、これまた小生までその旨をお申し出ください。出来るだけのことはお取り計らいいたします。では、何よりもお身体を大切に願います。

早川市太郎

野村和子様」

庄平が読み終わると、和子は素早く手紙を取り上げた。彼の眼の動きを横からじっと観察していたらしい。

「ちょっと待て。もう一度読ませろ」

庄平は手を出したが、和子は急いで離れ、それを封筒に収めて、手に持ったままうしろに隠した。

「もうわかったでしょ」

とニヤニヤしている。庄平は、今の文句の印象を心で繰り返した。

たしかに文面は丁寧である。因縁のある男からきた文句とは思えない。領収書を送れとか、また何かあったら自分のもとまで言ってこいとか、はなはだ事務的である。

それに、早川市太郎という男は金こそ送ってきたものの、なんだか仲介に立っているような文面だ。つまり、実際に金を出したのは別人のようである。亡父の友だちが相当な金額の見舞金を送ってくるというのが、そもそも不自然だった。

庄平はわからなくなった。

「その前文の文章も見せろよ」

それを見たらはっきりする。

「駄目よ。見せられないわ」

「やっぱり秘密があるんだな?」

「あるわ。でも、あんたがカンぐってるようないやらしいことじゃないわ。誰にだって、ひとには話せないプライバシーってあるわ」

「おれにも言えないプライバシーか」

「そうね」

和子は首をかしげ、

「いくらあんたでも、今はちょっと言えないわ。時期が来たらきっと話すから、それまで待ってて」

「一体、いくら送って来たんだ?」

「どうせ返すんだから言うわ。五十万円よ」

庄平は会社名鑑を調べて、明和製薬の副社長に早川市太郎の名があるのを見て、びっくりした。

うすうすは推察していたが、早川がまさか明和製薬の副社長とは知らなかった。そこまで大物とは思わない。駒井から早川の名前を聞いたのは、たったこの前だった。それが一番近い和子に関連があろうとは意外も意外だった。

和子は早川を父親の友人だと言っている。それにしても、火事の見舞金五十万円は多すぎる。それぐらい気をつかってくれる相手だったら、庄平が今まで和子から早川のことを聞いていなければならない。それは全然なかったのだ。

今回も庄平がタンスの引出しの中からあの手紙を見て、はじめて和子が告白したのである。その告白にしても全部ではない。何かを隠している。

その後も一度和子のところに行って問題をむし返したのだが、

「死んだ父との関係以外に何もないわ」

和子はくりかえすだけだった。

「どうもおれには、それだけとは思えない。五十万円という大金を送ってもらったのにわざわざ送り返すというのは、何か事情がありそうだな？」

「大金だから送り返したのよ。三万円か五万円ぐらいならありがたく貰《もら》っておくけど」

しかし、金の欲しい現在の和子が、よほどの事情がなければ、その金をみすみす送り返すことはないのである。これは何かがある。

ことに、あの手紙の文面は、早川市太郎が直接に送ったという印象はやはりないのだ。誰かが早川を介して送金したという感じがいぜんとして強い。

それを知るには、和子の隠した手紙の前半を見ることだが、彼女は庄平がいくら言ってもそれは読ませなかった。

「いつか時期がきたら話すわ」

一度決めたら容易にその決心を崩さない、かたくなな和子の性格がわかっているので、庄平もそれ以上には押せなかった。そのうち、少しずつ聞き出してみようと思うだけだった。

和子の亡父は九州という。

早川市太郎は、会社名鑑によると、大阪府の出生となっている。小さいとき友だちだったというが、ここにも矛盾があった。

和子に訊くと、

「あら、うちの父は九州にはちがいないが、おじいさんに連れられて、小さいときに大阪に行ったことがあるのよ。そのとき早川さんと学校がいっしょだったと言っていたわ」

と、どこまでも主張した。

それはそれとして、早川市太郎が明和製薬の副社長なら、彼を通じて社長の村上為蔵に近づく手づるは求められるかしれない。いや、それは可能のようである。先日きた駒井が早川の名を口にしたのも、それを暗示している。

だが、庄平にはまだためらいがあった。和子と早川市太郎の関係がはっきりしない限り、うかつにそんなことも出来ないのである。どんな恥をかくかわからない。

探偵事務所から電話がかかってきたので、庄平は青山まで出かけた。

依頼してからかなりの日が経《た》っている。

応接間に通されると、先日の四角い顔をした社長が出てきた。

「どうです、わかりましたか?」

出された紅茶に口をつけながら庄平はきいた。胸がどきどきした。

「はい。たいへん困難な調査でしたけど」

所長は、もったいぶった口ぶりで、

「うちの調査員を二名、熱海に派遣しまして、潮風荘の前にずっと張り込ませました。ところが、ご子息がいつ潮風荘においでになるかわかりませんので、これには弱りました。毎日毎晩、ずっと張り込んでいた気苦労はたいへんなものです。ご承知のように、相手が旅館ですから人の出入りが多く、お写真でお顔は承知していましたものの、見逃しはしないかと、ずいぶん気をつかいました」

と、苦労話をした。

「そうでしょう。で、結局、どういうことになったんでしょうか?」

庄平は、先方が努力を吹聴するのはやはり料金問題に絡んでいるとは思ったが、結局は報告の結果次第だと思った。

「これでございます」

所長はタイプ綴りを庄平の前に差し出した。

「高尾健吉殿調査報告書」とある。

庄平は一頁に眼をさらした。

「潮風荘ハ熱海市来宮××番地ニ所在シ、建坪約六十坪バカリノ和風旅館デ、経営者ハ原籍大阪市浪速区××町××番地山内富子(当三十二歳)デアル。同旅館ハ昭和二十六年ニ同地ニ開業シタモノデ、ソレマデハ某家ノ所有ダッタモノヲ山内富子ガ買イ取リ、現在ノ営業ニシタモノデアル。山内富子ハ独身デ、父ハ原籍地ニ居住シ、山内和雄トイウ人デアル。戸籍ニヨルト、母ハ昭和二十年ニ死亡シ、他ノ兄弟ハナク、イワユル父一人娘一人デアル。

山内富子ハ色白デ、一見、水商売風ノ女デアルガ、過去ニオイテ芸者、バアノ女給ナドノ経験ガアルカドウカハ未確認デアル。客アシライガヨク、性格ガアッサリシテイルノデ馴染ミ客ヲ相当持チ、カナリ繁昌シテ、営業成績ハ上ノ部ニ入ルトイエル。同家ニハ女中三人、下働キ一人、掃除ソノ他雑用ニ男二人ヲ雇傭シテオリマス。本調査員ハ潮風荘ニツキ、マズ近所ノ噂ヲ聞キ、ツギニ同家ノ女中ノ一人藤田タキ子ヲ買収シ、詳細ニ内情ヲ聞クコトニツトメタ」

以下を要約すると、健吉は、この潮風荘を使いはじめたのが今から三カ月ぐらい前である。くるときはいつも一人で、女づれはない。

(女づれはない?)

庄平は眼をみはった。

そんなことがありうるだろうか。

「右女中ノ藤田タキ子ノ話ニヨレバ……」

健吉は旅館の主人山内富子と親しいという。そのためによくその旅館に遊びにくるという。

(やっぱりそうか……)

「シカシナガラ、本調査員ノ判断ニヨレバ、健吉殿ト山内富子ノ間ニハ特別ナ関係ハ見出サレナイヨウデアル……」

庄平は、おや、と思った。予想がはずれたわけだが、同時に、ほっと安心した。

しかし、こんなことが考えられるだろうか。相手は旅館の独身の女経営者で、年齢三十二歳。水商売の経験はないにしても、それらしい身のこなしで客あしらいもよいという。そこに健吉が遊びに行っているのだから、ただごとではなさそうだった。三十二歳といえば和子と同じ年で、営業も旅館だから、どうしても無事な間柄で済むとは思われなかった。

庄平は、はじめ、この報告の依頼者が健吉の父親だから相手が気を兼ねて手加減しているのではないかと思って訊いたが、所長は、決してそんなことはないと断言した。

「わたしのほうの調査は真実をお伝えするのが目的ですから、ありのままをご報告するのが義務だと思っています」

顔の四角い所長は力説した。

庄平は、つぎの報告文に読みすすんだ。

「藤田タキ子ノ話ニヨレバ、健吉殿ハ去ル十二日午後八時ゴロ潮風荘ニ一泊シテ、翌日ハ早朝ヨリ汽車デ静岡ニ立タレタ模様デアル。前晩ハ旅館主山内富子ト十一時ゴロマデ酒ヲ飲ミナガラ話ヲ交ワシテイタガ、十一時半ゴロ、健吉殿ハ自分ノ部屋ニ戻リ、風呂ヲ浴ビ、按摩ヲ呼ンデ、ソノママ就寝シタ。富子モ自分ノ部屋デ寝テ、ソノ夜、部屋カラ出テイナイコトハ、次ノ間ニ寝テイタ藤田タキ子ガ証言セルトコロデアル。

ソノ後、健吉殿ハ同旅館ニ立チ寄ッテイナイガ、翌日、スナワチ健吉殿ガ静岡ニ立タレタ日ノ夜八時ゴロ、健吉殿ガ大阪ヨリ電話ヲカケ、旅館主山内富子ト通話シテイタ事実ガアルガ、話ノ内容ハ不明デアル……」

なるほど、なるほど、と庄平は心にうなずいた。この日付は健吉の留守とぴたりと合う。静岡といい、大阪といい、場所も合致していた。もっとも、健吉は京都に行っていたと言っているが、大阪としても不自然ではない。

「二十五日午後七時ゴロ調査員ガ張込ミ中ニ、健吉殿ハ『タクシー』デ同旅館ニ乗リ着ケテ、ソノママ旅館ノ中ニ入ラレタ。調査員ハヒキツヅキ待ッテイタガ、午後十一時半ニナッテモ健吉殿ガ出テクル様子ガナイノデ、当夜ハ同旅館ニ宿泊ト思イ、十一時四十分ニ張リ込ミヲ解イタ。

翌二十六日午前九時ゴロ同旅館ニ偽名ヲモッテ電話ヲカケ、藤田タキ子ヲ呼ビ出シ、事情ヲ聴クト、今朝八時ゴロ健吉殿ハ同旅館ヲ某氏トイッショニ出発サレタコトガワカッタ。ヨッテ調査員ハ某氏ノ身元ヲタキ子ニツイテキクニ、ハジメハ容易ニ語ラズ、ソノ男ハ山本トイフ姓デアルコトヲシブシブ答エタ。ナオ、同人ヲナダメテ事情ヲ聴取スルト、山本ト名乗ル人物ハ大阪弁ヲ使イ、年齢五十二、三歳クライ、小柄デ、ドチラカトイウト華奢ナ身体ツキヲシ、態度モスコブルヤサシイトイウコトデアッタ。サラニ質問スルト、同人ハ、フタ月ニ一回グライ同旅館ニ来テハ一泊カ二泊スルトノコトデアッタ……」

——さあ、わからなくなった。

大阪弁を使う山本という男は、潮風荘の女主人山内富子のパトロンだろうか。ふた月に一度くらいの割りとは少なすぎるが、そういう男女関係だってないことはない。ところが、報告書のつづきは、それを次のように否定しているのだ。

「ヨッテ本調査員ハ女中藤田タキ子カラ山本ナル人物ノコトヲ聞クニ、経営者山内富子トノ特殊ナ関係ハ認メラレナイヨウデアル。スナワチ、山本ナル人物ガ潮風荘ニ来ルトキハ態度ガ丁寧デ、コトニ富子ニ対シテハスコブル慇懃《いんぎん》デアルトノコトデアル。シタガッテ、両人ノ間ニハ、愛情関係マタハ金銭関係ナキモノト一応認メラレル。

ナオ、健吉殿ガ去ル二十五日ニ一泊サレタトキニハ、コノ山本ナル人物モ同旅館ニ宿泊シテ、健吉殿トモ話ヲ交エテイタト藤田タキ子ハ言ッテイル。ソノ話ノ内容ハ不詳ナルモ、以上ヲモッテ察スルニ、健吉殿ガ去ル十三日ゴロ同旅館ヨリ大阪ニ行カレタ際、アルイハ、コノ山本ナル人物ト会見サレタカモシレヌ推定モアリ得ルト思料サレル」

調査報告書は、大体、このようなことで尽きている。

健吉は、その山本という男と潮風荘で話したというのである。庄平は、この部分と、さらに健吉が大阪に出張した際の推定の部分を読んで、怪人物の素性が知りたくなった。もとより、健吉は家に帰っても、そんなことはおくびにも出さない。

だが、はじめ心配していた女関係は、今のところ直接出ていないので、庄平はいくらか安心した。ただし、山内富子との関係については探偵社の調査員でもまだしっかりとはつかんでいないようである。あるいは、という気がしないでもないが、とにかく、当面、探偵社には恥をかかないで済んだ。

「いや、どうもありがとう」

庄平は所長に礼を言った。

「たいへんよく調べてあります」

「そうですか。なんでしたら、あと、つづけて調査をやらせてもよろしいんですがね」

「いや、今のところ、このくらいで結構でしょう。また必要があればお願いしますから」

「その節は、ぜひとも」

庄平が明細書を頼むと、なんと三十二万五千円を取られた。特別調査料が毎日一万五千円で、そのほかに汽車賃、旅館代、飲食費が含められている。

庄平は金を支払って外に出たが、たいそうな散財であった。調査報告書を読んでしまえばそれきりのものだった。

庄平は店に戻った。

「健吉は？」

と訊くと、女店員は言った。

「佐川先生のところに行くとかおっしゃって、車に山口さんを乗せて出かけられました」

(また、佐川技官か)

庄平は苦い顔をした。番頭を連れて行ったのはカモフラージュで、佐川のところでは適当な時間までいて、あとはどこかに回るつもりなのかもしれない。

庄平は、秘密探偵社の調査報告書に従って大体の様子がわかったものの、これからどのようにして健吉の実体を知ろうかと思った。つづいて探偵社に調査を依頼するのも一つの方法だが、また、むやみと金を取られそうである。調査員二人ぶんの旅費、宿泊料を持たされたうえ、さらに一日一万五千円の特別調査費をふんだくられる。ばかばかしい。

それに、この調査では、健吉は一週間に一回の割りしか潮風荘には来ていない。彼が来週また出かけるにしても、報告書は同じ内容になろう。また健吉が必ず現われるとは限らないから、調査はこれ以上は何もつかめないで、金だけ取られる結果になるかもしれない。

庄平は、それなら、ひとつ、おれが熱海に出かけてみようかという気になった。私立探偵社に金を払うことを考えれば安上がりだし、また相手の山内富子という潮風荘のおかみの様子を実際に自分の眼で見ることもできる。幸い向こうは熱海の旅館だ。一晩泊まってみるのも悪くはない。

ただ、心配なのは、自分がその旅館に泊まったとき、ふいと健吉が現われることだった。だが、これは健吉が潮風荘に頻繁に行っていないところから、まずまず安心だと思った。それに、向こうは旅館だから部屋は違うし、泊まった翌る朝は健吉はいつも早く旅館を出るようだから、まずハチ合わせになることはなかろう。

近ごろの旅館は、ほとんど各室に浴室をつけている。あんまり外出したり、廊下をうろうろしないで済む。そのうち女中を呼んで、それとなく様子を聞いてもいいし、おかみに来てもらってもいい。

庄平は、そう考えて、久しぶりの熱海行きに急に心が動いた。

（そうだ、あんまり先に延ばしては、健吉と向こうで衝突する危険がある。今夜のうちにちょいと行ってみよう）

彼は和子をいっしょに連れて行こうと思いついた。どうせ熱海に泊まるのだ。しかし、熱海も存外退屈である。和子といっしょなら、それが救われる。あの女も火事で焼け出されてからは何かと忙しかったから、この際、骨休みをさせてやろう。

庄平は用ありげに店を出て、公衆電話から和子のアパートにかけた。管理人室から取次となっている。

「この前はどうも」

和子は管理人室だから、人前もあってか、よそゆきの言葉を出した。

「急な話だが、今夜は店のほうを休んで、おれといっしょに熱海に行かないか」

「えっ、どこに？」

「熱海だよ。一晩泊まりだが、どうする？」

「うれしいわ。ぜひ行きたいわ。神楽坂のお店は休むわ」

和子はすぐに言った。

「そうか」

反対されるのではないかと思っていた庄平は、ほっとした。

「それなら、今からすぐ支度をして東京駅に五時ごろに来てくれ。電車はいくらでもあるから。とにかく五時に落ち合うことにしよう」

「そのつもりで五時までに参ります」

午後四時半になるのを待ちかねて庄平は店を出た。

健吉も、番頭の山口もまだ帰ってこない。どこをほっつき歩いているかしれないが、山口がついている限りまあ安心だろうと思い、彼は、湯河原にある旧家の所蔵品が近くに売り立てに出されるかもわからないので、その下見に出かける、それで今夜は戻れないかもしれない、と言い置いた。

家のほうに電話をすると、嫁の杉子が出たので、同じことを告げた。友子は外に出ているというので、ちょうどよかった。

駅の構内に入ると、乗車口の切符売り場のところに和子が立っていた。今日は白い塩沢に裾の短い黒の絽《ろ》羽織を着ている。

火事で焼けたといいながら、ちゃんとこういうものは残していたのだ。

その姿が赤坂の芸者ぐらいには見えたので、庄平ははなはだ満足だった。

「どうしたの、急に熱海に行こうだなんて言い出して？」

和子は、人混みの間から庄平のそばに寄ってきた。

「うむ、少し用事があってな。だが、それはつけたしだ。この前からいろいろ苦労したようだから、おまえに骨休みをさせようと思ったのだ」

庄平は、出札の窓口に歩きながら言った。

「へえ、そんなうれしい気持ちもたまには起こるのね。おどろいたわ。でも、ここんとこ、クサクサしてたから、どこか気晴らしに出かけたいと思ってたの」

「〝はな富〟のほうは断わってきたかい？」

「ええ。おかみさんに、二日ほど休ませていただきます、と言っといたわ。そろそろ夏場にかかってひまになるから、休んでもお店のほうは平気なのよ」

和子はいそいそとしていた。

「よかったな」

新幹線「こだま」の指定席に坐った。

一時間ぐらいだが、車内で二人はビールを飲んだ。つまらない話題でも結構たのしかった。

「熱海はどこに泊まるの？」

和子は二、三の大きな旅館の名を言い、行く先をきいた。

「来宮の潮風荘という旅館だ」

「潮風荘？　そんな新しい旅館が出来たのかしら？」

和子は首をかしげた。

「いや、あんまり有名ではないが、そこにちょっとわけがあって泊まってみたいのだ」

「小さな旅館でしょ?」

和子はいささか不満だった。

「小さいかもしれないが、なかなか家族的な雰囲気だという話だよ」

「もう、予約はしてあるの?」

「いや、まだだがな。なに、あまり目立たないところだから、いきなり行っても部屋が塞がってるということはないだろう。あ、それから、念のために言っとくが、おれたちの名前は井上ということにしよう」

健吉がよく行っているので、高尾の名前ではまずかった。

潮風荘は、熱海の海岸通りから来宮駅に向かう坂の途中にあった。庄平が予想したとおり、ある会社の寮の角から横丁に曲がったところで、外は石塀だが、門から玄関までは純日本風な白い砂利道になっていた。

わりと落ちついた家だが、和子は、そこが名前の知れた旅館ではないので、かなり不満のようである。

その玄関横の植込みの間から、若い女中が白っぽい着物姿で現われた。

「いらっしゃいませ」

「今夜一泊したいのだが、いい部屋がありますか？」

庄平がきいた。

「少々、お待ちくださいませ」

引っこんだが、すぐに戻ってきた。

「どうぞ」

愛想よく玄関の戸を開けてくれた。

中に入ると、表の見かけよりは、意外ときれいだった。全体がけばけばしくなくて、落ちついた好みを出している。

廊下をいくつも曲がって、最後に案内されたのが奥まった座敷である。八畳くらいの部屋だが、すぐ前は、庭を越して熱海の風景が眼下に眺められるようになっている。

その庭を仕切って屋根のついた低い塀があり、狭い庭ながらも、思ったより気の利いた植木や石が配置されてあった。

「わりといい旅館ね」

和子もようやく機嫌を直した。

庄平は、玄関からここに入ってくるまで、健吉とかち合いはしないかという不安があったが、それはなかった。しかし、今夜泊まって明日ここを出て行くまで油断はできない。

「今夜はお客は多いですか？」

その女中にきいたのは、それとないさぐりだった。

「はい、おかげさまで今夜もいっぱいになりそうです。もう少しのところでこの部屋もお断わりするようになったかもわかりません」

「それは運がよかったな」

しかし、客がいっぱいになると聞いて、庄平はまた心配になった。

「ここは予約の客が多いでしょうな？」

「はい、予約をいただくのがほとんどでございますけれど」

「やはり東京方面が多い？」

「そうでございます。どうしても東京の方がほとんどになります」

「あんた、早く洋服でも着かえたらどう？」

横から和子が、よけいなおしゃべりをしてないで、と言いたげに口を出した。

「ただ今、お風呂を見て参りますから……すぐお召しかえになりますか？」

「そうしよう。すっかり下が汗になったから」

女中が膝を起こすのを、

「あ、ちょっと」

庄平はとめた。

「こちらは、はじめてだが、これからはぼくらもこさせてもらいますよ……旅館というのは、おかみさんの気風がすぐにわかるものだが、それとなくお目にかかってみたいな」

「はいはい。あとでご挨拶にみえると思います」

女中が行きかかると、庄平はまた呼び止めた。

「あんたが、この部屋の係になってくれるんだね？」

「はい」

「名前は何というの？」

庄平は笑ってきいた。

「雪子と申します」

見たところ、まだ若い。庄平は、探偵社の調査報告書にある藤田タキ子とは違う女だと思っていたが、やはりそうだった。探偵社の調査員に買収された藤田タキ子は、もう少し年配のような気がする。

だが、初めて来て、藤田タキ子のことをきくわけにはいかなかった。

「あの、貴重品をお預かりします」

雪子といった女中は、貴重品袋といっしょに宿帳を持ってきた。庄平は、それに東京のデタラメの住所を書き、井上政雄外一名、と記入した。

女中がいったん引っ込むと、和子は庄平を睨んだ。

「いきなり女中の名前をきいたりなどして、いやらしいわ」

こっちの考えは和子にわからなかった。

「いくら名前をきいても、みんな源氏名だからアテにはならないわよ」

和子に言われて、なるほど、そうかと庄平は思った。調査報告書にある藤田タキ子というのは本名だから、店用の名で言われても当人かどうかわからぬ。今の雪子が店での通称藤田タキ子だということもありうるのだ。

だが、今回は直接には女中から何もさぐらないことにしているので、ただ藤田タキ子を心に留めておけばよかった。

その雪子という女中が浴衣を二揃え抱えてきて、部屋の隅に置いた。

「お風呂場の支度が出来ておりますけれど」

さっきから聞こえていた隣りの湯の音はやんでいた。

外はだいぶん陽が傾いたが、暗くなるにはまだ間があった。海の上にうっすらと夕陽の色が流れている。

「お風呂からお上がりになるまでに、お食事のお支度をしておきましょう」

ビールを注文しておいて、庄平は浴室をのぞいた。型どおり壁際に湯槽がついているが、岩風呂の感じを出すため、そのへんにやたらと石がくっ付いていた。ただ、正面のガラスには熱海の風景がいっぱいに取り入れてある。

「ねえ、あんた、この旅館には、どういうつもりでやって来たの？」

しゃがんだ和子が桶で白い肩に湯をジャアジャアかけながら、先に浴槽に沈んでいる庄平の顔をさぐるように見た。

「べつにどうということはないよ。噂でこの家のことを聞いたので、ちょっと来たくなったまでだ」

「ほんと？　なんだかヘンだわ」

和子は呟きながら、裸を無遠慮に湯の中へ入れてきた。

風呂場で約四十分、庄平は和子と熱海の夕景を眺めながら愉しんだ。浴槽のなかで、彼は和子の胸を指で遊んだり、腰を抱いたりした。湯の中だと、体重が軽くなるので、始末がしやすい。

座敷には、すでに皿が卓いっぱいにならべられ、ビール二本も出ていた。

湯上がりの、濃い化粧をした和子の、宿の浴衣姿を見るのは、また別な趣きがある。庄平は、東京の家も、店のことも、この一瞬忘れ去った。

和子は身体の割りに顔が小さく、キメが細かいので白粉が映える。ちょっと顎がしゃくれて受け唇《くち》なのが、いつも庄平の気に入っている点だ。

「よく冷えてるからおいしいわ」

庄平に代わりのビールをもう一杯つがせた。

「お風呂を召したあとのビールは格別でございますわね」

さっきの雪子という女中が愛嬌を言った。

「女中さん、君もどうだい？」

庄平はビールびんに手をかけたが、

「いいえ、今からいただいてはたいへんです。まだ勤務中ですから」

女中は笑って、

「では、どうぞごゆっくり」

和子に頭を下げて出て行った。

「あの人、ずいぶん客馴れしているわね」

和子が女中の足音が部屋の外に消えてから言った。

「そうかな？」

「そうよ。あんたなんかわからないだろうけど、わたしにはちゃんとわかるわ。男客一人で来たら、何のサービスをするかわかったもんじゃないわ」

「はな富」で働いている和子は、旅館とか料理屋の女中の裏がわかったつもりでいるのだろう。だが、庄平には、少し自分が係り女中に親切すぎたので、和子が悪口を言っているように思えてならなかった。

が、すぐそのあと、和子の言葉が少し気にかかってきた。健吉がここにくる目的とすぐ思い合わせるのだ。

しかし、まさかと思う。わざわざ、この旅館の女中を相手に、健吉が東京からくるとは思われない。

外はいつのまにか昏《く》れて、街灯が低い塀の向こうにいっぱいきらめいていた。

「ねえ、食事が済んだら、少し賑やかな街を歩いてみない？」

和子がその灯に誘われたように言った。

「うむ。そうだな」

庄平は気の乗らない返事をした。

「あら、だって、こんな宿にばかり居たってつまらないわ。せっかく熱海に来たんだもん、久しぶりに歩いてみたいわ」

「まあ、飯が終わってから、その気になったら行ってもいいがな」

いま和子の言うことを断るよりも、そのときになって渋ったほうがいいと庄平は思った。

このとき出入口の襖の向こうから、

「ごめんください」

と、別の女の声が聞こえた。

襖を静かにあけて入って来たのは、もちろん、さっきの女中とは違い、座敷着のように派手な着物を着た女だった。彼女は、庄平と和子の見まもる中で、うしろ向きになって襖を閉めた。

庄平は、それがおかみだと直感し、思わず箸《はし》を置いた。

向き直った女は、襖の際《きわ》に両手をつき、その指の上まで頭を下げた。

「いらっしゃいまし」

顔をあげると、それほど美人というほどではないが、面長で色気がある。商売馴れしていて、眼もとにも、口もとにも、愛嬌があった。

「わたくしがここの主人の山内でございます」

庄平は、あぐらを改めて坐り直した。

「やあ、わざわざどうも。ご厄介になっています」

「ほんとに、お世話が行き届きませんが」

おかみは、次にその魅力的な眼を和子に向けた。

「こういう家でもよく来ていただけました。熱海は大きな旅館ばかり多いのに、ありがとうございました」

庄平は、おかみの眼差しがいささか眩しかった。自分の顔から共通した健吉の特徴が気づかれなければいいが、と少し心配した。もっとも、健吉は、それほど庄平に似てないと人から言われているので、まず気づかれることはないと思う。思うが、偽名で来ているのがやはり気がひける。万一、そんなこともあるまいが、あとで実際に健吉の父親として、もう一度、彼女と正面から顔を合わせる機会がないとはいえないのだ。

「女中さんに伺うと、こちらもお客が多いそうで結構ですね」

庄平はお世辞を言った。

「ありがとうございます。なんですか、家庭的な雰囲気があっていいとおっしゃる方もございます」

おかみは、眼を庄平と和子と等分に振り分け、手の甲を口に当てた。

本来なら庄平は、まあ、こちらへ、と言って、おかみを食卓の前に近づけ、盃の一つも差すところだが、健吉のことがあるから、その言葉が出なかった。

「あの、たいへん失礼でございますが」

おかみは庄平をそこから見上げて言った。

「お客さまは、どうしてわたくしの家を択んでお泊まりいただけたのでございましょうか」

「いや、なに」

庄平は気軽に言った。

「ちょっと、ひとからお宅のことを聞きましたのでね」

「さようでございますか。わたくしのほうはあんまり宣伝もしておりませんのに。……奥さま、どうもありがとうございました」

和子におかみはもっと丁寧に礼を言った。

おかみが作法正しく座敷を出ると、和子が箸で刺身をはさみながら、

「なんだか旅館のおかみさんらしくないわね」

と、早速、批評を下した。

和子は、自分が料亭のお座敷女中をしているだけに、何となく同じような商売の女性に好感を持ってないようだった。

「だって、おかみというのは、もっと地味ななりをしているものよ。あの人、まるで芸者衆か何かのように着飾ってるじゃないの。どんな大きなお茶屋さんのおかみでも、身なりはずっと目立たなくしてるわ。それでなくては芸者衆を引き立てることができないもの。そうでしょ？」

「しかし、旅館は料亭とは違うよ」

「あら、結局はおんなじだわ。だって、旅館といえば、どんな女性の客がくるか知れないもの。おかみさんがあんまりきれいな身なりでいると、女性客のほうが面映ゆくなるわ。そりゃ失礼よ。旅館のおかみが地味にするのはエチケットだわ」

一理ある。

「しかし、まあ、あのおかみも独りだというから、どうしてもああいう恰好になるんだろ

うな」

「あら、独りなの、あの人？　あんた、よく知ってるわね？」

「いや、これもひとから聞いたんだが」

庄平はちょっとあわてた。

「ここは料理もあんまりうまくないし……。ねえ、あんた、外に行こうよ」

和子は機嫌が悪くなっていた。

この席におかみを呼んだのは逆効果になった。なるほど、当のおかみの山内富子の顔は実見したが、今度は、そのおかげで和子につき上げられ、散歩に出なければならない。この雰囲気では庄平も渋ることができなくなった。

こんなことなら、おかみを挨拶にこさせずに、そっと垣間見ればよかった、と庄平は後悔した。

「じゃ、ちょっとの時間、歩いてみるかな」

庄平は仕方なく起ち上がり、浴衣を脱ぎかけたが、待てよ、いっそ宿の浴衣のほうが目立たなくていいと思った。ふだんの着つけている洋服だと、それだけでも健吉の目に止まるかもしれない。

和子は鏡台の前に坐って化粧を直していたが、

「あんた、ここの旅館のことを誰に聞いて来たの？」

と、同じことを、今度は、少し鋭い声できいた。

「友だちだよ」

「友だちって、誰？」

「道具屋仲間だ。名前を言ってもおまえの知らない男だ」

「ふん」

和子は、鏡にむかって顎を突き出し、ルージュを引いていたが、口紅棒を荒々しくおさめると、

「あのおかみさん、男がいるわよ。独りだなんてとんでもない。あたしなんか、あの身体つきを見て、すぐにそう思ったわ」

と断言した。

庄平は和子と連れだって潮風荘を出た。

和子は、宿の浴衣ではしたないと言い、わざわざ塩沢に黒の絽羽織をきちんとつけた。実は、この支度が自分でもかなり気に入っているとみえて、それで歩いてみたいらしい。

潮風荘の廊下や玄関に気をつけた。泊まり客らしい人の姿を見ると、はじめから顔をそむけた。健吉は今夜来ていないとは思うものの、やはり落ちつかない。こんなことなら、いっそほかの旅館をとればよかったと思った。

道路に出ると、この辺は下り坂の暗い通りになっている。坂道の両側は、旅館の看板と、

乏しい外灯だけである。坂の下は海岸通りの賑やかな灯のひろがりが輝いていた。

浴衣着の庄平と、粋な恰好の和子とは肩をならべて路を降りた。すれ違う人でじろりと眺めて通る者もいた。

「あそこのおかみさんが独りでないと言ったが、どうしてわかる?」

庄平は和子に話しかけた。

「それは、あの身体つきでわかるわよ。特にうしろむきになった腰のあたりで判断がつくわ。わたし、そういう点はわりあい眼がたしかなほうよ」

「そうかな?」

「そうよ。それだけじゃないわ。わたしには同性愛の女のひとだって、大体、カンでわかるわ。どんなにとり澄ましていても、身体の特徴がものを言うわ」

「恐れ入ったもんだな。じゃ、あのおかみさん、旦那はないと聞いていたけど、あんまりアテにならないのかな」

「あんたも人がいいわね。そんなことを本気にしてたの?」

和子の言うことが本当だとすると、相手はやっぱり健吉だろうか。いやいや、そうではあるまい。もし、そうだとしても、健吉はまだ日が浅いはずだった。和子の言うとおり身体の特徴にそれが現われているとなると、山内富子はかなり前から、しかも日常的に男性と接触していることになる。

探偵社の報告によると、彼女には別に旦那もなく、また情夫もないとあった。調査員の聞きこみが足りなかったのだろうか。そうだとすれば、三十数万円をタダ取りされたわけだ。健吉の行動報告にしても、あの私立探偵社は信用できないことになる。

海岸通りの繁華街を歩いた。両側は旅館と土産物屋とが軒を連ねている。和子は、その賑やかな一軒の土産物屋に入って、品物をのぞきこんでいた。別に特に買うものもないらしいが、買い物の雰囲気を愉しんでいるようだ。店には客が多かった。そのほとんどが旅館の浴衣着である。庄平は、誰か知った人間に見られはしないかと、心が安まらなかった。和子は、ケースの間をゆっくりと歩いたり、立ち止まったりしている。庄平はたまりかねて和子のそばに行き、肘をつついた。

和子は街なかを歩きながら庄平のせっかちにぶつぶつ言っていたが、人混みの中で何を見つけたのか、

「あ」

と低い声を出した。

「何だ?」

庄平が振り向くと、和子の横顔が前の人混みの中に顎をしゃくっている。

「ほら、あすこを歩いている若い男がいるでしょ。赤いスポーツシャツを着た、角刈りみたいな頭の若い男」

その視線につられて庄平が見ると、団体客の浴衣姿の群れの間に、その赤いシャツがずんずん向こうに行っている。

「あのパッチのようなズボンをはいた男かい？」

「パッチとはまた関西風ね。そうよ、あの人よ」

「それがどうした？」

「あの男から何か感じない？」

「別に……感じるも感じないも、第一、顔を見ていない」

「わたし、さっき横を通ったときチラリと見たんだけど、うしろ姿のほうがよくわかるわ。あの青年もアレよ」

「アレって何だい」

「血のめぐりが悪いのね。ほら、さっき言ったばかりじゃないの。女の同性愛に対して、あの青年はやはり同じ傾向の男よ」

「へえ、ホモかい？」

と、庄平はなおも見つめたが、そこにはお宮の松が夜空に幹をひろげているだけで、青年の姿はもうわからなかった。

「そんなことまでおまえにわかるのかい？」

庄平は、和子が半分は当てずっぽうを言っていると思った。さっきは、女の身体つきを見れば、その性生活まで見当がつくと言ったが、その余勢を駆って、男の傾向まで弁《わきま》えているのを自慢したいらしい。

「あんたなんか何も知らないわね」

和子は軽蔑して言った。

そういう点になると、庄平も少々和子には劣等感を覚える。彼女は前にバアに勤めたこともあるし、そんな世界を見る目は肥えていた。その点、庄平とは大人と子供ほどの違いだった。

「なんだかくたびれたわね。もう帰りましょうか」

和子はようやくつまらなそうに言った。絶えず通行人を気にしている庄平は助かった。

だが、それもつかの間で、和子は言い出した。

「ねえ、あんた、どこか喫茶店に寄ってコーヒーでも飲みたいわ」

「コーヒーなら、宿に帰って飲んだほうがいいよ」

「ばかね。旅館のコーヒーなんて、およそ飲めたもんじゃないわ。あんな旅館じゃインスタントに決まってるわ」

旅館の不平がまた和子の口から出そうになった。

庄平は仕方がないから、小さな橋を渡った角の、レストランのようなところに和子のあとについて入った。多勢の人がたむろしているところは、通行人よりも、顔をしげしげ眺められる危険がある。

時間の関係か、それとも季節の具合か、レストランの喫茶部は客でいっぱいだった。

和子は入口のところで見渡し、空席をさがした。歩いているときもそうだったが、少し大げさに言えば、坐っている客は一斉に和子のほうを見た。一見、東京の芸者風な彼女の服装が目立つらしい。ついでに、そのうしろに従っている貧弱な年寄りにも彼らの眼が移る。庄平は気持ちが縮んだ。われながら宿の浴衣着が一層にやけてみえる。

和子は他人に見られるのがむしろ自慢で、向こうの隅に具合よく空席を見つけると、テーブルの間をさっさと歩いて行った。庄平もいささか体裁の悪い思いで従った。ほかの客も宿の着物が多く、かりに知った人間がそこにいても、顔の判別がすぐにはできなかった。それだけに、やはり誰かに見られているという意識は強い。

コーヒーを注文した和子は、庄平の煙草から一本取って、気持ちよさそうに吸った。片方の窓には暗い海が見える。遠い初島の人家の灯が夜霧に明滅していた。椅子にゆったりと坐った彼女は熱海の夜を愉しんでいるふうにみえた。

実際、この前から、火事に遭ったり、友だちのところに転げこんだり、新しいアパートに移ったり、ゴタゴタがつづいたので、今はよけいに気分がほっとなっているらしい。

「ねえ、あんた、保険会社は全額支払ってくれるかしら？」

和子は、ここにくる列車の中でもちょっと洩らした保険金のことを言った。全額で六百万円。――こんなことになるのだったら、もっとよけいに入っておけばよかったという後悔を、この前から聞かされている。だが、アパート住まいのかなしさ、保険会社のほうで契約の際、それ以上は渋ったのだった。のみならず、今度罹災してからいろいろ調査にきたが、家財道具を和子が持ち出した形跡があるといって、なかなか全額支払いには応じないふうだった。

いま、和子は、ちゃんとこういう着物を着ている。丸裸になったと庄平には言っているが、やはり保険会社の眼が高いのかもしれぬ。

「ほんとうに保険会社というのはケチで、頭にくるわ」

コーヒーを飲みながら和子は腹を立てていた。その一方では、六百万円入ったら、あれも買いたい、これも備えつけたいと空想を述べる。今度のことで庄平が出した金を、いくらかでも返すということは言わない。

だが、庄平は、その保険金が入ったら、何が何でも二百万円か三百万円を和子から借り上げるつもりでいた。女房に知らせない、そういう金が少しでもほしかった。どうせ、それは和子に当てるつもりなのだが、そのぶんだけ、これからの出費が少なくてすむ。

保険金のことを中心に、互いの思惑をかくして、ぼつぼつ話し合っていると、和子が、

「あら」

と、ふたたび入口のほうを見て言った。

「また、さっきの男が来たわよ」

赤いセーターが向こうのテーブルに着くところだった。

見たところ、うすでの赤いスポーツシャツの男は、それほどやさ男とは思えなかった。短い袖からムキ出ている腕も太いし、顔つきもにやけてはいない。まあ、醜い容貌ではないが、さりとてとくに美男子とも思えない。

「あれがそうかねえ？」

「あんたのように向こうばかりじろじろ見るもんじゃないわよ」

和子がたしなめた。

「変にガンをつけると、因縁をつけられるわよ」

庄平は急いで視線をそらした。それにしても、和子の言うことがすぐには信じがたかった。それにホモにはまるきり興味がなかった。

「あんなのが熱海にはウロウロしてるのね」

和子が勝手にそう決めて、仔細らしく言う。

「やっぱり温泉町だな」

「前の赤線は糸川べりだったけど、今でも、その辺にうろうろと客引きが立ってるんじゃない？」

和子は、すぐ窓下の、川べりの向こうに眼をやるふうをした。

「そういうのはなかなかあとを絶たないな。なんだそうじゃないか、パンマも多いし、エロ映画もあるし、お座敷出張のヌードだって、相談次第ではすぐに転ぶそうだね」

「へん、そんなこと、どこで聞いてきたの？」

「そりゃいろいろ……仲間も話すからね」

「日ごろは黙っていても、知ってることはちゃんと知ってるのね」

和子はこばかにした顔でコーヒーの残りを飲んだ。

「あれで、あの男、ぶらぶらしていても、ちゃんと客がつかまるのかな。一体、どんなふうに誘うんだろう？」

「あんた、なんにも知らないのね。別に誘わなくても、そういう気《け》のある客だと、自然と相手がわかって言い寄ってくるのよ。だから、ぶらぶら歩いていれば、ひとりでに商売になるようになってるわ」

「おどろいたな。見ただけでわかるのか？　いや、男にもだよ」

「男だからわかるんだわ。女のレズだってそうだわ。通りすがりでも、その気の女を見つけると、ウインクさえすればあとからどこまでもくっついてくるというわ」

「よく知ってるんだな。まさか、おまえもそうじゃないだろうな？」

「変なことを言わないで。わたしの身体のことなら何でもチャンと知ってるくせに。ふん」

金を払って店を出たが、庄平は、それとなく赤いシャツの男に眼をくれた。若者はコーヒーを飲みながら、店の備えつけのスポーツ紙か何か読んでいる。そう聞いてみると、なんだか、その身体もいくらか華奢に見えてきたからふしぎだった。

庄平は無事宿に戻り、自分の部屋に入ることができて、ようやく安心した。途中では知った者には誰も遇わなかった。

戻ってみると、部屋にはもう支度がのべられてあった。夏ものの夜具は、うすくて、白くて、清潔そうに見えていい。枕もとにスタンドの淡い赤の光がある。

「何となく疲れたな」

庄平は二つならんだ蒲団をわざと尻目にかけて、窓際の籐椅子に腰をおろした。和子もそこに来てカーテンをめくった。街の灯が室内までほの明るくした。

「早く着かえたらどうだ？」

庄平は相変わらず羽織を着たままの和子に言った。

「ちょっと待って、そういそがせないでよ。ひと息入れてから」

和子は袂《たもと》をさぐって煙草を取り出した。

「なんだか、外もつまらなかったわね」

煙を吹かす。

「それみろ。だから、出てもしようがないと言ったんだ。熱海は退屈なんだ」

「だって、せっかく来て宿ばかりでもつまんないわ。明日あたり、十国峠をドライブして箱根を回ってみない？」

「そうもしていられない。明日の朝は、なるべく早く帰らなくちゃ」

「お店、忙しいの？」

和子は軽蔑したように言った。

「そのつもりで来たわけじゃないからな。それなら、また改めてゆっくり出直そう」

「たった一晩だけじゃ、何のために来たかわかんないわ。まるで、この宿を目的に泊まりに来たみたい」

和子がそう言ったので、庄平はちょっと心を見透かされたような気がした。

「そういうわけでもないが、とにかく、今回はいろいろなことがあったので、おまえのために骨休みに来たんだ。はじめから一晩という約束だったろう」

「そらそうだけど、でも、物足りないわね。かえって寝た子を起こしたような具合よ」

ほの暗い中で和子の煙草の火が赤く息づいた。

「わたし、マッサージを頼みたいわ」

彼女は突然言い出した。

「マッサージ？」

庄平は、さっきパンマの話が出たので、ちょっと妙な気がした。和子は男のマッサージ師を呼ぶつもりではないだろう。

「せっかく温泉に来たんだもの、マッサージぐらいしないと気分が出ないわ」

「肩が凝っているのかい？」

おれが揉んでやろう、と言いかけたが、それは呑みこんだ。

「なんだか、この前の火事以来、重労働つづきだから、変な調子よ」

「そうか。じゃ、電話で頼んだらいい」

「あんた、帳場にそう言ってくれる？」

「もちろん、女のマッサージ師だろうな」

「バカね。あたり前じゃないの……パンマだったら、あんたのほうが注文したいかもしれないわね」

庄平は、実際のところ早く蒲団の中に横になりたかった。暗くした「寝室」は、和子と二人だけの世界である。たとえ、マッサージ師であろうと、これから他人を呼び入れる和子の気持ちがわからなかった。

庄平が電話で帳場を呼び出し、マッサージを頼むと、和子はやっと籐椅子から起って、すらすらと着物を脱ぎはじめた。蒲団を敷いた次の部屋の、狭い控えの間で、羽織が落ち、帯が畳の上にもつれてい、白い塩沢がバサリと棄てられた。

肌を彼に見せず器用に浴衣に着かえると、和子は手すりにかけてあったタオルを取った。

庄平がつづいてもう一枚のタオルを握ろうとすると、

「あんたはあとで入りなさいよ」

と、和子はぴしゃりと命令した。

「どうしてだ？」

「今度はゆっくりとひとりで入りたいわ。だって、あんたといっしょだと、いろいろと落ちつかないもの」

和子は、風呂場でいたずらする庄平の手首を二、三度叩いた。

そういわれると、無理にとも言えない。和子に対しては自分の弱さが棄て切れなかった。

庄平は無意味に籐椅子の上に寝そべり、街の灯を眺めながら、湯殿のほうから聞こえる音だけを聞いていた。

しばらくすると、ごめんください、と襖の外で女の声がした。すぐに、マッサージ師だなと思った。

白い上っ張りをつけた小柄な女マッサージ師がきたが、目はどうやら不自由のようだった。

「治療をお受けになるのは旦那さまですか？」

庄平の声を聞きつけて女マッサージ師は言った。蒲団の端に行儀よくきちんと坐ったままである。うす暗いスタンドの陰に白い恰好でじっとうずくまっていられると、ちょっと幽霊のような感じがした。

「いや、ぼくじゃない。つれのほうだがね。いま、風呂に入っている。すぐに上がるだろう」

「ああ、奥さまですか」

マッサージ師のほうは心得ていた。

だが、和子はすぐに上がる気配がしないので、庄平は、その間に女マッサージ師と問答をした。

「どうだい、忙しいだろうね?」

「ええ、熱海は湯の町ですから、毎晩のようにお客さまのところに伺います」

両手の指をぽきぽき折りながらの彼女の答えだった。

「しかし、宿も多いが、それだけにマッサージ師さんも多いだろう?」

「マッサージ師の数よりもお客さまの数のほうが多うございますから……」

「なるほど、理屈だね」

彼女は膝の上に両指を組み、顔をうつむけていたが、声は大きかった。

「マッサージ師さんの数は、どれくらいいるんだね?」

「はい、この熱海で百九十人ぐらいおります」

「百九十人か。凄いもんだな。そのうち男のマッサージ師さんはわずかだろうね?」

「はい、三十人そこそこです」

「近ごろは、どこでも女マッサージ師さんばかりになったね。やはり、同じ揉んでもらうなら女の人のほうがいいからね。男のほうがだんだん圧迫されるんだろう」

和子が上がってくる気配がした。

庄平は女マッサージ師と問答をつづけた。

「そうでもないでしょう。男のマッサージ師には、また男でなければ出来ないこともありますから……」

女マッサージ師は微笑して答えた。

「女の力では不足な人もあるだろうな。たとえば、脂肪の厚い肥えた人だとか、頑丈な人だとかいうのは、男のほうでないと利かないだろう」

「いいえ、いくらそんな人でも、マッサージは力ではなく技術ですから、わたしたちでも出来ますよ」

「あ、それは失礼。じゃ、男のマッサージ師さんは必要ないわけだな」

「でも、まるっきり必要がないこともないんです。なかには、男のマッサージでないと気に入らないお客さんもありますから」

「それは女の客かい？」

「いいえ、男ですよ。女のお客さんはやはり外聞がありますから、宿にはお呼びになりません」

「よく話に聞くが、女の客で、男のマッサージ師のほうが気分が出ていいというのもあるだろうな」

「そんないやらしい女のお客さんは、あんまりいませんわ。それよりも男のお客さんのほうでしょう」

「なるほど。そういえば、変な女マッサージ師もいるそうだな」

「パンマですか」

と、彼女は、いかにも自分はそうでないと言いたげに即座に言った。

「それは男のお客さんが悪いんですよ。だから、そういうパンマが現われるんです。でも、これはわたしたちの組合には入っていません。みんなモグリです。そうしないと、わたしたちまで風紀をとやかく言われますからね」

「しかし、お客のほうは、組合加入員だかモグリだかわからないからな。あんたなんかまだ若いようだから、ときどき男客に変なことをしかけられることがあるだろう。なにしろ、敷かれた蒲団の上で、男一人、女一人だからな」

「そんな人がいたら、わたしなんかすぐに頬っぺたを殴りつけます。ときには手をねじ上げますよ。マッサージの要所は柔道の要領に通じていますから、急所をちゃんと心得ていますす」

「こわいもんだな」

和子が風呂上がりの浴衣一枚になって、

「何をくだらんこと言ってるの」

と、蒲団の上に横たわった。

女マッサージ師は、ふふふ、と笑い、膝で和子のほうへいざり寄った。

「またヘンなことをきいていたんでしょ？」

和子が二人のどちらへともなく言った。

「いや、熱海の勉強を聞かしてもらっていた。おい、ここではマッサージ師さんがどれぐらいいるか想像がつくか？」

「知りませんわ」

肩を揉みはじめた。

「モグリを含めて、熱海のマッサージ師は全部で五百人だそうだ」

ふいに卓上の電話が鳴った。

庄平は受話器を耳に当てた。そのときは、帳場が何かの用事でかけてきたくらいに思っていた。

「もしもし、井上さまでいらっしゃいますか？」

やはり帳場の女の声だった。

「外線からお電話です」

「えっ」

「あの、井上さまでしょうか？」

庄平はびっくりした。どこからかかって来たのだろう。第一、ここに井上という偽名で入っているのを知ってる者はないはずである。

咄嗟に間違いではないかと思った。つまり、この旅館に井上というのがほかにもいて、それと間違ったのだと思った。

「うむ、そうだけど……」

と言ったが、相手の名前を聞かないうちに間違いとも言えない。

「先方は何という人ですか？」

「お電話に出ていただければわかると、お名前はおっしゃいません」

庄平は、急に心臓が揺れてきた。これは臭いと思ったのだ。うっかり話はできない。電話なら明日の昼すぎにしてくれと言おうとしたとき、帳場では庄平が一瞬黙ったので、事務的にさっさと相手の声を出してしまった。

「もしもし、あの井上さんですか？」

太い男の声が出た。

庄平は黙っている。声に聞きおぼえはなかったが、うかつにこっちの声を聞かせられなかった。

「もしもし、もしもし」

受話器からは何度も呼びかけた。庄平はその声を聞き分けようと努めたが、どうも判断がつかない。すると、旅館の交換台になっている帳場の声が入って、

「もしもし、今先方が呼んでいらっしゃいますが」

と、よけいなことを言った。

こうなると、いつまでも黙っていられなくなって、

「もしもし」

庄平は仕方なしに声を出した。

「そちら、井上さんですか？」

「そうです」

崖から飛び降りたような気持ちで応えた。

「ほう、その声は高尾さんですな？」

「あ」

庄平はド胆を抜かれ、声が詰まった。

「高尾さん、わたしだ、わたしだ」

受話器の声はつづいて言った。

「あんたは、だ、だれです？」

「駒井孝吉ですよ。竜古堂ですよ」

庄平は心臓がもぎ取られたような感覚になった。

「は、ははは」

向こうは闊達な笑い声を聞かせた。

「偶然、熱海で落ち合いましたな」

「……………」

「あんた、まだ起きてるでしょう？」

「ええ、そりゃ、まあ……」

「ちょいとあんたに話があるんだけどな。いや、ぼくは緑荘という旅館に泊まっていますよ。すぐ近所だから、ぶらりと出てきませんか」

電話を切ったあと、庄平はしばらく呆然とした。どうして、駒井のやつ、この旅館におれが入っているのを知っているのだろう。しかも、井上という偽名までわかっている。

庄平はしばらくうつろな気持ちになって、そこに坐りこんだ。

横では、和子がしきりと女マッサージ師に腰を揉ませている。マッサージ師の指が動くたびに彼女の身体が小刻みにぐらぐら揺れていた。

「どこから電話？」

和子は横のままのんびりきいた。

「いや、ちょっと」

庄平はまだ完全な言葉が出なかった。

「変ね。いまごろ、ねえ、誰からなの？」

「……仲間だ」

庄平はやっと答えた。

「そう」

和子は動じないで、

「それにしても、変ね。わたしたちがここに居ること、どうしてわかったのかしら？」

と呟いた。彼女は庄平ほど切実な危機感がなかった。

「さあ……多分、おれたちがここに入るところでも見られたのだろうな」

庄平は当てずっぽうに言ったが、はっとした。

そうだ、それだと思った。駒井は近くの旅館に泊まっていると言った。だから、和子と二人で街に散歩にこの旅館を出たときか、帰ったときかを見られたのだ。

いずれにしても、竜古堂のことだから、早速、ここの帳場に聞き合わせ、うまくひっかけて井上という宿帳の名を聞き出したにちがいない。

あれほど心配に心配を重ねて熱海の街を歩き、誰にも見つからないで済んだと安心していたところを、これは不意の襲撃だった。まさか、駒井孝吉という最もタチのよくない伏兵がいようとは思わなかった。

「ねえ、あんた。それで、あんた、その人に会いに行くの？」

和子はマッサージ師の言いなりに寝返りしてきいた。

行きたくはない。行きたくはないが、ちょっと会いに行くと言った手前、駒井は待っているだろう。もし、ここで待ちぼうけを喰わしたら、またうるさく電話がかかってくるし、それも拒絶したら、今度は東京に帰って何を言いふらされるかわからなかった。

「ねえ、行って来なさいよ」

何も知らないで和子はすすめた。

「うむ……」

庄平が気重な声を出すと、

「あら、あんた、電話で行くと言ったじゃないの。悪いわ。わたし、按摩が済んだら、ゆっくりとひとりで寝るわ。だから、その間に行ってらっしゃいよ」

と和子は庄平を追い出すように言った。ゆっくりひとりで寝るという和子の言葉が彼には気に喰わなかった。

庄平が帳場で緑荘をきくと、角を曲がって二、三間先の筋向かいだという。

そんなところに竜古堂がいるから、こっちの出入りの姿が発見されたのだと思った。それにしても、駒井のやつ、何で今夜に限って熱海に来ているのか。

駒井といえば、先日、デパートの家具売り場で、国立総合美術館の佐川課長といっしょだったところを遇った。あのときも和子をつれていたが、もしや、彼の眼に彼女の姿が捉えられたのではなかろうか。利口な和子のことで、さりげなく陳列のタンスの間を歩いていたが、駒井も、油断のならない男だから、早くもそれと察したのかもしれぬ。

そうすると、今夜つれだって歩いている和子を、駒井は先日の女だとちゃんと睨んでいることになる。電話をわざわざかけてくるのは、そのことをひやかしたいのかもしれぬ。悪い奴に見つかったものだ。

来宮の坂道は人影もまばらで、旅館の看板だけが明々とならんでいた。その中で緑荘はすぐに眼に入った。

見たところ、この旅館もそれほど大きくはなく、潮風荘と大差ない構えだった。庄平は、急いで入るのも癪にさわるので、ぶらぶらと門の前で時間を潰した。

歩いているうちに考えたことは、やはり駒井がこの熱海に来ている理由である。わざわざ電話してこっちを呼びつけるくらいだから、駒井はおそらく一人で泊まっているのだろう。また、あの男は抜け目なく仲間のこぼれ仕事をコツコツと追っているくらいで、女に好かれる性格ではなかった。しかし、この場合、かえって、それが始末に悪かった。

ろうとした。

駒井は、この前、店にきて、いやに健吉のことを聞き、熱海における健吉の行動をさぐしてみると、あの男、健吉が潮風荘に来ていることを前から知っていたのだろう。わざと潮風荘の名前を出さなかったのは、いかにも彼らしい。駒井が、いまも潮風荘のすぐ近所に宿をとったのも、その意図があってのことにちがいない。だからこそ、潮風荘を出入りするこっちの姿も発見されたのだろう。駒井は潮風荘を特別に注意しているようだ。

さらに思い出すのは、あのとき、店に来た駒井が明和製薬の社長に何とか近づきたいものだと言ったり、早川市太郎の名や、謡の師匠の名前を出したりしたことだ。

このうち早川市太郎は、はからずも明和製薬の副社長と判明した。つまり、駒井は明和製薬に接近したくて、早くから早川副社長の名を知っていたのである。

駒井はカツギ屋上がりだけに、なかなかすばしこいし、眼のつけどころも鋭い。彼は明和製薬の村上社長への出入りを狙って、虎視眈々《たんたん》としているのだろう。

庄平は、その緑荘の玄関に立った。

出てきた女中に、駒井さんに面会したい、と言うと、庄平のくるのが駒井から知らされていたとみえ、さあ、どうぞ、と、そのまま上にあげた。中は潮風荘よりずっと見劣りがする。いくら近所を択んだとはいえ、竜古堂らしく宿料の安そうなところだった。

女中の案内した部屋は、控えの間などのない、六畳ばかりの狭い座敷で、床の間もろくれた。

なのが付いていなかった。その部屋から駒井孝吉が待ちかねたように起ち、庄平を迎え入

「先ほどは電話で失礼しましたな」

駒井孝吉が言ったが、庄平には揶揄《やゆ》されているようにしか思えなかった。

実は庄平も、こんなところには来たくはなかった。大体、用事があれば、先方からくるべきなのだが、彼としては駒井に潮風荘にこられては困るのである。女づれだから、どうしようもなく、癪だが、どうしてもこっちから出向かなければならなくなった。

「よく、ぼくがあそこに泊まっていることがわかりましたね？」

仕方がないから、庄平も笑いながら朱塗りの応接台の前に坐った。

「いや、おどろいたのはぼくのほうですよ」

駒井は片手を大げさに振った。

「まさか高尾さんが潮風荘に泊まっているとは思いませんでしたからな」

健吉が泊まっているならわかるのだがと、駒井はつづけて言いたげであった。

どうせ女づれのことは知られているから、庄平もとぼけることはできない。そこは度胸を据えて、

「わたしもいろいろ事情があってね、ときには骨休みにお忍びということもありますよ」

と、ありのままを言った。

駒井は大きくうなずき、

「そりゃそうですとも。あんたなんかどんどん金を儲けているんだから、それくらいは当たり前でさ。なに、わたしは口が堅いから、大丈夫ですよ。わたしだって今夜こそ一人だが、ふだんの行ないでは、大きな口も叩けませんからね」

と、庄平を安心させるように言った。駒井にそんな女がいるかどうかはわからないが、これは負け惜しみ半分のようにも聞こえた。

「あんた、わたしがあの旅館に入るところでも見たのでしょう?」

庄平はきいた。

「悪いが、お察しのとおりです。知らぬ顔をしているのがエチケットだが、あんまりなつかしくてね、お邪魔とは思ったが、ちょいと声を聞きたくなったのですよ。高尾さん、なかなか美人じゃないですか」

駒井は狡《ずる》そうな眼をして、和子のことを言った。その言葉つきだと、駒井はあのデパートのときには和子を見なかったのかもしれぬ。しかし、彼は油断がならないから、その辺もとぼけているのかもわからなかった。

「どうです、ビールでも一ぱい飲みましょうか。せっかく来ていただいたんだから」

駒井は誘ったが、庄平は断わった。

「いや、それはさっき飲んできたばかりでね、もう結構」

「そらそうでしょうな。やっぱり美人の酌のほうがいいにきまっている」

一体、竜古堂は何のためにおれを呼び寄せたのかと、庄平はまだ思っている。女づれのところを見たという厭がらせか、それとも、そのことで庄平の弱点を握り、あとで商売のほうにでもうまく利用しようというのだろうか。または、この前から健吉のことを聞きたがっているので、潮風荘との関係をさぐろうとするのか。――庄平は、将棋の盤台に向かっているように、いろいろと相手の指し手を考え、その対策を駆けめぐらした。とにかく、この場合、駒井はいちばん苦手な男にはちがいない。

「あんたは、いつまでここに居るんです？」

庄平がきいた。

「わたしですか。あるいは今晩だけかもわからないし、明日の晩も泊まるかもわかりません」

駒井は相変わらずのらりくらりと答えた。

「ははあ、さては何ぞいい商売の口でも見つけましたかな？」

庄平はそう言ったものの、もしや、その商売の口が潮風荘と関連しているのではないか。この男、前々から明和製薬の社長宅への出入りを狙っているらしいが、いま、旅館につれてきている和子がこの前に駒井が謎のように言った早川市太郎副社長とは妙なことから線がつながっていると言ったら、この男、どんな顔をするだろうか。きっと、世の中は広いようで狭いもんですなと、とぼけたことを言うにちがいない。

「いやはや、こんなとこに、あんた、商売なんぞ転がっていませんよ」

竜古堂は大仰に手を振った。

「しかし、あんたのような人が、ぼんやりと熱海遊びでもありますまい」

「そういうふうに見られているのは、どうも損ですな。けど、高尾さん、わたしだってちっとは骨休みをしたいですからな。実は、あんただから言うけれど、この前、ちょっとした金儲けがありましてな。あんたほどボロくはないが、ま、わたしとしてはちょいとした臨時収入でしてね。だから、こんなとこに来ているんですよ」

駒井もさるもので、潮風荘の名前は金輪際口から出さなかった。もちろん、その近所の旅館に陣どっている理由もうち明けはしない。

両方で肚《はら》のさぐり合いのようなことになり、無駄に時間がすぎた。庄平は、浴衣の袖をめくって時計を見た。

「駒井さん、どうもお邪魔をしましたな。もうぼつぼつわたしも引きあげるとしましょう」

「おや、もうお帰りですか？」

駒井孝吉はニヤニヤして、

「お引き止めしたいのだが、それではかえって失礼になる。いや、電話をかけたことも、ほんとにご無礼でした。旅先で知った人に会った懐かしさに、つい、声を聞きたかっただけで、別に悪気はありません。どうか勘弁してください」

と口先だけでは殊勝に謝った。

「いえいえ、わたしも気分が変わってよかったです。それじゃ」

庄平は腰をあげた。駒井も起って、玄関まで送るために廊下を歩いたが、ふいと庄平の耳もとでささやいた。

「高尾さん、あんた、まさか健吉君といっしょになってボロい商売を狙ってるんじゃないでしょうな？」

庄平は緑荘を出た。


なんだか互いに肚のさぐり合いで要領を得なかったようだが、最後の竜古堂の一言はピタリと利いた。

(高尾さん、あんた、まさか健吉君といっしょになってボロい儲けを狙ってるんじゃないでしょうな？)

駒井は、それを言いたさに、おれを呼び出したのか。

庄平は歩きながら考えた。駒井は、もちろん、健吉が潮風荘に来ているのを知っている。そして、それは「ボロい商売」に関係があると睨んでいる。だから、その潮風荘に泊まっている自分を、親子ぐるみ金儲けに没頭しているように取っているのだ。

はてな、と思ったことである。潮風荘にそんな商売が転がっているのか。竜古堂の言うことだから、まるきり邪推とだけでは片づけられない。健吉が商売のため潮風荘に来ているというのは、でたらめでもないようである。

これまでは、健吉が潮風荘に泊まるのを、ただ色ごとだけだと庄平は解釈していた。かえって駒井に教えられたようなものである。

だが、どう考えても、あの旅館と金儲けとが結びつかない。商売といえば骨董の売買だから、あの潮風荘に健吉が何かを売りつけるというのだろうか。こぎれいではあるが、あの旅館がそれほど金を持っているとは思えない。仮に買うとしても、どうせ客室に置くようなものだからたいしたことではない。また、その程度だったら、健吉もそうたびたびはここにこないだろう。

不思議でならなかった。

もし、仮にそれが金儲けであれば、立派な商売ではないか。健吉は、なぜ、それをおれに隠してこっそりと来ているのだろう。そこにどんな事情がひそんでいるというのか。

たとえば、潮風荘のおかみにパトロンがいてそれが骨董の買い手だとしても、それは商売だから、健吉は堂々と事実をこっちにうち明けていいのだ。それを、まるで隠れ遊びでもしているように秘密にしているのが解《げ》せない。

どうも、駒井孝吉という男はふしぎな嗅覚《きゅうかく》を持っているようだ。こっちで気がつかないことまで嗅《か》いでくる。

と、ここまで庄平が考えたとき、その油断のならない駒井に今夜弱点を握られたのが、大きな悔いとなって胸にひろがった。あれはまずかった。あいつのことだから、今後、それをどんなふうに武器にして出てくるかわからない。

こんなことを考えながら坂道を上っていると、潮風荘に入る角のところを、医者の着るような白い上っ張りをつけた男がスタスタと曲がるのが見えた。庄平は、外灯の光でちらりとその男の顔を眺め、あっ、と思った。

さっきの散歩のとき和子に注意された赤シャツにスラックスの男ではないか。庄平は、はじめ見間違いかと思った。それで、自分も同じ方向だし、急いで角を曲がると、その男の背中が眼の先に見えた。頭髪の具合といい、身体つきといい、海岸通りの人混みの中で見かけたうしろ姿と全く同じである。

あの男、日が暮れてからの本職がマッサージ師だったのか。庄平はおかしくなってきた。白服の男マッサージ師は、庄平のすぐ前を歩いている。道が同じ方向だから、いやでも彼は、そのうしろ十メートルぐらいのところを従って行かなければならなかった。

その道はずっと奥が深いのだが、その辺にも旅館がいっぱいある。もちろん、眼が不自由でないから、颯爽《さっそう》と白い上っ張りの裾を翻して歩いていた。マッサージ師というよりも、病院にいる白衣の若い医者と言ったほうが似合いそうである。

さっき和子のところにきた女マッサージ師は、仲間の驚異的な数を言ったが、なるほど、熱海だけあって、いろいろなマッサージ師がいると思った。

おや、と思ったのは、そのマッサージ師がついと向きを換えて潮風荘の門に消えたことだった。

おや、あの男、潮風荘に呼ばれてきたのかと、庄平は自分の旅館だけに、ちょっと親しみが湧いた。

玄関に入ると、もとより、マッサージ師の姿はない。そういう連中は、表玄関を避けて裏口から入るのである。

「お帰んなさい」

女中が庄平を迎えた。

「ただいま……いま、そこまで若い男のマッサージ師といっしょだったが、たしか、ここに入ったようだね？」

「ええ、いま、お客さまの部屋に伺っているところですよ」

女中は知っていた。

「そうですか。あんな若い人もいるんだね？」

「そうですよ。ああいう方が最近は、三、四十人ぐらいはおります」

「なかなかハンサムだが、ああいう好青年が、なにもマッサージ師にならなくてもよさそうなものだがね。ちゃんと普通に勤めるところもありそうだが……」

女中は口に手を当てて笑った。

「そりゃ、お客さん、サラリーマンなんかしたってしようがないからでしょう。それよりも、もっとお金になるほうがいいんじゃないですか」

「それもそうだな。しかし、マッサージ師というのは、そんなに儲かるのかな?」

「儲けがいいから、あんな若い人でもやっているのでしょう」

「そうかね。この次ここに来たとき、ぼくも一度、あの人に揉んでもらおうかな」

「あら」

女中はなぜか眼をパッと大きくした。そして庄平の顔をまじまじと見ている。

「何を見てるんだね?」

「いいえ、ちょっと……」

女中はすぐに普通の笑顔に戻って、

「じゃ、この次にここへいらしたら、あの人をお呼びになったらいかがですか。名前もお教えしましょうか?」

「うむ」

「沢井さんというんです。殿方《とのがた》の間にはなかなか人気がありますよ」

「そうか」

庄平は女中と別れ、自分の部屋に向かって廊下を歩いたが、両側の客室は寝静まって声もなかった。

部屋に戻ってみると、むろん、さっきの女マッサージ師はいなくて、和子が蒲団の中で寝息を立てていた。

庄平は音を忍ばせ、半纏《はんてん》を脱ぎ、二つ敷かれた蒲団の自分のほうには入らず、和子の横にすべりこんだ。

その気配に和子が眼をさました。

「いま、帰ってらしたの？」

睡そうな声を出した。マッサージ師に揉んでもらって快い疲れが出たのかもしれない。

「うむ。つまらん男に会った」

と、庄平は和子の肩に手を回して言った。

「でも、変わった気分になってよかったじゃないの」

「虫の好かんやつで、かえって不愉快になった。せっかくの時間を潰して損したような気がする」

駒井を思い出して言うと、和子は眼をふさぎ、聞いているのか聞いていないのか返事をしなかった。寝入りばななので睡気がさめないらしい。

「おい」

と、庄平は耳もとで言った。和子の眼をさますには、あの赤シャツの青年が、実はマッサージ師だったという話が絶好だと思った。

「あの青年が、いま、この旅館に入っているぜ」

和子は眼をあけた。

「おれが帰るときにいっしょになったんだが、おどろいたな。あいつ、実はマッサージ師なんだぜ」

和子はくるりと向きを換え、庄平の顔を正面から見た。

「マッサージ師だって？」

「そうさ。白い上っ張りを着てな、おれの前を歩くじゃないか。入った先がこの潮風荘さ。宿の者にきくと、ここがお得意の一つらしく、名前までちゃんと教えてくれた」

和子はじっと眼をあけたまま考えていたが、

「わかったわ」

と、小さく叫んだ。

「何が？」

「ねえ、あんた、あの男はアレだとわたしが教えたでしょ。マッサージ師というのは表面の職業で、ほんとは男客をとってアルバイトをしてるんだわ」

「ふうむ」

と、庄平もそれを聞いて唸《うな》った。なるほど、それならわかる気がする。

「女は、パンマというんだけど……」

と、和子は呟いた。

「男のアレは、何というのかしら？」

ここにおいて、庄平は、和子を揉んだ女マッサージ師が、

(男のマッサージにはまた男でなければ出来ないこともあります)

と言った言葉を思い出した。

あのときは聞き流したが、いまになって思い当たる。男マッサージ師でなければ出来ないこと——それはなにも力が強いとか、技術がうまいとかいう意味ではなく、男が女に求めていると同様な満足を男に求める奇妙な趣味のことだろう。

いまも和子は、女はパンマというけれど、男は何と呼ぶのだろうと言ったが、笑いごとではなかった。庄平は、息子の健吉がこの潮風荘にくるのを、ふいと、それに結びつけたのだった。

健吉がこの旅館にくるのは女が出来たからではなかった。それは、ここにきて調べてわかったし、私立探偵の報告でもその線は出ていなかった。では、健吉にもそんな奇態な趣味があったのか。

庄平は心が滅入ってきた。

そういえば、最近、健吉と杉子の夫婦仲がますますよくない。いままでは、それを健吉に女が出来て嫁の杉子が腹を立てているとばかり解釈していたのだが、実はそうではなく、そういう奇異な趣味の男は女性への興味を失いがちだと聞いている。

もともと健吉には、初めから、そういう癖があったのではあるまい。それは結婚当初から杉子との夫婦仲がうまく行っていたことでもわかる。健吉がその種の味を覚えたのは最近のことのように思われる。それで、彼がしばしばこの潮風荘にきて、そんな客の相手をする男マッサージ師を求めているように思われてきた。

庄平は、わが子の性格は全部知っているつもりだが、セックスのことまではいくら親でもわからない。まさか息子にそんな性倒錯の症状があるとは思わなかったから、推察がここに至ると憮然となった。

「何を考えているの？」

和子がうす眼をあけて庄平を見た。

「うむ、ちょっと……」

庄平は腹ばいになり、枕もとの煙草を引き寄せた。

しばらく吸いながら考えたが、思えば思うほどいやな気分だった。庄平もホモの愛情関係をひとから聞いていないでもなかった。だが、彼にはどう考えてもその趣味がわからない、聞けば聞くほどうすぎたなくて、不潔だった。それが何ぞや、わが息子にそれがあろうとは――。

庄平は、蒲団の中に入ったら、すぐにでも和子を抱き寄せるつもりだったが、いまはそんな気分も消え失せてしまった。

和子がふしぎな顔をした。いつもなら早速うるさいくらいに身体に手を伸ばしてくる男が、気むずかしい横顔をみせて煙草ばかり吹かしているのである。

「ねえ、どうしたの？」

和子が足先を彼のほうへ触れてきいた。が、庄平にはその気がまだ起こらなかった。

翌朝、庄平は七時に床をはなれた。

和子はまだ蒲団のなかで眠っていた。かけ蒲団が斜めになり、シーツは乱れ、枕カバーは半分、枕からぬけかかっていた。

「おい、起きろよ」

庄平は立ったままで和子を見下ろした。

「ふむ……いま、何時？」

和子は、片眼を眩しそうに開けて庄平を見上げた。髪を乱した女の寝顔は、三十二の年齢をそのままむき出していた。

「七時五分だ」

「まだ、早いじゃないの。ずいぶん早く起きるのね？」

早起きは、庄平の年齢のせいだけではない。今日は、なるべく早く東京に戻らなければならないのだ。女房や嫁に気づかれる前に店に出ていたいのだ。それに、商売だってあることだった。

庄平は先に風呂に入った。こうすれば、いやでも和子は寝ていられなくなる。

窓から朝の光が眩しく入ってきて、湯槽《ゆぶね》の底まで明るさが満ちていた。そのぶん、自分の腹や脚が光に容赦なくさらされた。腹はすぼみ、脚は痩せている。今から十年前は、この腹も脂肪がのって突き出していた。この腿《もも》にはもっとふくらみがあった。

庄平はかなしくなり、眼をそむけた。年齢には勝てない。あと、五、六年したらどうなるか。

(ねえ、あんたがダメになっても、わたし、ずっと離れないでいるわ。何もしないで、ただ寝ているだけでいいの。女って、精神的なものだけでも生きがいがあるのよ。心配しないで)

和子は昨夜も床のなかで言った。

三十も年齢の違う女だった。五、六年経てば、庄平は老い、彼女は女ざかりの頂上にかかる。不調和は眼にみえていた。

しかし、不安は感じなかった。和子がいつまでもついてくるとは思わなかったし、そうなってまで女を持つのは意味がなかった。女を喜ばし得ないで、どうして自分に欣びがあろうか。女に無駄な費用がかかるだけであった。

——終わりになったとき、自分はどうなるのだろう。

庄平は考える。これも、とっくに女を終わった女房の友子と朝から晩まで顔を見合わせ、茶をのんだり、小唄を習ったり、ときどき歌舞伎に行ったり……女房はそれでいいとして、自分には果たしてそれで真の満足がくるだろうか。

(オカマのサービスはね……)

露骨な猥談をする仲間の一人がいつか言ったのを庄平は思い出した。

(女なんか足もとにも及ばないよ。そりゃ、心得たものだよ。かゆいところに手がとどくというのはあのことだよ。若い客には若い者向きに、中年には中年向きにね。そして年寄りには年寄り向きに、ちゃんと上手にやってくれる……)

それも悪くないかもしれない。それによって案外な満足を得たら、それに越したことはない。

庄平は、昨夜の男マッサージ師を思い出した。またしても健吉に思いが流れる。

ガタンと戸の音がして、和子が入ってきた。

すれ違った人

朝食をそこそこに済ませると、庄平は煙草もすわないで、着物をきかえた。

「ずいぶん、せっかちね」

和子は、まだ箸を持ったままで、ネクタイを結んでいる庄平をじろりと睨んだ。

「用があるときはやむをえない」

庄平は鏡に顎《あご》をつき出して言った。

「それは、ここにくるときの約束だからな」

「あんたといっしょに来ても、ちっとも落ちつかないわ。こんなところにくるのなら、せめて、二晩は居ないと意味ないわ」

和子は不足げに言った。

「そういう旅行は、こんど改めてする。とにかく、早く支度をしてくれ」

「いつ、そんな旅行につれてゆくのやら、わかったものじゃないわ。前にも、そんなことを言って嘘をついたわね」

「あのときは急に用事ができた」

「なんだかんだと言っても、お家のほうが気にかかるんでしょ?」

和子は、それでも、庄平がばたばた支度をするので、やっと起ちあがった。鏡にむかって化粧をし、着物をきかえ、帯を締めて、うしろ向きになってお太鼓の具合を直し、羽織をきる。それからもう一度鏡の前に坐って化粧を直すから、かなりな時間がかかった。

その間、庄平は籐椅子に腰をおろして、いらいらしながら待った。

卓上電話で女中を呼んだ。会計は三万八千円だった。そう安くもないが、まあ、熱海としては高いほうではなかろう。

女中に二千円のチップをはずんだ。

「女中への心づけは」

和子は女中が去ってから言った。

「着いたときに出すのがスマートなのよ」

「しかし、たいていの客はあとからやるよ」

「ふん、田舎者はみんなそうするわ」

「おれが田舎者だというのか?」

「まあね……それで、いくら女中にやったの?」

「二千円だ」

「たった？」

「少ないか？」

「五千円はやってほしかったわ。すくなくとも三千円はね。わたし恥ずかしくて、この家の玄関出られないわ」

「しかし、請求書には、ちゃんとサービス料が入っている。二千円が適当だ。特別に世話をしてくれたというわけでもないからな……だが、おまえがそう言うなら、いまから、もう千円やるか」

「よしてちょうだい、そんなみっともないこと。よけいに恥をかくわ……さ、出ましょう」

少し腹を立てた和子は、さっさと次の間へ歩きだした。庄平の上衣も着せかけてくれない。

忘れものはないかと、その辺を見まわしたが、脱ぎ捨てた浴衣がふた揃え、畳の上に団子のようになっているだけだった。

庄平は、廊下に出ている和子のあとを追った。

すると、向こうから、ばたばたといそいでくる女がいた。この家のおかみだった。

「お早うございます。もう、お発《た》ちでございますか」

おかみは、愛嬌のある笑顔で挨拶をした。

「やあ、お世話になりました」

庄平はおかみににこにこ顔をむけた。この山内富子は、堅実な旅館の女経営者らしい。よくしたもので、健吉との疑いが晴れると、庄平には、そんな眼でみえてきた。

「どうも失礼をいたしました。お部屋にお伺いもいたしませんで」

山内富子は愛嬌よく、そこに待っている和子にそう挨拶をした。

「またどうぞいらしてください。お待ち申しあげています」

「はい、どうもありがとう」

和子はいくらか気どって玄関にむかった。

庄平は、そのあとから歩きながら、心の中で、この家の玄関を出るときが問題だと思った。駒井が、その辺で見張っているような気がする。どうせ女づれだとは知っているから、どうでもいいようなものの、駒井が和子の顔を見たかどうかはまだわかっていない。今度ははっきりと彼女の顔が駒井の眼にとらえられるわけだから、それがイヤだった。よりによって苦手がこの辺にうろちょろしている。

が、ふと、庄平は思い当たることがあって、

「おかみさん」

と、うしろを振り向いた。

「はい、何でございましょうか？」

山内富子が大きな眼で見た。

「いや、ほかでもないが、あなたは駒井孝吉さんという東京の人を知っていますか？」

「駒井さま？」

首をかしげて、

「さあ、わたくしのほうのお客さまでしょうか？」

「いや、それはどうだかわからないが、おそらく、この家にきたことはないかもしれませんね。職業は道具屋なんだけれど」

「あ、骨董屋さんで駒井さま……さあ、ちょっと心当たりがございませんけど」

「そう、それならいいんです。いや、なに、ちょっときいてみただけです」

それきり庄平は玄関に待っている和子のところに急いだ。

土間に揃えられた草履を和子がはき、庄平が靴に片足を入れたときだった。

「あの、まだハイヤーが参りませんけれど」

女中があわてて言ったときに表にタクシーが到着した。頼んだのはタクシーではなかったのに。

庄平たち二人をそこで見送っていた女中の一人が、ふいと、そのほうに眼を投げ、車のドアをあけて降りてきた人物を見つけると、

「あら」

と叫んだ。

「おかみさん、先生がいらっしゃいましたよ」

「あら、ほんとだ」

膝をついていたおかみも中腰になって表のほうをのぞいた。

長身の撫《な》で肩の男が、黒っぽい縮《ちぢみ》か何かの着物で立ち明るい朝の光を浴びて、運転手に料金を払っていた。

庄平は、女中の「先生」という言葉で、靴ベラを使いながら、ひょいと表を見た。

五十すぎの、痩《や》せた男だった。着物をきているせいか、全体が華奢にみえる。

角帯できっちりと細い身体を締め、白たびにフェルトをはいていた。頭は七三に分けている。

朝の陽をうけた、中高《なかだか》なその顔は、白髪がまじるとはいえ、りりしい面持ちであった。

若いときはさぞかし女に騒がれたであろうと、すぐに想像される好男子である。それに、和服だけのせいでもないが、野暮ったさはみじんもなく、アカ抜けて瀟洒としていた。

庄平がちょっと見ただけでこれだけのことを感じたのは、女中が二、三人ばらばらとそこから立って、客を迎えに行ったからで、着物をきたその男は、片手にかたちのいいスーツケースを持ち、片方の手には小さな手提げ袋を持ってはなはだ目につく。和服だから、手提げ袋の中に、財布だの、ハンカチだの、チリ紙だのといった身の周りの必要品が入っているにちがいなかった。

女中は、まず、スーツケースを客から取って玄関に案内してきた。

「おかみさん、先生ですよ」

女中の一人が大げさな声を出した。

おかみの山内富子は起ちあがって、

「まあまあ、先生、いらっしゃいまし」

と明るい笑顔を向けた。これでみると、ここの常連らしい。

自然と、庄平と和子とは遠慮して脇に寄るような恰好になった。もっとも、まだ、頼んでおいたハイヤーが来ていないせいもある。

「やあ、お早うさん」

と、その五十すぎの、和服の男はおかみに会釈を返し、

「あんさんもご機嫌さんでよろしおますな」

とていねいに頭を下げた。

関西弁だった。その男はフェルトを脱いで玄関にあがったが、何気なく和子のほうを見た。

いままで、そこに女中が五、六人もいたので眼に紛れていたらしいが、黒い絽羽織をきた。

て、あたかも芸者みたいな姿でいる彼女にも、男もようやく気がついたらしい。彼は和子の顔に視線をじっと当てた。

大体、庄平は、いっしょに歩く和子の顔にすれ違う男たちの眼が流れるのが何となく得意であった。それだけ人眼を惹く女を持っていることがうれしいのだが、その先方の視線がつづいて自分に移ってくると、少しイヤな気になる。なんだ、このおやじ、いい年をして若い女なんぞつれて、と思われやしないか、いや、そう思われるにきまっている。だが、そういう目に遇っても、庄平はやはり悪い気はしなかった。

いまも和服の五十男は、和子に眼を向けたまま、庄平など一顧もしない。しかも、何かふしぎそうな表情であった。

「先生」

その客を女中がそっと促した。

女中に促されて、細身の客は、気がついたように奥に消えた。

和子は少し浮かぬ顔をして立っていた。ハイヤーはまだこなかった。

「まだ、お車がこないで、申しわけございません」

おかみは二人に詫びて、

「どうしてお車がきてからご案内しなかったの？」

と、女中たちに叱言《こごと》をいっていた。

「いや、おかみさん、それはこちらが悪かったのだ。少し気が急いでいたものだから、都合も聞かないで玄関に出たのです」

「ほんとにすみませんね。どうぞ、ちょっとでもおあがりになって、椅子にかけてお休みくださいまし」

おかみはすぐ横の応接椅子に二人をあげようとした。

「いや、ここで結構。もう、すぐくるでしょうから」

庄平が遠慮すると、

「さようでございますか。では、誰か、お客さまにお座蒲団をさしあげて……」

おかみは女中に言いつけた。

女中が座蒲団を二枚持ってきて玄関のはしにならべた。庄平は、それにかけたが、和子は、着崩れをおそれてか、まだ立ったままでいた。

「おい、かけないか」

庄平は彼女へ声をかけた。

「ええ、もう、すぐでしょうから、このままでいるわ」

「ほんとに、申しわけございません」

おかみはまた和子に頭をさげた。

——それにしても、いまの客は何だろうと、庄平は心で思った。和服をぞろりと着て、まるで役者か何かのようなのがひどく印象的だった。それに、この宿では常連の上客らしく、「先生」と言って歓迎していた。

(何の先生だろう?)

首をうしろに回したが、もう、そのときは、おかみの姿も奥に消えてそこになかった。ただ、彼らの部屋の係り女中が義務的にそこに膝をついているだけだった。しかし、これは話をきくのにかえって幸いだった。

「女中さん」

庄平は小さな声で呼んだ。

「はい、何でございますか?」

女中が彼のほうへにじり寄った。

「いま、お着きになったお客さまだが、どういうお方ですか?」

「はい……」

女中は返事を渋った。もっともなことで、客のことをべらべらしゃべらないのが旅館のエチケットだ。

「いや、悪かった。ただね、先生と言われたものだから、何の先生だろうと思ってね、きいたまでなんだが……」

女中は、その言葉に、小さな声で答えた。

「お謡《うたい》のお師匠さんでいらっしゃいます」

ハイヤーは狭い小路をバス通りに出る。庄平は、駒井がその辺にうろうろしてないかと気をつけてみたが、その姿はなかった。だが、それで安心はできない。あの男のことだから、どこかに隠れて、こっちをじっと見ているかもしれないのだ。

「なにをそんな眼でキョロキョロしてるの?」

と、横の和子がたしなめた。車はそのまま海岸通りへ降りてゆく。

そこまでくると、庄平も駒井のことは頭から消えたが、それに代わって、さっきの痩せた和服の男が浮かんできた。

(謡の先生です)

という女中の返事であった。そう聞いてみると、なるほどと合点がいく。若いときは美男だったにちがいない端正な顔、渋い和服の瀟洒な着こなし、手に持った袋もしゃれていて、いかにもそんなふうにうつった。

ここまで思い出したとき庄平は、思わず声をあげるところだった。

(たしか駒井は、謡の師匠の何とかいう名を謎みたいに言っていたっけ)

謡の師匠とはあの男のことか。

ええと、駒井が言ったのは、何という名だったかな——。

庄平はしきりと頭をひねった。駒井が早川市太郎のことを言った以上、謡の師匠も早川と重大な関連があるようだ。しかも、その男が問題の潮風荘の客であろうとは。——車は海岸通りに沿ってお宮の松の横を通り、坂道にかかった。沖の初島がギラギラした太陽にくっきりと浮いていた。

庄平は、このときひょいと、先日の探偵社の報告文の一つに思い当たった。

「今朝八時ゴロ、健吉殿ハ同旅館ヲ某氏トイッショニ出発サレタコトガワカッタ。ヨッテ調査員ハ某氏ノ身元ヲタキ子ニ聞クニ、ハジメハ容易ニ語ラズ、名前ハ山本ト名乗ッテイルト、シブシブ答エタ。ナオ同人ヲナダメテ事情ヲ聴取スルト、山本ト名乗ル人物ハ大阪弁ヲ使イ、年齢五十二、三歳クライ、ドチラカトイウト華奢ナ身体ツキヲシ、動作モスコブルヤサシイトイウコトデアッタ。サラニタキ子ニ質問スルト、同人ハフタ月ニ一回グライ同旅館ニ来テハ一泊カ二泊シ、立チ去ルトイウコトデアッタ」

そっくりだ。あのタクシーから降りて玄関に入った男は、この「山本」にちがいない。

なおもつづいて調査報告書の一節が庄平に思い出された。

「女中藤田タキ子カラ山本ナル人物ノコトヲ聞クニ、経営者山内富子トノ特殊ナ関係ハ認メラレナイヨウデアル。スナワチ、山本ナル人物ガ潮風荘ニクルトキハ態度ガ丁寧デ、コトニ富子ニ対シテハスコブル慇懃デアルトノコトデアル。シタガッテ、両人ノ間ニハ、愛情関係マタハ金銭関係ナキモノト認メラレル」

報告書のタイプはこういう文句だった。——

庄平は調査報告書を思い出して、ひたすら、いまの人物と「山本」の姿とを重ね合わせようとした。ことに健吉があの男といっしょに潮風荘から立ち去ったことがあるとすれば、見のがしはできない。

するど、あの「山本」は謡の師匠だと女中が言ったから、駒井のいったのと同じ人物にちがいない。だが、駒井の言った名前は「山本」ではなく、別の名だった……。ええと、何という名だったか。昨日までおぼえていたような気がするが、すぐに浮かんでこない。やはり年齢《とし》のせいかと思う。

おそらく、「山本」というのは旅館で使う偽名にちがいない。

すると庄平は、調査報告書には「山本」の職業が出ていなかったことに気がついた。それは、調査員が同旅館の女中にきいたとき謡の師匠というのを聞き出せなかったからであろう。すなわち、あの潮風荘では謡の師匠ということすら秘密にしているのである。

こうなると、何とかして駒井の言った名前を思い出したい。庄平は、自分の頭を拳固《げんこ》で殴りたくなった。

「何をぼんやりしてるの。早く早く」

和子が車を降りた庄平をせき立てた。ちょうど、熱海駅前で上りの「こだま」が着く間際で、ほかの乗客もあたふたと駅の構内に急いでいた。

庄平はわれに返って、あわてて切符を二枚買うと、地下道を小走りに駆けた。ようやく階段を上がり、プラットホームに出たが、幸いまだ列車は入っていなかった。

庄平は、ふっと大きな息を吐いてベンチに坐ったが、その途端、駒井から聞いた謡の師匠の名が頭にぽかりと出てきた。

倉田三之介——

そうだ、この名前だったと、膝を打った。

和子がじろりと見て、

「何をやってるの?」

と、顔をしかめた。

「みっともないわ」

庄平は、名前を思い出したので眉を開いた。「山本」というのは「倉田三之介」の偽名にちがいない。倉田という謡の師匠はどういうわけか、潮風荘にお忍びできているようだ。

その倉田なる人物を駒井はどうしてキャッチしたのか。

駒井が倉田の名前を知ったのは別なところからとも考えられるが、あいつは潮風荘の近くに宿をとっていることでもわかるとおり、どうやら潮風荘を中心にいろいろなことをさぐっているらしいから、駒井もあの旅館にくる倉田を嗅《か》ぎ出したにちがいない。

「こだま」が入ってきた。

庄平は和子とグリーン車に坐った。

すると、和子が、突然、言った。

「ねえ、あんた、さっき潮風荘に着いた五十年配の男の人だけど……」

人間はやはり同じときに同じことを考えるものだと、庄平は思い、

「それがどうした？」

と、問い返すと、

「あの人、やっぱりあのスジよ」

和子は意味ありげに眼を小さくした。

「え？」

「わたし、あの身体つきを見てすぐわかったわ」

「こだま」は真鶴《まなづる》の海岸を右窓に見せて走っていた。

和子がさっきの謡の先生のことを、身体つきから、アノ気《け》があると言ったので、庄平はおどろいた。

「本当かい？」

信じられない顔だった。

「わたしなんかひと目見たら、それだとわかったわ」

和子は自信ありげに言う。年は三十二だが、これまで何人かの男を持ったし、料理屋という男の裏を見る世界に住んでいるので、庄平の眼とはくらべものにならなかった。

「おまえは、何でもそういうふうに見えるんだろう？」

彼は一応言った。

「とんでもないわ。それはちゃんと見分けがつくのよ」

「この列車に乗っている客に、そういうのがいるかい？」

庄平は試みにきいた。

和子は前のほうを見たり、さりげなくうしろをふり返ったりしていたが、声高に言った。

「一人も見当たらないようね」

……あの謡の先生も、ホモの趣味があったのか。

和子にそう聞かされると、思い当たることはある。たとえば、あの中高な顔も若いときにはさぞかし色恋の経験があったであろうし、五十すぎになってもぞろりとした和服で角帯という恰好も普通の男でなく見える。それに、謡の先生は、簡単にいえば、遊芸ごとの師匠だ。そんな趣味があるのかもしれない。

ここまで考えたとき庄平は、昼間の赤いシャツとスラックス姿の男マッサージ師と、謡の先生とを結びつけないわけにはいかなかった。なるほど、それで、あの師匠は大阪から東京にでも来たときには必ず熱海に降りて、潮風荘を定宿にしているのかもしれない。

だが、倉田三之介という謡の先生と息子の健吉とは、どうやら親しいようである。というのは、報告書には、倉田と思える人物と健吉とが、あの潮風荘をいっしょに出たことが記載されていた。

倉田三之介というのは何者か――ここまで考えたとき、庄平は、その倉田の名を最初に言った駒井孝吉が早川市太郎の名前と同時に口に出したことを思い出した。早川が明和製薬の役員だとわかった今、もしかすると、倉田も明和製薬の関係ではなかろうか。明和製薬と謡の師匠。――奇妙な取り合わせだが、まるきり関係がなくもない。

なぜなら、大きな会社にはたいてい謡曲部といった趣味の会がつくられている。倉田は、その師匠として明和製薬に出入りしているのではないか。

そうだ、きっとそうだと、庄平は、その推察にだんだん自信を持ててきた。

「なあ、和子、あの男は謡の師匠ということだが、名前はどうやら倉田三之介さんというらしいよ」

彼は横をむいて話しかけた。

「そう」

彼女は何の反応も示さなかった。眼は向かい側の窓に流れている蜜柑畑に注がれたままであった。

庄平は案に相違した。

というのは、早川市太郎が彼女の父親の旧友で、いまは明和製薬の副社長をしている。謡の師匠倉田三之介も同じ明和製薬に関係していると思っているから、和子があるいは倉田を知っていないかと考えていたのだ。ことに早川と倉田の名前は、同時に駒井の口から出たことである。

和子が倉田の名を知らないというのは、早川は亡父の友だちで知っているけれど、明和製薬関係のことはわからないということだろう。これは無理もない話だ。

ところで、その駒井のことだが、なぜ、彼は倉田の名を出したのか。駒井は明和製薬の社長に何とか出入りしたいと希望しているので、その会社の副社長早川をマークするのはわかる。だが、たかの知れた謡の師匠などに眼をつけてどうするつもりだろう。

すると、庄平はまた、息子の健吉がその倉田といっしょにあの潮風荘から出て行った事実に思い当たった。これは秘密探偵社の報告である。

健吉がもし商売上に倉田を必要とするなら、駒井が倉田をマークしている気持ちもわかる。それなら、謡の師匠といっても倉田は、明和製薬の中で相当幅を利かしているのだろうか。

どうも、それは信じられない。社員の謡のグループに出稽古しているような町の師匠が、それほどの勢力をあの会社に持っているとは思えないのである。

そんなことを思っているうち、庄平はうとうとと睡ってしまった。昨夜の疲れと、ここちよい列車の動揺で、つい、夢の世界に誘われた。

ガタンと揺れた拍子に眼がさめると、傍らの和子もうしろによりかかり、顔にハンカチを当てて寝息を立てていた。今朝は宿で二人とも二時ごろまで眼をさましていたから、さすがの彼女も疲れたらしい。

庄平は、口のまわりがヌルヌルするので気がついてみると、ヨダレが顎から洋服のえりまでたれていた。彼はあわててハンカチで拭った。洋服のえりはシミがついたようになって、よくとれない。

和子も身体を起こして外を眺めた。

「あら、もうすぐ新横浜なのね。よく睡ったわ」

小さなあくびをして庄平を見、彼の服の汚れを眼に止めると、

「ヨダレなんか垂らして、みっともないわね」

と、顔をしかめた。

それでも、熱海駅のホームで買った茶を小さなポリエチレンの湯呑みについで、それにハンカチを浸しては洋服のヨダレのあとを拭いてくれた。やはり、親切であった。

東京駅で二人は降りた。

誰に見られるかわからないということから、別々にホームを歩いて出ることにした。今日の和子は、それでなくとも目立つ恰好をしている。

「つまらないわね」

和子は不服そうだったが、

「今度、いつ来てくれる？」

座席からいっしょに起ち上がってきいた。

「そのうちに出かけるよ」

庄平は、彼女から離れてずんずんホームを先に歩いたが、ふとうしろを振り返ると、降りた客の群れの中に彼女の黒い絽羽織がちらりと見えた。心なしか寂しそうな姿をしている。

庄平は、可哀相だが仕方がないと思い、いかにも用ありげに階段を急ぎ足に降りた。ふしぎなもので駅の外に出ると、もう、頭から和子のことは遠ざかり、商売のことがいっぱいになってきた。時計を見ると、十一時近くだった。

日本橋の、わが店に入ると、

「お早うございます」

と、入口の女店員が、いつものように庄平に挨拶した。

「やあ、お早う」

庄平はふだんよりは活潑に声をかけた。正面のカウンターのところでは、息子の健吉と番頭の山口とがこそこそ話をしていた。入ってきた庄平を見て二人とも顔をあげて声を揃えて言った。

「お早うございます」

このごろとかく店をサボりがちな健吉が、今日に限って朝からちゃんと来ている。庄平は内心の動揺を隠し、わざと気むずかしい顔つきをして奥の部屋へ入った。

すぐ女店員が茶を汲んでくる。庄平はひと口飲んで、今日は健吉にいろいろ聞かなければと思った。その健吉はまだ店のほうにいて、容易にここにくる気配はなかった。

茶を飲み終わって湯呑みを置き時計を見ると、十一時四十分になっている。和子は、もう高円寺のアパートに帰るころだろうと思った。

するとと、健吉がぬっと入ってきた。髪をきちんと分け、顔もちゃんと当たって、いつも身だしなみがいい。血色もよいし、眼も生き生きと輝いている。庄平は、その顔を見て、潮風荘で不健康なことをしている彼とのイメージがどうしても合わなかった。

「熱海に行ったそうだけど?」

健吉はにこにこしながら、そこへ坐った。少しも不安のない明るい顔つきである。

「ああ、ちょっと用事があってな……そうそう、駒井君もいっしょだった」

いままで邪魔者だった駒井を、急に味方にすることにした。

「駒井さんと。……ああ、そう」

健吉は深くもきかず、外国煙草を出して、スーッと口から煙を吐いた。

「なあ、健吉、ちょっとおまえにききたいことがあるんだが」

庄平は表の店のほうへ眼を投げた。山口の影はなかった。

「何ですか？」

健吉はその元気そうな顔を向けた。

「うむ……」

庄平は、何となく咳払いをした。どういうふうに話したものか。まさか私立探偵に頼んで調べたとは言えない。彼は咳をしたあと煙草を一服つけた。

健吉は、そうした庄平をまじまじと見ている。彼の口辺にはどこか嘲ったような笑いが浮かんでいた。それを見て庄平は刺激された。

「熱海といえば、おまえ、ときどき熱海に行っていたな？」

話を切り出した。

「はあ。しかし、それは、そのつど言っているはずだが」

健吉は、何をいまさら、という顔つきだった。

「熱海はどこの旅館に泊まっているかい？」

庄平は、顔の前に撒いた煙の中から眼をのぞかせた。

「そりゃいろいろだけど……」

やっぱり隠しているなと庄平は思った。

「たとえば、どういう旅館だ？」

「お父さん、どうしてそんなことをぼくにきくんだ？」

と、健吉は、まだ微笑をたたえたまま聞き返した。

「少し、こちらに考えがあってな」

「こわいね」

「おまえが言えなければ、おれから言ってやろうか?」

「どうぞ」

「潮風荘だろう?」

庄平のほうが高いところから飛び降りた気持ちになった。おどろくかと思いのほか、健吉はからからと笑った。

「よく知っているな。どこで調べたの?」

庄平は、健吉が平気な顔をしているので、ほっとなった。

「いや、或るところから聞いたんだ」

「或るところ?」

健吉は、ちょいと首をひねっていたが、

「わかった」

と、歯切れよく言った。

「さては駒井さんからだな?」

「駒井?」

「昨日駒井さんといっしょだったというから、きっとお父さんはあの人から聞いたにちがいない」

「しかし、駒井は、おまえがどこに泊まろうと知るわけがないが……」

庄平がとぼけると、

「いや、彼には知るわけがあるんだよ。駒井さん、とうとう、しゃべったな」

健吉は吐くように言ったが、別に悪い顔もしていなかった。

庄平は、健吉の言葉つきから、息子も駒井が何かを窺っているような様子を知っていると思った。いよいよ駒井と健吉とは何かをせり合っているように思えてきた。しかし、ここでは駒井から聞いたとは言えなかった。かえって、

「駒井さんからではないよ。あの人は何も言わない。おまえ、変なことを駒井さんに言うんじゃないよ」

と口止めした。

もし、健吉から駒井に抗議でもしたら、今度は駒井が、和子をつれて潮風荘に泊まった自分の一件を健吉に洩らしそうであった。

「ぼくはたしかに潮風荘には泊まったよ。これまで七、八回ぐらいかな」

健吉は父親の追及に、しぶしぶ答えた。

庄平は、息子が案外あっさりと白状したので安堵した。実は、もう少しねばられて、悪

くすると抵抗するかもしれないとおそれていたのだった。

「そうかい」

と、庄平は思わず眼尻を笑わせた。これは白状した健吉にいくらか遠慮したのである。

「何か、おまえが潮風荘に泊まる特別なわけでもあるのかい？」

庄平は言葉やさしくきいた。

「別にわけはないよ……」

さすがに、まだ全面的に素直ではなかった。

「ふうむ。しかし、さっき、駒井がどうかしたように言っていたが、あの潮風荘で駒井とおまえと何かせり合うようなことでもあるのかい？」

「こちらにはそのつもりはないが、駒井さんのほうで気を回しているようだな」

「それは、どういうわけだ？」

「ぼくが何か商売でうまい汁でも吸うとカンぐっているらしいな。あの男は、いつもそういうたちだから」

「それはわかるが、駒井がおまえのことをいろいろ気にするのは、それだけの理由があるんだろう？」

「お父さんはいやに追及するが、その潮風荘にお父さんも泊まったことがあるのかい？」

息子は逆襲した。

「いや、そういうわけではないが……おまえが潮風荘によく泊まっていると聞いたものだから、昨夜もそれとなくその前を通ってみたのだ。ちょっと落ちついた感じの、いい旅館じゃないか」

庄平は少し口ごもって言った。

「まあね」

息子はニヤニヤした。

そのうすら笑いの中に、庄平は自分の昨夜の行動を見透かされているような気がした。

「お父さんにその話をした人が駒井さんだかだれだか知らないが、どういう内容だったの？」

「うむ……おまえはその潮風荘によく泊まりにくる謡の先生を知っているかい？」

おどろくかと思いのほか、健吉はまた細めた眼で父親を見た。

「やっぱりそうだ」

「何が？」

「謡の師匠が出てきた以上、お父さんにその話を吹きこんだのは駒井さんだよ」

「……」

「駒井さん以外に、そんなことを知る者はないからね」

「そりゃ、ま、どっちでもいい」

庄平はかわした。

「おまえと、その謡の先生とは、どういうつき合いなんだ？」

「どういうつき合いって……」

「じゃ、訊くが、その謡の師匠というのは何者だ？　大体こっちにわかってるがな……」

「わかっていればいいじゃないか」

健吉はいくらか反抗的に答えた。

庄平は、これはまずいと思い、顔を柔らげて、

「わかっているといっても、ぼんやりとだけだ。本当のことを知りたいんだよ」

「どうして、そんなことをきくんだい？」

「いや、実はな、そのことを駒井からチラリと聞いたんだ。で、気になって仕方がない」

庄平は、やはり駒井を出さないと話が進まないのを知った。

「そうだろうな。駒井さんから聞いたとははじめからわかってるよ」

「もっとも、駒井も詳しいことは言わなかった。なんだか、歯に衣《きぬ》をきせたような、いやに思わせぶりな言い方だった。それで、おれとしても気になるんだ」

「駒井さんは、どんなことをお父さんに言ったんだね？」

「その謡の師匠とおまえとがだいぶん親しいらしいというんだ。そして、あの潮風荘でよく落ち合うというんだがな」

庄平は、もう一度、煙草の煙を吐いた。

「駒井さんは、あの謡の師匠を狙っているんだよ」

健吉もこれ以上は隠せないと思ったか、案外機嫌を直して正直に言った。

「ほほう、そりゃどうしてだ？」

「あの謡の師匠が明和製薬に出入りしていることは、お父さんも知っているだろう？」

「知っている」

庄平はうなずいたが、やはり想像どおりだと思った。

「その師匠の名は倉田三之介さんというんだろう？」

「そうなんだ。それも駒井さんから聞いたの？」

「駒井は詳しいことは言わず、そんな程度にしか口から出さない……やっぱり駒井は明和製薬の村上社長に取り入りたいから、その辺から働きかけようとするんだな？」

「そうなんだ。なにしろ、倉田さんは社長の謡の師匠だからな。かなり信用がある。それに、ちっとばかり道具にも目利きがあるので、村上社長からも骨董の買い上げなどについては相談みたいなことがあるらしい」

「そこまではおれにも大体わかっているが……」

と、庄平は、ことごとく自分の推察が当たったので知ったかぶりをした。まるきり無知では息子の話を全部聞き出すことができない。

「ぼくは、そのことを半年前から聞きこんだものだからね、なんとか手づるを求めようと苦心したが、やっと、それがみのって倉田さんと知り合うことが出来たんだよ。そんなことで、この前から大阪に二、三度行ったりした」

「そうか……」

健吉の大阪行きがてっきり浮気の口実だと思っていたのは、こちらの誤りだった。庄平は、急に息子が頼もしく見えてきた。

「明和製薬の村上社長は……」

と、健吉は父親に言った。

「大金持ちだ。いつも億万長者のベスト・テンのトップになっているのは、お父さんも知っているだろう」

「もちろんだ」

庄平はうなずいた。村上為蔵の名前は製薬王としても喧伝されているし、特に個人所得では、ここ数年来、トップ・グループに入っている。

村上は学歴はなく、大阪道修町《どしょうまち》の薬屋の小僧から叩き上げた人間だ。彼が悪戦苦闘した結果今日の大を成したことは、「今太閤」の名で呼ばれているとおり、驚異の的となっている。最近では、いろいろな雑誌に彼の書いたものや対談が出たりして、さらにクローズ・アップされてきた。

のみならず、村上為蔵著「わが人生」「こしかたの記」「私の人生哲学」「経営の考え」「わが経営哲学」など、かぞえたらその著書はおびただしい数に上っている。いずれもよく読まれており、ことに最近は不景気だから、経営の参考書としてもベストセラーのようだし、また、彼の成功に瞠目《どうもく》した若いサラリーマンたちの出世哲学としてもよく売れている。

芦屋には村上社長の大邸宅がある。その一部には別棟を建てて、金にあかしてあつめた骨董品が収められ、「村上美術館」の異称もあるくらいだ。いいものばかり買っているので、国宝、重要美術クラスの逸品もかなり入っている。

その村上社長のところに出入りしたいというのが、骨董屋全般の最大の夢であった。しかし、ここには前から世界的にも名を知られている日本一の古美術商「仲山精美堂」が入っているので、容易に喰いこむことができない。まして、中以下の骨董屋は相手にされない。

その夢を、健吉は果たそうと努力しているのだ。

「お父さん、おれは何も村上社長にいいお得意になってもらおうというのではない。ただ、出入りを許してもらえば、それでいいんだよ」

「うむ……」

「あすこに出入りをしているということだけで、ウチに箔《はく》がつくからね。仲間にもハバがきくし、商売だってしやすくなる」

「それは、そうだ」

庄平は息子の考えに全面的に賛成だった。そこで、健吉にきいた。

「それで、おまえ、その倉田という謡の師匠に近づいたら、村上社長のもとへ出入りができるようになるのかい？」

「ああ、十中八、九まで大丈夫だ」

健吉は大きくうなずいた。

「そんなに、倉田さんは村上社長に信用があるのか？」

「それは、相当なものだよ。村上さんが今太閤なら、倉田さんはさしずめ曾呂利《そろり》新左衛門といったところだよ」

「ほほう」

「倉田さんは謡の師匠だが、明和製薬の堺の寮に寝泊まりしているくらいだ。なにしろ村上社長が、同じ寮の特別室に月の三分の二くらい泊まっているんだからな。社長はそれくらい事業に熱心家だ。だから、明和製薬を今日の隆盛にしたのだよ。さすがだな」

「たいしたものだ」

「で、倉田先生は社長に謡を教えるために、自分も寮に一室をもらって、そこで起居している。倉田先生は、いまは明和製薬の専属みたいになっている。なにしろ社長が謡好きだから、明和製薬では重役をはじめ幹部社員が全部謡をやっている」

「そうだろうな」

「社長がゴルフ好きなら全社員をあげてゴルフ熱がさかんとなり、社長が小唄が好きなら社員のほとんどが小唄の師匠のところへ通う、あれと同じだ。社長への追従《ついしょう》だよ」

「うむ。考えられる」

「もっとも倉田先生は明和製薬の社員全部には教えていない。自分が教えるのは、社長のほか重役クラスだ」

「そりゃ、そうだろう」

「あとの幹部社員には倉田先生の弟子が教えている。それだけでも倉田先生はたいそうな実収入だよ。ほかへ教える必要もないし、そのヒマもない。社長が泊まる明和製薬の堺寮に寝起きしているはずだ」

なるほど、村上社長が今太閤なら、謡の師匠が今曾呂利新左衛門であってもおかしくはない。とにかく、そうしたワンマンには曾呂利的な側近があるのは十分に考えられる。それが重役や幹部社員では少し変になろう。

よく世間には独裁社長におもねる役員や幹部社員がいるが、本当の側近は私生活の面でもかなり入りこめる社外の幇間《ほうかん》的な人間ではなかろうか。とかくワンマン社長となると、そういう人間が欲しくなるらしい。ゴマを摺っているとはわかっていながら、まあ、幇間なら構うまいと、気楽に近づけている。社長が忙しければ忙しいほど息ぬきに必要な人物だ。

また、そういう人物にかぎって、いろいろなことを知っている。その謡の師匠が骨董に目利きがあるといっても不自然でなく考えられる。幇間的側近というのは話題が豊富で、やることがアカ抜けていなければならない。その謡の師匠は、道具だけでなく、社長に女の世話みたいなこともやっているのではなかろうか。

もし、そうだとすれば、倉田という男が村上社長のお気に入りなのもわかるし、彼の口利きで新しく道具屋の出入りが出来ることも不可能ではないように思われる。

庄平は、健吉の前にひと膝乗り出した。

「おまえ、その倉田さんに接触が出来たというが、それなら、もうすぐ村上社長のもとに出入りが出来るのかい?」

「もうひと息だ」

健吉は自信ありげに答えた。

「そうか。そうか」

明和製薬の村上社長のもとに出入りが出来れば、どんなに店の信用が高まるかわからないし、仲間にも大きな顔が出来る。第一、商売が有利になる。

息子の言うとおりにすぐ村上社長から骨董類を買ってもらわなくてもいい。とにかく、何とかこっちの顔をおぼえてもらって自由にお出入りがかなえば、これ以上の望みはなかった。

「おまえ、どうして、そんなことを今までおれに隠していたんだな？」

庄平はすっかり笑顔になってきいた。

——それならそうと打ち明ければ、こちらも応援してやることが出来る。息子が、そんな活動を隠していたのが彼には解せなかった。それでこっちの誤解が起きたのだ。

「先走ってお父さんに言うと、また妙に期待されるからな」

理屈であった。

「うむ、なるほど、それもそうだな」

「相手が相手だけに成功するかどうか、おれにも予想がつかなかったんだ。見通しがついてから、何もかもお父さんに話すつもりだったんだよ。それを先にきかれたもんだから、仕方なしに打ち明けたんだがね」

「そうか。で、その見込みはあるんだな？」

「ある。倉田さんは全面的におれを応援してくれると言った」

「よかったな……それで、おまえ、その倉田さんと二人で潮風荘から出かけたそうだが、それはどういうつき合いだい？」

「いろんなことを知ってるんだな？」

健吉は皮肉そうに父親の顔を見る。

「うむ、ちょっとな……」

庄平は苦笑した。

「だいぶん調べたらしいな」

「そうでもないが、おまえが秘密主義でやるから、少しばかり気にかかったんだ」

「何も気にすることはないよ。倉田さんと出かけたのは、宿で飲んでも面白くないし、おれがキャバレーに誘ったんだ。そして、つい、遅くなってしまったがね」

「謡の師匠でも、そんなところが好きなのか？」

庄平は、背のすらりとした和服の男を眼に浮かべた。手に袋をさげ、白たびをはいた人間なのである。

「謡の師匠だっていやなわけはないよ。誰しもああいう場所は愉快にちがいないからね。そんなことでおれもだいぶん倉田さんに気に入られたんだ」

「そうか。で、おまえ、倉田さんが潮風荘に来ていることがよくわかったな？」

「前に、倉田という人物が村上社長の側近にいると聞いてから、おれは一生懸命に調査したんだ。そして、それが謡の師匠で、月に一、二度上京のとき熱海の潮風荘に泊まることがわかってね。それで、早速、潮風荘に行っておかみに会い、少し握らせて、今度倉田という人が来たらおれに電話で知らせてくれるように頼んだんだ。あそこのおかみはいいからな」

「うむ、いいおかみだ」

庄平は思わず口をすべらしたが、

「いや、いいおかみにちがいない。店の構えからみても、そんな感じがするよ」

と、言い直した。

「それで、相手が来たときちゃんと連絡があったから、おれは熱海にすっ飛んで行ったんだ」

――そうか。それで健吉に熱海から電話がかかったり、彼から電話した理由もわかった。こちらからかけるのは倉田がいつくるかという健吉からの問い合わせにちがいない。庄平は、あの男マッサージ師のことは考えの外においた。無関係とわかってしまえば、別段のことはないのである。

「なあ、お父さん」

と健吉は言った。

「村上社長にはまずおれが近づくが、そのうち、お父さんも会ってもらいたいな」

「そりゃもちろんだ。倉田さんにも会うよ」

「会うのはいいが、その前に村上社長の人物くらいは知っておいてもらいたいな。そうでないと会っても印象が違うからね。村上さんの本はいくらでもある。特に、その人物、歴史を知るには『こしかたの記』と『経営の考え』というのが一番よさそうだ」

「大体の話は聞いているが、そいじゃ早速買ってみよう」

と、庄平は一も二もなく承知した。

彼は早速女店員を近くの本屋に走らせ、息子の言った二冊を買い求めさせた。

庄平は、その夕方、家に帰った。

友子は別段のこともなかったが、杉子は冴えない顔をしている。庄平は、今夜少し勉強がある、と言って、早くから部屋に引きこむことにした。

今日買ってきた、明和製薬社長の村上為蔵の著書を机の上に置いて、その一冊をひろげていると、嫁の杉子が茶を汲んで入ってきた。

チラリと見たが、杉子はやはり元気がなかった。健吉のことにまだひっかかっているなと思ったので、

「健吉は商売熱心だよ」

と彼女の誤解を解くように言った。

「そうですか」

杉子は盆を持ったまま眼を伏せた。

「この前から旅行に行っているようだが、あれは全く商売上のことだ。いや、実はわたしも疑惑を持っていたところ、今日、アレから直接に話を聞いて、それが氷解した。たいそ

う大口な得意先を開拓しようと、あいつも努力している」

杉子はうつむいたまま黙っていた。

「だから、あんたもそう心配しなくてもいいよ」

「はい」

「健吉はあんたに打ち明けなかったかい？」

「少しは聞きましたけれど……」

杉子はそれを全面的に納得していない様子だった。男と違って、女は疑ぐり深い。はじめ思いこんだ邪推は容易に解けないものだと、庄平は思った。

「ま、とにかく、あんまり気にかけないほうがいい」

庄平は言い聞かせて嫁をさがらせた。いまいろいろなことを言っても、彼女に理解はできないように思われたからだ。いずれはあとでわかることである。

さて、湯呑みの茶を口にふくんで、ひろげた第一冊が「こしかたの記」であった。

この文学的な標題は、村上為蔵の自伝であった。

《いまから考えると、それは茫々半世紀の昔になる。すぎ去った過去を思えば、まことに夢としか思えない》

といった文章で、かなり著者の感傷が入っている。

《私は兵庫県の山奥の寒村に生まれた。祖父の代までは相当な山を持っていたが、父がそれを売り払い、姫路に出て商売をはじめた。馴れないことなので失敗したうえ、ある悪い仲間に騙されて、たちまちせっかくの資金を失ってしまった。

それからの母は苦労の連続で母の着物の裏にツギハギが当たっていないものはなかった。そうした中で子供三人を育てるのはたいそうな苦労だったにちがいない。私には小さな妹と弟とがいたが、二人とも幼いときに相次いで死んだ。栄養失調のためだと医者に言われた。そのときの母の嘆きは、未だに私の眼底にありありと映っている。

父は自暴自棄になって外で飲んでばかりいたので、一家の生活は母の、近所の仕立てものとか、手伝いとか、使い走りとか、そんなことでようやくすごしていた。それで、私は小学校三年のときに学校を自発的におりることにした。母はずいぶん止めたが、この窮状をみては、とても学校に行く気がしなかったのである。

私は十歳のときから世間の荒波に揉まれた。……》

明和製薬社長村上為蔵著「こしかたの記」を読み進むにつれて、庄平は涙を落とした。最も可哀相なのは、少年為蔵が道修町の薬屋に丁稚《でっち》奉公しての苦労話である。

そのころは、徒弟制度がきびしく、少年為蔵は、朝から晩まで先輩丁稚や番頭にこき使われたうえ、飯も皆から離れて冷たい板の間で犬か猫のように食わなければならない。意地の悪い番頭にどのようにひどい目に遭わされたかが、かずかずのエピソードで語られている。

あまりの辛さに何度か逃げようと決心するが、いつも哀れな母親のことを思って中止し、夜はせんべい蒲団の中で忍び泣きするのであった。

しかし、そのうち何とかして一本立ちになりたいと思う。だが、それには資本がいる。早道は薬を直接に製造することだった。これだと、やり方によっては、それほど大きな資金はいらないし、場所も狭くて済む。こうして一念発起した少年為蔵は、二十一歳のときに、それまで給金の中から少しずつ溜めた金で強壮剤の製造にかかった。独力である。

そのため彼は、あらゆる薬学の本を勉強する。そして、当時彼を激励してくれた大阪医専の或る教授のもとにうるさく日参して、熱心にその知識を仕込んだり、彼からアイデアを貰ったりする。

だが、いかに小さな製薬でも彼の資金だけではとうてい不可能だった。そこで、二人の知人を説いて出資させる。ただし、製造は彼一人でやることにし、少年二人をやとって夜の目も寝ずにその完成に努力する。何度か失敗した挙句出来たのが、朝鮮ニンジンの合成分を取り入れて造ったニンエキスであった。

《ニンエキスは、朝鮮ニンジンのニンとエキスとをくっ付けて名づけた私の着想だが、とにかく、これがわが明和製薬の実際の意味での発足であった。私が二十三歳のときである。道修町の薬店問屋に持って行くと、ためしに置いてみてくれと言われた。はじめから相手にされないで断わられる店もあり、そうした好意をみせる店もあった。「ニンエキス」を置いてみてくれと言われただけで、私は天にも昇る気持ちだった。ましてや、その薬がぼつぼつ出るから、またあと入れてくれと言われたときのうれしさは言語に絶した。思わず相手の身体に後光が射したようで、柏手《かしわで》を打ちたいくらいだった。》

こうして「ニンエキス」は、失敗に失敗を重ねた為蔵にようやく曙光《しょこう》をみせたのだが、しかし、はじめから採算がとれるほど売れはしなかった。それには長い年月と、たゆまざる努力の結果を待たなければならなかった。ところが、はじめ協力していた二人は、為蔵の将来性に見切りをつけたのか、途中で出資金を返してくれと言ってきた。為蔵はがっかりする。しかし、ことが金銭的な問題なので、彼は苦しい中から何とか都合し、二人に返済する。

《そのときの私の気持ちは、何ともいわれない。まことに暗澹たるものであった。だが、これも神が私に与えた試練だと思うと、少しも相手を恨む気持ちにはなれなかった。それだけではない。その二人の協力者が手を引いたことによって私はいっそう奮起したのである。頼むのは自分だけだと、このときから、はっきりと自覚した。》

「こしかたの記」は、みごとな一篇の立志談である。これなら、誰が読んでも感動するはずだ。現に庄平は、ところどころで頬に流れる涙をどうすることもできなかった。

およそ、立身出世談は、最後には大成功者となるとわかっていながら途中の苦労話を聞くのだから、たいそうな読み物である。これはいかなる文豪の書く小説も及ばない。大体、結末が初めからわかっている小説は読む気がしないものだが、こういう立志談は最後に輝く成功がそびえているので、読者は安心して感激できる。庄平の流している涙も快いそれであった。

村上為蔵の半生記はつづく。

彼は二人の協力者を失ってから、さらに苦心惨澹する。そのうち、すすめる人があって、ある女性と結婚したが、それが現在の夫人である。

《この家内なくしては私の成功はなかったであろう。家内は、この何の見込みもない、ただ牛馬のように働くだけの貧乏な男のところに嫁いできた。

結婚式を挙げた翌日から、花嫁さんはもう質屋通いだ。彼女が実家から持ってきた着物は、たちまちのうちに質屋の蔵に移ってしまった。当然、親や親戚から彼女は非難されたが、いったん嫁いだ以上、そこが私の生活の築き場であり、死に場所であるといって、家内は心から私の仕事に協力してくれた。

馴れない私の仕事への手伝い、得意先の薬屋との交渉、さては金がないため人手が雇えず、彼女は手押しのリヤカーに製品を入れた函を積み、遠いところから道修町まで通うのであった。彼女は貧乏と労働のため栄養失調となり、最初に宿った子も流産となった。このときくらい私は辛かったことはない。……》

なるほど、偉い奥さんがいたものだと、庄平は思った。これだからこそ、この人は成功者になれた。

それにひきかえおれの女房の友子は何だろう。亭主の仕事の上にあぐらをかいて、着物を買ったり、芝居に行ったり、友だちとつき合ったり、ノウノウと暮らしている。少しも反省はない。ちょっと気に入らないことを言えば不服な顔を見せるし、叱れば抵抗する。一度でも本気に亭主の商売を手伝ってくれたことがあるだろうか……。

《そのうち、私に最初の運が向いてきた。というのは、いくら朝鮮ニンジンの含有物にヒントを取ってこしらえても、原物そのものではないから効果はうすい。しかも、原価の高い薬をいろいろ原料に使うのでコスト高になる。はじめのうちは、なるべく儲けをうすくし、広く得意先を取ろうと思うから、働いても働いても貧乏から逃れることができなかった。

ある日のこと、私はゆき悩んだ末に大阪医専の早川源治教授を訪ねて、教示を乞うた。もちろん、何の紹介状もなく、いきなり飛びこんだのである。しかし、早川先生は気持ちよく私を引見してくださって、耳を傾けられた。貧弱な製薬業者で、しかも若造の無鉄砲さを先生は少しもとがめられない。のみならず、私に喜んで応援してくださった。そして先生自身も熱心に研究してくださったのである。まことに早川源治教授こそは私の終生の恩人である。》

早川教授……？

庄平は、この活字に突き当たって、びっくりした。早川といえば、明和製薬の副社長と同じ姓ではないか。では、早川市太郎は前に大阪医専の教授だったのか。

考えられないことではなかった。この本によると、早川教授は村上為蔵の恩人に当たるのである。早川教授が退職すれば、当然、あとを村上社長が拾ってもいいわけである。それこそ社長の恩返しではないか。

年齢的にいって、どうやら、それに早川市太郎は当たりそうであった。副社長といっても、名誉職の人もある。おそらく早川教授は、そういった功労者的な役員であろう。彼に薬学の知識があったとしても、それはすでに時代遅れになっているように思われる。医学と薬学の進歩は、まさに日進月歩と聞いている。

もし、この想像が当たっているなら、早川市太郎に注目している駒井は、やはり端倪《たんげい》すべからざる感覚を持っているようだ。

ところが、ふしぎなことに、健吉は早川市太郎のハの字も口に出さない。息子は早川を知らないのであろうか。

早川市太郎といえば、和子が一番よく知っているようだ。彼女の亡父の友だちで、その縁故から何かと彼女に気を配っているようである。今度、和子が火事で焼け出されたのを新聞で知ったといって、いち早く金を送ってきている。そうだ、これは和子からよく事情を聞いてみようと庄平は思った。

そこで、「こしかたの記」に向かう庄平の読書もおのずから熱が入ってきた。

《……私の信念は、あくまでも強壮剤にあった。現代人は忙しい。疲労からくる衰弱は、いわば現代病である。これからいよいよ世の中が忙しくなり、生存競争が激しくなると思う。だから、個人的な体力の消耗はますますひどくなる。医学の進歩によって死亡率は低くなったものの、病気のためにフルに活動できない人は多いのではないか。ノイローゼにしても、多くは疲労からきている。

私は将来製薬の主流を占めるのは強壮剤だと思った。ひとむかし前は呼吸器病や胃腸病が首位を占めていたが、現在では内臓外科手術の発達で呼吸器病はかなり救われている。胃腸病の治療もまた手術に負うところがある。それに、胃病はストレスからくるところが多い。あらゆる病気は多忙すぎる人間の疲れから生じてくる。

こう考えた私は、早川源治教授の指導のもとにひたすら新しい強壮剤の発見につとめた。こうして失敗に失敗を重ねてようやく出来上がったのが、「ストロンガー」である。これはわが明和製薬の存在を斯界に示し、社の基礎を固めたほどの売れゆきをみせた。それには宣伝が大いにあずかって力がある。私は利益のほとんどを宣伝費に使った。

「ストロンガー」の名は、日本じゅうで知らない者がないくらいになった。社業は順調に伸びた。工場も拡張し、従業員もふえ、研究所も建てた。私は早川教授にお願いして、医

専からわが社の初代研究所長に迎え入れることにも成功した。……》

《こうして「ストロンガー」は大成功したものの、まだまだ私には欲があった。それは、「ストロンガー」だけでは決定的なわが社の製薬とはいえないからだ。「ストロンガー」は優秀ではあっても、何か強力なものが足りなかった。

私は早川博士と、その研究に没頭した。若い研究所員も協力してくれたが、なんといっても、早川博士は、その先頭に立って、日夜寝食を忘れるくらいこれに全霊を捧げてくださった。

私は博士のそういう姿を見て、いまでも感動を覚えるものである。それはまさに化学に仕える神の姿であった。

こうして研究の結果、ようやく試作の段階に入ったころ、博士は、その疲労のため不幸にして病に倒れてしまった。私は自分の親のように博士の看病につとめ、また、わが社の恩人であるから全力を尽くした。しかし、天命いかんともするあたわず、早川源治博士は年齢わずか四十九歳にして逝去されたのである。これがいまから十五年前のことだった。

……》

庄平は、おや、と思った。

いまのいままで早川教授なるものが市太郎だと思っていたが、これはとんだ考え違いで、全然、同姓の別人であった。

すると、早川市太郎は早川源治教授とは全く無縁の人物なのだろうか。何だか肩すかしを喰った思いで庄平は本に見入った。

友子が入ってきた。

「ずいぶん熱心ですね」

本を読むのを珍しいことのように言った。

「もう、いいかげんにして寝ませんか」

「ああ、もう少し読んでから寝るよ」

庄平は面倒臭そうに言った。

「小説ですか?」

友子はのぞいた。

「小説じゃない。明和製薬社長の村上さんが自分で書いた半生記だ。おれはさっきからこれを読んで、すっかり感心してしまったよ。やっぱり功労者は若いとき苦労している」

「それはそうでしょうとも。村上さんのことはほかの雑誌にも書かれているので、わたしもぼんやりとは知っていますがね」

友子は庄平を尻眼《しりめ》で見たが、その眼つきは、あんたとは人物が違いますよ、と言いたげにみえた。

庄平はむっとして、

「それに、奥さんが素晴らしい」

と、やり返した。

「奥さんの内助の功が村上さんを今日に至らしめたのだ。若いとき、よく貧乏に耐え、夫と共に艱難苦労を重ねてこられている」

「ああ、そうですか」

女房はあっさり、その辺を受け流した。

「とにかく、いいかげんにしておやすみなさいよ。わたしはお先に失礼しますから」

友子は襖を閉めて出て行った。

庄平はゆっくりと煙草に火をつけ、次の文章にかかる。

《早川博士が苦心して発見された新しい薬は、いよいよ第一回の発売まで漕ぎつけた。その薬の名は「スタミナサン」である。「スタミナサン」といえば明和製薬、明和製薬といえば「スタミナサン」と、今日世間で大評判を得るようになった。……》

《……「スタミナサン」を初めて出荷するとき、どうか、これが成功してくれるようにと、私は祈った。》

村上為蔵は書いている。

《これにはずいぶん宣伝費もかけたし、成功を予想して設備の拡張もおこなった。私の気持ちとしては、まさに社運を賭した覚悟であった。第一回の出荷のトラックを見送ったとき私は、これこそわが国民の健康を増進し、国力を養う基になると信じた。これが肥料となり、国民に豊かなみのりを与えると思った。ちょうど、豊穣な秋にこがねの波打つ稲田を眺めるような思いだった。

話は違うが、わが本社の屋上には稲荷神社がある。ほかの会社でもお稲荷さまを祀《まつ》るところは多いが、私のほうは、社の発展を祈るとか、厄除けとか、幸運を願うとか、そういう単純な考えからではない。もちろん、そうした願いも込められてはいるが、実は第一回の出荷を見送って、私の眼には豊穣な稲のみのりが波打って見えていたのである。私は製薬業者が単なる営利主義であってはならないと思っている。それはあくまでも国民の健康に奉仕する無私の精神でなければならない。したがって、薬品は国民や国家の肥料であり、殺虫剤である。

このような考えから、私はお稲荷さまを設けた。稲荷は、もともと、五穀のみのりをつかさどる豊受大神《とゆけのおおかみ》のお使いとなっている。おそれ多いことだが、伊勢の大廟にも豊受大神がお祀りしてある。五穀のみのりは国土の基礎であり、民族の発展である。したがって、私がお稲荷さまを祀るのは、水商売や投機業者が開運を祈ってするのとはいささか違うのである。

これは社員によく訓示していることだが、一般に誤解を招いているようだから、ついでにここに書き添えておくわけだ。

「スタミナサン」は名前からしておぼえやすい。薬の名前は、どうも最後がンで終わったほうが語呂がいいようである。こうしてわが社は「スタミナサン」のおかげで社業が発展してきた。そのほか、いろいろな薬を発売しているが、なんといっても「スタミナサン」が中心で、かねて私の念願していた強壮剤が世の需要に迎えられたということができる。これは、すなわち、私の考えが正当だったということができる。

経営について、その後も援助があったり、また苦しい目に遭わされたりした。だが、やはり忘れかねるのは創業時代の協力者二人である。前にも述べたように、このお二人は途中で手を引かれたが、私は少しも恨みには思っていない。いや、それだけではなく、真に自主独立の勇気を与えてくれたのは、このお二人だと思っている。つまり、私にとっては恩人なのである。

「スタミナサン」が発売されてわが社の経営が軌道に乗ったころ、このお二人に、別々の機会だが、お目にかかったことがある。名前は伏せておくが、その一人の方は、当時生活があまり楽でないようにお見受けした。その人は私の顔を見ると、以前のことをたいそう私に詫びられた。しかし、私は、あなたこそ私の恩人であると言って、その方の手を握った。

もう一人の方も、やはりお目にかかったとき私に対して顔があげられないふうであった。私があなたは恩人ですよと言うと、その方はたいそうびっくりして私を見つめられておら

れたが、やがて頬に涙を流された。……》

庄平は、昨夜十二時近くまでかかって、明和製薬社長村上為蔵著「こしかたの記」一冊をとうとう読み上げてしまった。近ごろ、こんなに感動した本はない。まさに人生の教科書だった。

近ごろは、イヤらしい小説がはやる。メスとオスの出合いかのように、男女がすぐにくっ付き合う。意味もなく抱き合うのを克明に文章にして売るのだから、小説家もあきれたものである。筋も何もあったものではない。ただ獣欲をあおるような扇情的な筆つきを弄《ろう》せばいいと心得ている。まったく世の中も堕落したものだ。これでは青少年がよくなってゆくはずはない。非行の若い者がふえるはずだ。

それからみると村上社長の「こしかたの記」は、まさに一読懦《だ》夫《ふ》を奮起せしめるていの立志談だった。ああいう本は、文部省あたりが強力に推進し、青少年に読ませたほうがいい。

——それほど庄平は感激したのだった。

ことに村上社長の人情味がいい。苦しいときに自分を裏切った協力者二人に対する恨みつらみも忘れて、これこそ自分の恩人だと感謝している。容易に出来ないことだ。村上社長はさすがに苦労人である。それだからこそ、業界の長者番付のトップにいつも名を連ねるくらいに成功したのだろう。

そんなことを思いながら、庄平の足は和子のアパートに向かっていた。今日は和子と寝るだけが目的ではない。半分は商売だった。

部屋に坐っていた和子は、庄平が入ってきたのを見て眼をまるくした。

「あら、どうしたの？」

庄平は黙って奥の部屋に入る。ぐるりと見まわして言った。

「ほう、だいぶん調度が揃ったな」

何といっても若い女の部屋はなまめかしかった。女房にはセンスもデリカシーもないから、家の中が常に殺風景であった。このようなピンクのムードは薬にしたくも、ない。

「昨日会ったばかりなのに、もうくるなんて珍しいわね」

和子はしゃれた短い前掛を当てている。こんなものをしても実用にはなるまい。ただ体裁だけとは思うが、友子の実用的な色気も何もないエプロンよりも、やはり和子の短い前掛のほうが気分がよかった。

和子は紅茶を沸かして持ってきた。レモンの匂いがプーンと鼻の先に漂う。出した洋菓子もハイカラだ。友子ときたら、たいていつまらぬ和菓子だ。

「なあ、和子」

彼は菓子と紅茶を口にふくませながらきいた。

「つかぬことをきくようだが、この前、おまえにお金を送ってくれた早川さんという人な。あの人、どういう方なのか、少し詳しく話してくれんか」

和子は、またか、というように、面倒臭そうに顔をしかめた。

「別にどうということもないわ。この前、言ったとおりだわ」

「うむ。つまり、何だな、おまえの死んだお父さんの友だちということだったな」

庄平は、和子があまり機嫌のいい顔をしないので、遠慮がちにきいた。

「ええ、そうよ」

「早川さんと、おまえのお父さんとはずいぶん親しかったんだね？」

「まあね」

「だって、おまえから別に頼みもしないのに火事に遇ったという新聞記事を読んで、早速、大金を送ってきたんだからな」

「大金かしら？」

和子は、けろりとしていた。

「大金だよ、五十万円という見舞いはなかなかできることではない……」

庄平は分別臭く言った。

「そうかしらね」

「そうだよ。これが、一万円か二万円ならともかくだが。それにしたって、自分からすすんで送金する人間は少ない」

「そんな話、どっちでもいいわ」

和子はその話題をきらった。これが庄平に解《げ》せない。せっかく五十万円も送ってきたのに、和子は突き返している。和子は早川市太郎に明らかに好意を持っていないようであった。その原因は何だろう？

想像すれば、早川という人物が、以前に和子に手を出そうとしたことがあったのではあるまいか。父親が死んで、その友だちが親切ごかしに遺された娘に言い寄る。小説の筋によくあるが、現実にもあり得ないことではなかった。

それを和子がはねつけて、爾来、早川市太郎に対して反感を持ってきた。彼女がこうして神楽坂の料理屋で働いて自活しているのも、そんなことが原因になっているような気もした。しかし、早川のほうでは、和子のことをまだ考えつづけていて、そのアパートの住所まで知っていた。だから、火事だとわかると、早速、金を送ってきた。それを和子が送り返す。――と、どうも、そんなふうな筋になってきそうであった。

「早川さんは……」

庄平はなおも質問をつづけた。少々、和子の気に入らぬ話題でも、これは商売にからんでいるので、中止するわけにはゆかなかった。彼は、和子に低く出て言った。

「……明和製薬の副社長だそうだな。これはおまえも知っているだろう？」

「ええ、そうですってね」

和子は、なるべく話し相手になりたくないふうに、用もなく、ちょこちょこと台所などに起ったりして、落ちついていなかった。

「昨夜、村上社長の『こしかたの記』というのを読んで、おれはたいそう感心したんだが、あの本のなかに早川博士という大阪医専の教授が出てくる。これが村上さんの恩人なのだが、その教授と、副社長の早川市太郎さんとは関係がないのかね？」

「その先生の弟さんよ」

和子は、あっさりと答えた。

「え、それじゃ、早川教授が市太郎さんの兄さんか？」

和子がすらすらとその関係を答えたので、庄平はびっくりした。

よく知っている。さすがに金を送ってくるだけあって、彼女は早川市太郎副社長の素性にくわしいようであった。

「そうか。姓が同じなので何か関係があるのではないかと、本を読みながら思ったのだが、まさか兄弟とは知らなかったな。……そうすると、何かい、その教授が死んでから、村上社長が弟の早川さんを副社長に迎えたというわけか？」

「まあね」

和子は、つとめて素っ気ない返事をしていた。

「なるほどね、さすがに村上社長だ。恩人が亡くなったので、その恩義に報ゆるため、弟さんを副社長に迎えたわけだな。えらいものだ」

庄平は感歎した。

和子は、ふん、といった顔つきで、そこにある古雑誌の頁をパラパラと繰っていた。

「そうすると、早川市太郎さんが明和製薬の副社長になったのは、いまから十七、八年前だな。『こしかたの記』によると、早川博士が亡くなったのが、そのころに当たっている」

「そうでしょうね」

「早川さんは、ずっと大阪におられたのかい？」

「と思うわ」

「もちろん、村上社長の腹心だろうな？」

「でしょうね」

庄平は、しばらく黙った。何をきいても和子は消極的な返事しかしない。よほど早川市太郎に対して好意を持っていないようであった。庄平には、またしても先ほどの推測が戻ってくる。

早川市太郎副社長が和子にそんな素振りをみせたとすれば、それはいまから何年前だろうか。当然、和子も当時大阪にいたことになる。生まれたのは九州だが、父親につれられて若いとき関西に移ったとは、いつか聞いた話だった。

そこで、庄平は早川副社長のことをきくと同時に、和子との関係を併行してたずねることにした。

「おまえのお父さんが亡くなったのは、たしか十二年前と言ったっけ？」

庄平は、和子の機嫌を取るような調子できいた。

「そうよ」

「そのとき、中学校が同級だった早川さんとお父さんとは親交があったわけだが、おまえのお父さんが死んでから、明和製薬の副社長となった早川さんはいろいろとあとの面倒をみてくれたわけだね？」

「まあね、ひととおりのことはしてくれたようだったわ」

「おい、話を聞いていると、おまえはだいぶん早川副社長に世話になっているじゃないか。それなのに素っ気ないような様子だが、何かそこにあったのかい？」

庄平は、いよいよ肝心の点に入った。

「別にそうでもないけど……」

和子は眼を伏せた。

「いや、おれの印象では、どうやら、あんまり早川さんに好意を持っていないようだな」

「好意も反感もないわ。ただ、よけいなお世話をしてもらいたくないの。……いくら死んだ親父さんの友だちでも、一方的な押しつけがましい親切はいやだわ」

「その早川さんの押しつけがましい親切というのは、何かいわく因縁があるんじゃないか？」

「え？」

和子はどきりとした顔つきになった。一瞬、眼を庄平の顔に据えたが、このショックの意味を、庄平は自分どおりの因縁に取った。

「それ、どういうこと？」

いままでの様子と違って、急に和子は庄平の顔色を真剣に見つめた。

「ふむ、やっぱりそうか」

庄平は、ひとりでうなずく。

「何がそうかなのよ？」

和子は、庄平がどこまで真相を突き止めているかどうか、さぐるような眼つきになっていた。

「つまりだな、早川さんは、前におまえが大阪にいるとき、おまえに特別な気持ちでも持っていたんじゃないのか？」

「なんだ、ばかばかしい」

和子は急に気の抜けた顔になった。その表情は、どこか安心したようなところが見える。だが、庄平にはそれがわからない。和子が誤魔化しているように映るだけだった。

「どうだ、図星だろう？」

彼は笑いながら言った。現在のことではなく、だいぶん前の話だし、和子が早川をきらっていることだから、彼の心も平静だった。

「よくあるよ。友だちが死んで、その娘さんを何かと世話しているうちに、つい、ちょっかいをかけたというところじゃないか？」

「またあんたのいつもの邪推がはじまったわね」

和子はてんで相手にならなくなった。たったいままで真剣だった顔も、氷が解けたように緩んだ表情になっている。

「そうじゃないのか？」

和子の様子から、かえって自分の推察が半分は当たったと庄平は思った。ただ、和子が相手をきらっているため、話に乗ってこないだけだと思った。

しかし、これはあまり深追いはできないと、彼は考え直した。早川市太郎は、この際庄平には大事な人物である。つまり、和子の線から早川に接近を考えている際なので、早川に不愉快な気持ちを持っているところは見せられない。いや、和子の機嫌を取って、早川との手づるになってもらわねばならなかった。

「おれの邪推なら、それでいいけれどな。いやいや、多分、これは思いすごしだろう。おまえの話を信用するよ」

「信用も何もないわ。当たり前なことだもの」

「そうか。ところでな、和子、おれは、その早川さんに一度お会いしたいんだが、何とか、その方法を取ってもらえんか」

「どうして、そんなことを言うの？」

和子は不機嫌な顔ながらも、不審そうに庄平に眼を向けた。

「早川さんは村上社長のお気に入りだろう？」

庄平は和子を説得にかかった。

「まあね、あの人は村上さんの高等小使いみたいなものだから」

和子は鼻で笑うような返事をした。

この言葉は、はからずも庄平の想像と合致する。

もともと、村上社長が早川市太郎を副社長に入れたのは、早川教授の恩義に報いるためであって、なにも市太郎の力量や人物を買ったのではないようだ。つまり、早川教授の弟というところからの優遇だ。してみると、市太郎という人物は、はじめから捨て扶持《ぶち》を与えられた重役で、会社にとってはどうでもいい人物かもしれない。となると、早川副社長の存在価値は、ひとえに村上社長の側近をもって任じることにある。この点、謡の師匠の倉田三之介が曾呂利新左衛門なら、早川市太郎副社長も多分同じ系統の幇間的存在にちがいない。

どこの会社にも、こういう重役は必ず一人ぐらいいる。社長がワンマンであればあるほど、その例は多い。

社長とすれば、そんな重役の実力は買わなくとも、一つの道具として可愛がっていればよい。その気持ちが相手のほうに反映するから、本人はいよいよお茶坊主重役になる。

そうなると、その種の重役の活路は、いかに社長の私的な面に奉仕するかにある。社長の趣味に合わせ、謡を習ったり、ゴルフの相手をしたり、隠れ遊びの友だちになったりするのだろう。

さてこそ、あの駒井が謡の師匠の倉田三之介とならべて副社長の早川市太郎の名前を出したはずだった。この二人は、社長の趣味の顧問もつとめているにちがいない。骨董を村上社長に売りつけるには、まず、この両人に取り入るのが先決だと、駒井は考えたのであろう。

くそっ、駒井孝吉なんかに負けてなるものかと、庄平は思った。

「なあ、和子、おまえ、この前、倉田さんという人は知らないと言ったな」

庄平は、いよいよ猫撫で声に出た。

「ほら、熱海の宿で出遇った謡の師匠さ」

「知るもんですか、そんな人」

和子はずけずけと言った。

「それじゃ、その早川副社長におれを紹介してもらえないかな」

「へえ、どうするの?」

「実はな、おまえにいままで黙っていたが、息子の健吉が、何とか明和製薬の社長さんのとこに出入りさせてもらいたいと、この前から熱心に運動している。だが、なかなか思うようにいかんらしい。そこで、おれも息子の手伝いというよりも、店のために早川さんに近づきたいと思っている。さいわい、おまえの死んだお父さんの友だちなら、わけはないだろう。なんだったら、おまえといっしょに大阪まで出かけてもいいよ。ゆっくりと京都あたりで遊んで帰るのも悪くないよ」

「いやだわ」

和子はニベもなく断わった。

「どうしてだ?」

「どうしてもこうしてもないわ。あんた、村上さんなんかに出入りするのはやめなさいよ」

庄平は、彼女が不機嫌のあまり、つい商売のことまで干渉したと思った。

「ばかなことを言いなさんな」

彼は叱った。

「これは、おれの商売が発展するかどうかの境目だ。なんといっても村上さんは多額所得者で、いま業界に君臨している。それだけじゃない。村上さんの書いた人生読本や経営読本のようなものは飛ぶように売れている。あの人は神さまだ。日本じゅうで村上さんの名前を知らない者はいない。そういう人のところにおれが出入りできたら、商売だってどんなに発展するかわからない」

庄平は、いままで思ってきたことを諄々《じゅんじゅん》と説き聞かせたうえで言った。

「たとえ、あそこは仲山精美堂が押えているにしても、おれは村上さんに出入りできるだけでも本望だ。これは商売気をはなれても、ぜひ実現したい」

「また、えらく村上さんに感心して熱を上げたものね」

和子は相変わらずうすら笑いをしていた。

「昨夜読んだ『こしかたの記』の感激が忘れられないんだ」

この女にはよくわかっていないのだと、庄平は思った。

「へん、どんなことが書いてあったの？」

和子は揶揄するようにきいた。

「よし、それじゃ、いまから話してやる」

庄平は「こしかたの記」のあらましを述べはじめた。

昨夜読んだばかりだし、印象が鮮烈なので間違うことはなかった。それに、自分の感激的な読後感をところどころに挿《さしはさ》み、ついに三十分余りしゃべり通した。その間、感激的な場面は庄平自身感情が迫って鼻を詰まらせた。

「……どうだ、立派な人だろう。苦労人だよ。村上さんは」

庄平は、自分の指を眼頭に当て、少し照れ臭そうに湯呑みを取り上げた。

和子はとみると、ちっとも感動した様子はない。まるで無味乾燥な新聞記事か何かを聞いたような顔つきでしかなかった。

「あんまり面白くもない話だわね」

彼女は水をかけるように言った。

「いわゆる面白い話じゃないけれど、しかし、立派な話だ」

庄平は力説した。この女、どうして、この感動がわからないのか。たとえ、こっちの話し方がへたにしても、内容は十分に伝えたのだから、おれと同じくらいに感動しなければならないはずだ。和子は、これまで浮世の波に揉まれすぎて、そんな純真な気持ちが擦りへってしまったのだろうか。そのくせ、テレビなんか見て、安もののドラマに涙を流すやつである。

どうも女というのはわからない。

――まあ、それはいいとして、全然反応のない和子を、いかに説得して早川副社長に近づくように取りはからわせるか、煙草を吸いながら、庄平は、真剣にその方法を考えはじめた。

庄平が再三再四早川副社長に紹介してくれと頼むので、和子もとうとう根負けしたように言った。

「それじゃ、あんたが勝手に手紙を出して先方の都合を聞きなさいよ」

「そうか、そりゃどうもありがとう」

庄平はほっとした。和子は強情な女で、これまでも、いやだと言えば徹底的に拒み通す。今度も早川にはあまり好意を寄せていないので頑固に断わりつづけるかと思ったが、こちらから執拗に言ったのがどうやら効を奏したようだった。

「その手紙には、ちゃんとおまえさんのことを書いてもいいのか?」

「仕方がないわ、それでなくては筋が通らないでしょ」

和子は気乗りのしない顔で言った。

「そりゃそうだ。突然、見も知らぬおれが手紙を出したところで、おまえのことが書いてなければ先方に相手にされるわけはない。じゃ、その件は承知だな?」

和子の気の変わらないうちにと、庄平は承諾を取った。

「わたしとあんたの関係を、どんなふうに書くの?」

和子が片頰にうすら笑いを浮かべてきいた。

「知人でいいじゃないか」

「そうね、まさか愛人とは書けないわね……でも、ただの知人では、そこのところが弱くならない？」

「そうか……」

なるほど、言われてみれば、そのとおりである。普通、知人といえば、文字どおり単なる知り合いである。たとえば、保険の勧誘みたいに、知人のツテで話にくる者があるが、そういうのはたいてい断わられている。和子の言うとおりだった。

「そこのところは、もう少し早川さんが心を動かすような書き方にしないといけないな」

どのように書くべきか。

「本当を言えば、おまえから早川さんに手紙を出してくれるといいんだがな」

「真っ平だわ」

和子はぴしゃりと断わった。

「おい、ほかのことならともかく、この際、おれを助けてくれよ」

「ずいぶん大げさね。そんなにまでして、なにも村上さんに取り入らなくてもいいじゃないの。いまだって十分に商売はやってゆけるんでしょ？」

「近ごろは不景気にあおられて、あんまり面白くないのだ。だから、村上社長のもとに出入りできるかできないかが、文字どおり浮沈の瀬戸際なんだよ」

「困るわ」

和子は眉を寄せた。庄平への義理と、気の向かない相手との板挟みとなった恰好でいる。

「なんのかんのと言うよりも先に、おまえのほうが早川副社長に手紙を出してくれたほうが一番いい。第一、見ず知らずの者から手紙が来ても、骨董屋とわかっただけで、早川さんはろくに読みもしないで屑籠に入れてしまうかもわからないからな。和子、お願いだ……」

「仕方がないわね」

彼女の首がやっとうなずいた。

庄平は、和子がようやく承諾したので気が楽になった。あとは、どんなふうに手紙の文句を書くかである。

どうも和子との関係を説明するのがむずかしそうである。和子は早川市太郎副社長との昔の関係を否定しているが、こちらの推量したとおりだとすると、これはうかつには手紙が書けない。もし、早川に和子への感情が残っていれば、逆効果になるおそれがある。

和子は、どうやら早川に対して何らの心残りもないようだから、いいようにしなさい、と言っているが、こちらは商売だ。早川副社長を通じて村上社長に取り入ろうとする作戦が逆になっては困る。

といって、その辺を手紙の上でぼかしてしまえば力の弱いものになってくる。

庄平は、文案を考えるように、畳の上に長くなった。どうも近ごろは年のせいか、長く坐っていることがしんどくなってきた。腰がすぐにだるくなるのである。

「和子」

庄平は彼女を呼んで、その膝を自分の頭の下に持ってこさせた。スカートが短いので膝坊主の上まで出ている。うしろ頭に弾力のある肉がじかに当たるのは気持ちよかった。

「煙草」

庄平が言うと、和子は上体をよじらせ、卓上の煙草を取って火をつけ、それを彼の口にくわえさせた。どうやら少しは機嫌がよくなったようだった。

庄平は、どうもうまい知恵が浮かばない。

「なあ、和子」

彼はおそるおそる切り出した。

「なに？」

「さっきちょっと話したように、どうだろう、いっぺん京都に遊びに行かないか」

「京都はむし暑いから、いまごろ行ってもつまらないわ」

「なにも京都ばかりにいるとは限らない。上方をひとまわりしようじゃないか。比叡山に泊まれば、あそこの山上ホテルは涼しいし、また、神戸でも、奈良でも、吉野でも、どこでもいい」

「そんな暇があんたにあるの？　熱海のときだって、たった一晩でふうふう言って帰ったくせに」

「そりゃ都合をつければ出来ないことはない」

「商売のために？」

和子は察していた。

「わかっていたのか？」

「へん、あんたが何を考えてるか、わたしにはすっかり見通しだわ」

「そうわかってくれたら話がしやすい。ありようはそのとおりだ。早川副社長にはおれが手紙を出すとしても、どうもうまく書けそうにないんだ。後生だから、大阪に行って早川さんをおれに引き合わせてくれんか。もし、そちらの事情にさしつかえがなかったら」

「事情は何もないわ。まだ、そんなカングリをしているの？」

「ごめん、ごめん。いまのは失言だ。……なあ、和子、おれのためにぜひ協力してくれよ」

庄平が家に帰ってみると、健吉は風呂から上がっているということだった。

「ここに呼んでくれ。商売の話があるのだ」

庄平は女房の友子に言いつけた。

「家に戻ってから、健吉と二人で商売の話は、久しぶりですね」

友子は喜んでいた。庄平は、これで、和子のところから帰ったごまかしができたと安心した。

健吉が浴衣がけでやってきた。頑丈な体格に湯上がりのほてりが、みるからにいい血色を漲らせていた。

「何ですか?」

健吉はそこに坐った。少々横着な態度だ。

「杉子はどうしている?」

庄平はきいた。

「なんだか、上でごそごそやっていましたよ」

上というのは、健吉夫婦のいる二階だった。杉子がいっしょについてこないところをみると、まだ仲直りは完全に出来ていないのかもしれない。

「友子、杉子も呼んだらどうだ?」

「そうですね」

友子が腰を浮かしかけると、

「いいんだよ、お母さん」

健吉が止めた。

「あれは自分のことをしているから、かえって放っといたほうがいい」

友子は庄平の顔を見て、杉子を呼ぶのはやめ、お茶をいれにかかった。

「いや、ほかでもないが、この前の例のことだがな」

庄平は友子の耳によく入るよう、しかつめらしい顔で言った。

「村上社長に近づく手だては、少しは目鼻がついたかい？」

「倉田さんから、もうすぐ返事がくることになっている。なんでも、来月あたり、村上さんが東京支店にこられるそうだからね。そのとき引き合わせるようにしたいと、この前言っていた。具体的なことは手紙で知らしてくるはずだから、もう少し待ったらはっきりするだろうな」

「そうか」

庄平は灰皿に煙草を揉み消して、

「実はな、おれのほうにもかなり有力な線が出たんだ」

「ほう、どういう……？」

「役員だ」

「役員？」

「うむ、それも副社長だ。早川市太郎さんだ。おまえ、その副社長の名を倉田さんから聞いてないか？」

「聞いているよ」

「その人だ。ある人間の紹介で会えるようになった。来月、村上さんが東京に見えるなら、なおさらのことだ。その前に、おれは大阪に行って早川副社長と会い、手はずを整えておきたい。東京でいきなり社長さんに会うよりも、そのほうがずっと効果的だからな。……なあ、健吉、これはひとつ、親子で共同戦線を張ろうじゃないか。なにしろ相手は難物だ。おれもせいぜい努力するよ」

庄平は、湯呑みを置く友子の前で強い声を出した。

「まあ、いい話だわね」

はたして、横で友子が笑顔になった。

健吉は庄平の話を聞いて、

「そりゃ結構だな」

にこにこしてうなずいた。

「じゃ、おまえのほうは、その倉田さんを一生懸命に攻めるがいい。おれは早川副社長をなんとか虜《とりこ》にする。村上社長の側近二人をこっちのものにすれば、たいてい大丈夫だろう。いくら駒井あたりがじたばたしたところでおっつくまい。あいつの鼻を明かしてやるのが何より痛快だ」

庄平は笑った。彼は気持ちがよくなって、

「おい、久しぶりだ、ビールを持ってこないか」

友子に勢いよく言った。友子も父子二人の商売話にうれしくなったとみえ、早速、冷蔵庫からビールを運んできた。

「ついでに杉子もここに呼んだらどうだ？」

庄平が言うと、

「なに、あいつはどうでもいい。そのうち上から降りてくるでしょう」

健吉はどうも杉子を敬遠していた。

ははあ、杉子がいっしょだと何か都合の悪いことでもあるらしいと、庄平はひそかに考えた。もしかすると杉子に尻尾でもつかまれたのかもしれない。

友子は、そこまでは気がつかないようで、

「いいかげんに降りてくればいいのにね」

と不満げだった。

「ところで、お父さん」

健吉は話を変えるように、

「その早川さんを紹介してくれる人が、よく見つかったものだな」

とビールを一気に咽喉に流してから言った。

「うむ、まあね。これで骨董屋という商売は何となく顔が広いから、思わないところにひっかかりが出てくるものだ。ちょうど都合がよかったよ」

庄平は早口に答えた。

「おい、つまみものがあまりうまくないな。何かほかのものはないか」

友子に言った。

「さあ、見てきましょう。何もなかったようだけれど」

友子は立ってゆく。そのあとで、

「一体、それはどういう人ですか?」

健吉は声を小さくしてきいた。庄平は、健吉が友子のいない間に急に声を低めたので、どきりとした。うすうす事情を察しているのではないかと思ったが、健吉の顔つきからは判断ができなかった。

「以前の知り合いということだがね。なんでも、早川副社長が中学時代に友だちだった人の息子さんだ」

庄平は、そう答えた。

「へええ。よく、そんな人が発見できたね」

「全く幸運だ」

「大阪には、その人といっしょに行くのかね?」

「とんでもない」

庄平はあわてて打ち消した。

「そこまで向こうは積極的にはなってくれないよ。前もって手紙を出してくれるということだった」

「手紙ぐらいで大丈夫かな？」

健吉は首をかしげたが、

「どうだろう、ぼくが今度倉田さんに会ったとき、早川副社長によろしくと、ぼくからも頼んでおこうかな？」

と、庄平の顔を見た。

大阪の空

一週間すぎての夕方、庄平と和子とは飛行機で大阪に着いた。

空港から車で真っ直ぐ大阪市内の旅館に向かった。

「大阪は何年ぶりかい？」

庄平は横の和子にきく。

「ずいぶん来てないわ。もう、十年近くなるかしら」

外を見ながら和子は言った。

「そんなに来てないのか。大阪もずいぶん変わっただろう？」

「そうね」

「小さいころ、こっちに居たのなら、やっぱり懐かしいだろうな」

「それほどでもないわ」

和子は、やはり機嫌がいいほうではなかった。

ほかの土地ではこれまで喜んでついてきた女だったが、どういうものか、今度の大阪行きは初めから気乗りがしてない様子だった。実は、ここまで漕ぎつけるのに庄平はかなりの苦労をした。

明和製薬の早川副社長に引き合わせてくれと頼んだときから、彼女はしぶっていた。庄平が「商売」で攻めて行ったので、仕方なく承諾したのだ。庄平は、あれから二回ほどアパートに足を運び、説得につとめた結果、やっと今日の運びとなった。

和子は、やはり早川副社長に手紙を出して都合をきき合わせたらしい。その返事が来て、この日に決まったのだが、庄平の喜びにひきかえ、彼女の憂鬱は変わらない。

はじめは行きたくないと和子が言ったのを、庄平はいろいろ機嫌を取り、なんとか承諾をさせた。このところ、すっかり、庄平は和子の機嫌取りにまわっている。

村上社長にうまく会えたら、そのあとは京都あたりに二泊して遊び、好きなものでも買ってやるという約束までした。

早川からきた返事の内容は、こうである。

村上社長は忙しいので、じかに自宅に訪ねて行っても都合がつかない。会社でも多忙を極めているから話し合う機会はない。

それで、近く明和製薬がホテルで客を招待するパーティを開くので、その席に来たほうが都合がいいだろう。村上社長への紹介は、早川が機転をきかして、その場で取り計らう。——

庄平は、そのことを和子から聞かされて一も二もなく飛びついたのだった。

パーティはこの日、午後六時から開かれる。

空港から車を走らせている現在からいうと、一時間の後だった。

もっとも、庄平も最初から社長に会えるとは思っていない。それは、パーティが混み合うようになってからであろう。どうせ初めのほうは、社長の挨拶とか、来賓の祝辞とか、そんなものがつづく。したがって、あと二時間くらいがちょうど適当ということになる。それを見計らって、飛行機の時間も択んだ。

ところで、庄平には一つだけ和子に不満があった。そういう晴れがましい席に出るというのに、彼女はあまりいい着物を着ていないのである。外出着にはちがいないが、それもかなり前に買ったものだ。火事で焼け出されはしたが、その後庄平が二、三枚、かなり高い着物を買ってやっているので、なにも、そんな恰好でくることはないのだった。

その身なりのことを庄平が和子に言うと、彼女はそくざにつっぱねた。

「いいわよ、これで」

「しかし、せっかく大阪まで行って、明和製薬のパーティにも顔をのぞかせることになるかもしれないから、あるものは着て行ったほうがいいじゃないか」

「たいしたことはないもの。どうせ、わたしは料理屋の女中だわ」

「何をそんなにひがんでいる。これは礼儀だよ。そのために、よそ行きの着物を買ってやったのじゃないか」

「そう。そんならあれは返すわ。あんな着物の二、三枚で恩きせがましく言われてはたまらないわ」

これは羽田で落ち合ったときの空港での会話だが、とにかく和子は不機嫌だった。

そのときも彼女は、いまにも大阪行きを中止しそうにみえたので、庄平は、ひたすら機嫌取りにつとめた。こうして旅館に向かう途中でも、着物のことにはふれないことにした。

だが、そのかなりくたびれたよそ行きの着物が気になって、彼は情けなそうな眼になるのだった。

旅館は大阪駅からそれほど遠くないところにあった。それも、庄平が時刻表に載っている広告を見てみずてんで予約したのである。

着いてみると、玄関は狭く、それほど大きな家ではなかった。

だが、今夜一晩のことだし、とにかく案内されるまま二階に上がった。

「風呂は沸いていますか？」

庄平は女中にきいた。

「はい、沸いております」

敷居際に坐った女中が答えるのを、

「わたしならいいのよ」

和子が卓の前から言った。

「どうしてだ？　くる途中に埃で汚れてるだろうから、さっぱりして来たらどうだ？」

「ほんまに、奥さま、ごいっしょにお入りにならはったら？」

女中が言うのを、

「わたしはいいから、あんた一人で行ってらっしゃいよ」

和子はまた言った。

どうも声の調子が変なので、ひとまず、

「じゃ、あとで、そういうことになったら、電話で知らせます」

女中をさがらせた。

和子は、つくねんと坐っている。

「まだ、パーティまでの時間はある。風呂でも入って、化粧し直したらどうだな？」

彼は、なるべくやさしく言った。

「いいの、これで」

和子は、そこから動こうともしなかった。

「どうも機嫌がよくないな」

庄平は笑いながら言った。

「そうでもないわよ」

和子は笑顔も見せなかった。

「そうか。それならいいけれど……じゃ、おれも風呂はよそう。それに、着いたばかりで風呂に入るのも、あんまり心臓にはよくないだろうからな、少し、ここで茶を飲んで出かけるか。早川さんと打ち合わせは、ちゃんとついているんだろう？」

一時間経った。庄平は腕時計を見ていらいらしている。

「おい、ぼつぼつ行こうか」

和子は急ぐ様子もなく、落ちついて坐っていた。

「あら、お腹がすいたわ」

「何を言うんだ。いまから食事をしていては遅くなる。食事はパーティが済んでからでいいじゃないか」

「だってお腹がすいちゃったもの、何か食べておかないとフラフラしそうだわ」

庄平には、和子がわざとじらしているとしか思えなかった。

「頼むから、あと一時間辛抱してくれよ。その帰りには、すぐにどこかの料理屋に上がってもいい。早川副社長さんも待っているにちがいないから」

「いいわ、あんな人……」

「そうはいかないよ。それが目的でこっちに来たんだからな。さあ、出かけよう」

庄平は、渋っている和子を何とか動かそうとした。

和子もいつまでもねばってはいられなくなったらしく、ようやく起ち上がった。車は先ほどからきて待っている。

それでも、和子は簡単に顔を直しただけで部屋を出た。庄平は、また、彼女の着物が情けなくなったが、あまりそれを言うと、彼女にどういうふうに出られるかわからないので、そっとした。

「行っておいでやす」

女中の声に送られて、二人は車のシートにならんだ。

その旅館からGホテルは、ものの十分とはかからなかった。

「大阪も東京以上に変わってゆくんだな」

庄平は、パーティに出ても不機嫌にされては困るから、そんなことを和子に言った。大阪に住んだことがあるという和子の気持ちを引きつけようとしたのだが、彼女は興味なさそうに川面を一瞥しただけだった。

ホテルの前に着いた。玄関からすぐロビーになっているが、フロントの脇を通ると、エレベーターの前である。

振り袖姿で佇《たたず》んでいるエレベーター・ガールにきいた。

「明和製薬のパーティは何階かね?」

「十階でございます」

十階に止まると、吐き出されたところがやや広い場所になっていて、そこに白い布をかけた細長いテーブルが置かれてあった。小さな桜花徽章《きしょう》をつけた若い男女がずらりとならんでいた。もちろん、明和製薬の社員である。

庄平は戸惑った。招待されてきたのではないから、それらの受付に正面から進むこともできなかった。

「いらっしゃいませ。どちらさまでございましょうか？」

と、すぐ横に立っているやや年配の、新しい黒背広の男が丁寧にきいた。

庄平が戸惑って答える前に、和子がついと、その顔を出した。

「早川さんを呼んでいただけません？」

「は？」

係長らしい、その男は、和子の顔をたじろいだように眺めていたが、

「早川何と申しますか？」

それにかぶせるように和子は言った。

「早川市太郎さんですわ」

「は、副社長で？」

思わず和子の顔を見直していた。

「そうですわ。別にわたくしの名前を言わなくとも、東京から今日着いた者だとおっしゃ

ってくだされば、早川さんにはそれで通じるはずですわ」

「かしこまりました」

ホテルのボーイのように頭を下げて、大股で廊下つづきの横に消えた。

その入口は宴会場になっている。庄平がこうして立っている間も、どよめきのようなものが笑い声と話し声といっしょになって聞こえていた。絶えず音楽が穏やかに伴奏していた。

長いテーブルの受付にいる社員二十名ばかりが、見ないような振りをして、こちらにチラチラ視線を送っていた。庄平はきまりが悪くなった。

招かれざる客というのが、こういった場合であろう。受付の白い卓の上には、来客の胸につけるバラの徽章がならべられてある。こうして佇んでいる間も、つぎつぎとエレベーターが遅れてきた客を吐き出していた。女性もいる。晴着姿だった。

招待客は真っ直ぐに受付のテーブルに歩み、招待状の白いカードを出して、ひき替えにバラを貰っていた。女子社員が、それを客の胸に差してやっている。

小さな札が渡されるのはおみやげ品の引替券であろう。受付の横に、そうした包みが山盛りに積まれていた。徽章を胸につけた客は、姿勢を真っ直ぐにして宴会場に入ってゆく。

庄平は、隅のほうで肩身の狭い思いをして、それを見ていなければならなかった。

早川副社長はなかなか現われなかった。さっきの係長らしい男も戻ってこないところをみると、混雑した会場を捜しまわっているのかもしれない。そういえば、きれいな和服の女たちが、入口のあたりにチラチラしていた。このパーティの介添えとして呼ばれている芸者であろう。むろんバアのホステスたちもいた。

和子のほうは臆する色もなく、じっと、その会場のほうに眼を向けていた。

「こんなところに立っていてはお邪魔だろうから、もっと隅のほうに寄ろうか」

庄平は小声でささやいた。

「そんな必要はないわ。平気よ」

和子は昂然と答えた。

そうしている間に会場の入口から、さっきの係長らしい社員が少し顔をうつむけて現われた。

そのうしろから、痩せぎすの、背の高い、白髪の紳士がせかせかと歩いてくる。胸にひときわ大きいバラがついているので、庄平は、それが早川副社長だと直感した。思わず姿勢を正して、チラリと和子の横顔を見た。

和子もいち早くその人物を認めて、いままで硬かった顔が微笑に変わっていた。

先方でも和子に真っ直ぐ眼を向け、顔じゅう和やかな笑いを浮かべて、ずんずん近づいてきた。案内の社員はつつしんでうしろにさがった。

「おう、ご機嫌さん」

少ない白髪を分けた副社長は、気軽に和子に言った。

「今日は」

和子も笑顔で二、三歩進んだ。

「お元気なようですわね」

庄平がおどろいたくらい、親しげな口を利いた。

庄平は、相手が七十近い老人であるのと、その様子から、自分がいままで想像していたような和子との仲ではないと直感した。それで安心はしたが、当の副社長を前にして、どぎまぎした。

庄平は意味もなくお辞儀をした。

相手は庄平をチラリと眺めて、

「ああ、こちらがおつれさんでっか?」

「そうです」

和子がふだんの調子で答えた。

庄平が挨拶をしようとするのを抑えるように、先方はさっさと係長のほうを向いた。

「君、その辺に空いた部屋がないか、きいてんか」

「かしこまりました」

係長は早速走り出した。

「けど、いつも元気でええどすな」

重役はもっぱら和子に向かって話をした。

「ええ、おかげさまで」

「ちっとも年取ってはりしまへんな」

「そんなことありませんわ。もう、おばあちゃんです」

「いやいや、あれから、そんなに変わって見えまへんで」

早川は、その辺にならんでいる受付の社員を気にしてか、当たり障りのない話をしている。

「副社長」

と、さっきの係長が戻ってきた。

「あちらに一部屋ございます」

横に蝶ネクタイのホテルの者が控えていた。

「ご案内させてもらいます」

「じゃ」

早川は顎をしゃくると、和子についてくるように示した。

庄平は、その和子のうしろからついて行ったが、依然として着物が気にかかった。帯も新しいのを買ってやっているのに、どうしてこんなのを締めてきたのか。

和子と庄平は早川副社長のうしろについて、空いている一室に入った。そこも立派な部屋だった。

「君、お茶でも持って来てんか」

「かしこまりました」

社員とホテルの者がさがった。

早川副社長は和子の真向かいに坐って、にこにこし、彼女を見つめた。

「この間は火事に遭いなはったそうやが、えらいこっちゃったな」

「ええ、ほんとにびっくりしましたわ」

和子は気楽な調子で答えている。庄平は口を開く機会がなく、緊張して椅子にかけていた。

「わてもな、新聞で読んでびっくりしたさかい、早速……」

言いかけた副社長は、そこに庄平の存在に気づいたように、あとの言葉を口の中で呑みこみ、咳払いして、

「まあ、ちょっとしたお見舞いを送ったが、あんさんが受け取ってくれへんさかい、わても弱りました」

言葉を変えた。

「ほんとにすみませんでした」

すまない、と言うだけで、和子は丁寧に礼を言うでもなかった。

「なんで受け取ってくれしめへんのんか？」

「ええ、いろいろと考えることがありましたの」

「さよか。やっぱりあんさんらしいのんやな……」

ボーイが紅茶とケーキとを運んできた。早川は、はじめて気がついたように、

「そうそう、こちらが、この前あんさんの知らしてくれはった高尾はんでっか？」

和子にきいた。

「ええ……」

和子はうなずくだけだった。庄平はたまりかねて、椅子を引いて起ち上がった。

「わたくしは、こういう者でございます」

自発的に大きな店名入りの名刺を差し出した。

相手も自分の名刺を出し、

「へえ、おおきに」

交換した庄平の名刺を受け取った。

「あんさんは骨董屋はんでんな」

と、名刺を見て早川は言った。庄平の名刺の肩書には「古美術商草美堂社長」と刷りこんである。先方から貰った名刺には「明和製薬株式会社取締役副社長早川市太郎」と活字

がならんでいた。

「はい。さようでございます。実は……」

言いかけるのを、早川は、

「まあ、おかけ」

と自分から先に椅子に腰を落とした。

庄平は、現在の立場上、一応、和子との関係を説明しなければならないと思った。だが、あからさまに言うことはできない。和子を世話しているとも言えないし、愛人とも表現できない。和子の手紙には「親しくしている人」となっているはずである。それでは効果が弱いから、和子をこうしてつれて来たのだが、早川もいささか面映ゆげな顔つきでいるから、大体の事情は察しているようである。

やはり世間をひろく通ってきた大阪人らしく、こちらを窮屈にさせない気づかいをみせていた。

「大体のことは和子はんから聞きましたけんどな」

早川副社長は庄平に言った。眼もとを笑わせながら、気楽な調子だった。

「社長のところには、ご承知かもしれまへんが、前から仲山がずっと入りこんでるよってに、なかなか、ご希望どおりにはゆかないと思いますけど、せっかくのことやさかい、社長にはご紹介をしましょ」

「えっ、それでは、社長さんにお取り次ぎを願えますか」

庄平は、案外にすらすらと行ったので感激した。大阪までわざわざ来た甲斐があったと思った。

「なにぶんよろしくお願いします」

彼は早川に頭を深々と下げた。

「だが、どこまでご希望どおりに行くかどうかわかりまへんで」

早川は釘をさすように言った。

「社長は仲山を日本一の骨董屋と思うてますさかいな」

「そりゃ全くそのとおりです。仲山さんのところから入れるものは絶対に間違いはございませんでしょう。わたしのほうは仲山さんのような世界的に知られてる店とは違い、問題にもなりませんが、まあ、小さな店は、それなりに面白いものがお目にかけられるかと思います。ええ、すぐにお買い上げいただくということはわたくしも考えておりません。ただ、ときどき、社長さんのお時間のあるときに伺わせてもらいまして、見ていただければ光栄でございます」

庄平は言葉を尽くした。横の和子が何か言葉を添えてくれればと思って見たが、彼女は知らぬ顔をして紅茶を飲んでいる。

こんな際に薄情なやつだと思った。

「ああ、さよか」

早川は合点々々した。

「そんなおつもりなら、社長に引き合わせてもかめしめへんやろ。ちょうどいまパーティに来ていますさかい、そこでひょいとあんさんに遇ったということにして、お引き合わせしましょ」

早川はそう言って早速腰を浮かした。

「和子はん、あんたもいっしょにおいでになるやろ？」

副社長は和子のほうを見た。

「そうですね、でも、みなさまがいらっしゃるのに、わたしのような者が行ってはご迷惑ですわ」

和子はさすがに笑顔を浮かべて早川に答えた。

「いやいや。ちっともそんなことあらへん」

副社長は激しく手を振った。

「あんさんも久しぶりやさかい、社長に会うたらどうだす？」

「ええ……」

庄平は、この問答を聞いてびっくりした。

和子は前に村上社長と会ったことがあるというのだ。早川の言葉がなかったら、庄平は知らないとこだった。いままで和子の口から一度も吐かれたことのない事実だった。思わず和子の顔を見つめると、彼女は、そんな庄平のおどろきなど無視して、

「でも、わたしはやっぱりここに居ますわ」

と断わった。

「どないしやはりましたんや。ま、よろしいやおまへんか。なに、みんなといっしょやさかい、あんさんがそないに気ィつかうことあらへん。それに、こちらさんが社長に会いたいと言やはるのんやから、あんたが横に居やはったほうが万事都合ええと思いまんねんやけど……」

副社長はしきりと和子に会場に入るようすすめた。

「そうね」

和子は、ようやく紅茶茶碗を手から放した。

「じゃ、行こうか」

庄平も機嫌を取るように彼女に言った。

和子は、それでもコンパクトを出して簡単に顔を直していた。

「高尾はん」

早川副社長は庄平に笑ってきいた。

「うちの社長にあんさんが目をつけはったのは、どういうわけでっか。やっぱり長者番付

のトップ・グループにいやはるから、それで出入りをしたいと思いはったんか？」

「とんでもありません」

庄平は急いで答えた。

「もちろん、社長さんが億万長者だということは存じあげています。しかし、そういうことだけではありません。わたしは社長さんを尊敬しているのです。社長さんの書かれたいろいろの本を拝見して、心から尊敬しているのです」

彼は力をこめた。

「ははあ、そら経営の本のほうでっか？」

「経営学のほうもさることながら、まず社長さんの人格です。わたしは社長さんの『こしかたの記』を読んで、涙が流れて仕方がありませんでした。小さなときからご苦労なさって今日の大を築かれた、その跡を社長みずからの筆で書かれてある。少しのてらいもなく、誇張もなく、ただ淡々と事実を事実として書いていらっしゃる。たいていの者は、そういう文章になると自慢めくのですが、社長さんには、そんな自慢は少しも見えない。それだけにわたしの胸を強く打ちました……」

和子は白粉を叩いたあと、口紅を引いていたが、

「……でも、立身出世談には違いないわね」

口を元どおりにして言った。

庄平は、副社長の手前ひやりとしたし、こっちの気持ちを考えないで茶化す和子に腹が立った。といって、この場で正面から怒るわけにもいかない。

「いや、普通の立身出世談とは違います」

庄平は力んで言った。

「社長は非常に心の豊かな、思いやりのある方だと思いますよ。若いとき、せっかくの協力者に離れられた際も、これを少しも恨まず、かえって自分の修業とされている。あの辺を読むと、胸が詰まってきます」

「ははあ、それで社長に近づきたいと言やはるんでんな?」

「そうです。商売というよりも、社長さんの人格に魅せられたんです。あんな心の温かい、思いやりのある方はないと思います」

突然、和子が失笑した。

早川副社長を先頭にして、和子、庄平と、三人は部屋から廊下を通ってパーティ会場に向かった。

副社長は受付の前でちょっと足を止め、

「そやそや、これをつけといたほうがええやろ」

受付の卓に置いてあるバラの小さな徽章を二つ取り上げた。

「お客さんはみんな、これをつけとるさかいにな」

変に思われないようにとの配慮らしかった。それを胸につけた庄平は、心が少し落ちついた。

会場は全階をぶち抜いたような広さだが、おどろいたことに、まるでイモの子を洗うような人数だった。肩と肩とがふれ合い、向こうに行くのにも手で押し分けなければ進めないような状態である。そのいずれもが関西方面の紳士らしく、それぞれ地位のありそうな人物ばかりだった。

天井には明和製薬のマークが大きく作られ、それを中心に五色の布片が太陽光線のように、放射型に四方八方に流れている。正面に一双の金屏風が立てかけられ、その横では楽団が緩やかな音楽を演奏していた。

どうやら来賓らの祝辞、主催者側の挨拶は終わったあとのようである。金屏風の前がメイン・テーブルになっていて、庄平の位置からは、人びとの頭越しに年寄りばかりの客の顔が見えていた。早川副社長も伸び上がって見て、

「社長はあんなところに居やはるけど、ちょっといま、ぐつが悪いよってにな。もう少し待ってんか。そのうちわてがここに引っぱり出してくるさかい」

和子に言った。

副社長の考えでは、衆人環視の中にあるメイン・テーブルではあまりに派手すぎて紹介ができないというのである。つまり、社長が何気なくこっちに通りがかったとき、副社長

が要領よく庄平を紹介するという段取りであった。

庄平はただ早川副社長の言葉にお辞儀するだけであった。

そうした間にも、広間に集まっている群衆は少しずつ流動していた。かたまって話している連中も、知った顔を見つけてそちらのほうに足を移したり、呼びかけられて振り向いたり、何か忙しそうに人を掻き分けて歩いていたりした。その間を、ホテル側のボーイや、この日のために呼び集められた着物の女性たちが酒をすすめて回っている。

庄平もボーイが持ってきた銀盆の上からカクテル・グラスを一つ取った。和子も水割りウイスキーのグラスを手に持っている。

彼女は、その気になれば相当飲めるほうなので、庄平もちょっと心配した。

頼りになる早川副社長は、この日の主人側なので、絶えずぐるりの客から話しかけられていた。副社長は適当に相槌を打ったり、話し相手になってはいるものの、庄平との約束を果たすため、そこからはあまり離れなかった。

庄平がのび上がってみると、写真で見なれた村上社長の顔が金屏風の前に小さく見えた。

庄平は額に汗がにじんできた。

多勢の人間の中だが、もちろん庄平には誰も話しかけてこなかった。

周囲は談笑の渦だが、彼だけはぽつんと孤独におかれていた。頼りにしている早川副社長も客との会話にとられている。

庄平は和子を見た。彼女もやはり同じで、手にグラスを持ったまま、所在なさそうにそばで立っていた。庄平も和子も、ここでは縁もゆかりもない人間だった。よそからまぎれこんだ小石のようなものである。

しかし、そんな違和感を考えなければ、見ていて結構たのしい風景だった。さすがに天下の明和製薬の招待パーティだけに豪勢なものである。これらの客は、いずれも関西で一流の人士にちがいなかった。経営者もいるだろうし、府知事、市長、助役といった人もいるだろう。代議士や府会議員の政治家もいる。新聞写真で見る大臣経験者の顔もあったりして、庄平は感銘をうけた。そのほか、明和製薬の得意先、関連企業体の幹部、いわゆる名士といわれる学者、文化人も入っているだろう。現に相当年配な婦人の姿が見えるのは、いわゆる名流夫人といわれる人にちがいない。

社長村上為蔵は、学歴もなく、裸一貫で叩き上げてきた人である。それが今日の地位を築いた。ひとたび招待状を出せば、たちどころにこれだけの一流人士が集まる。村上社長にしてもさぞ本懐であろう。庄平は「こしかたの記」を読んだだけに、わがことのようにうれしかった。

ふたたび爪立ちして正面のメイン・テーブルを見ると、うすい白髪に眉のうすい赭《あか》ら顔の老人が、来賓の外国人と話をしていた。社長の談笑の周囲には、常に二重も三重も人の環が出来ている。

いまに、あの村上社長に早川副社長から引き合わされるかと思うと、庄平は胸がどきどきした。

「いかがでございますか?」

ふいに横からきれいな声が聞こえた。

ふり返ると、目もさめるような着物をきた、二十五、六ぐらいの芸者が、銀盆の上にカクテル、ハイボール、オレンジジュースなどのグラスをならべたのを捧げていた。

「ああ、どうも」

庄平はどぎまぎした。

「どうぞ、お替わりをお取りはって」

やさしい大阪弁である。庄平は半分残ったグラスを言われるまま新しいのと取り替えた。そのついでにその芸者の顔を見たが、あでやかな濃い化粧がまぶしく映った。

「どうもありがとう」

つい、礼が口に出た。

もっとも、庄平は正確にはここに招かれた客ではない。だから、こんなサービスをうけるのも実は心が臆するのである。そんな気持ちもあって、ほかの客のように胸を反らしてはいられなかった。

和子のほうを見ると、彼女はじっと視線をある一点に送っていた。庄平がそれをたどると、なんと、それはたったいまサービスしてくれた芸者のうしろ姿に向いているのである。

和子の眼には、きびしい表情があった。

だが、庄平は、和子のその眼の表情に、一種の軽蔑とも反感ともつかないものが出ているのに気づいた。

大体、女同士には、敵視感情がひそんでいる。表面上は何食わぬ、きれいごとの顔つきをしているが、内面の感情が露骨に出るのは、相手が背中を見せたときの視線であろう。いまの和子の眼つきがまさにそうだった。

大体、和子もこれまで水商売で暮らした女だ。相手の芸者にも同じクロウトとして対立意識があるのだろう。シロウトに向けるよりも感情がむき出しになっていた。

その芸者は人混みの中に入っていたが、明和製薬の社員らしいのが、その芸者に頭を下げていた。男が社員だということは、招待客の胸につけたバラのリボンと違って、それが桜花のかたちになっているので区別がつく。

多分、宴席か何かで、その芸者と知り合いになったのだろうが、それにしてもずいぶん遠慮したものだと思った。

ミナミかキタか知らないが、とにかく一流の芸者なので敬意を払っているのかもしれぬ。

和子はと見ると、これもその様子を眺めている。そして、先ほどの反感めいたものは消えて、今度は、ふん、といった嘲りの表情のほうが濃くなっていた。

庄平は、和子がその芸者を前から知っているのではないかという気がした。でなかったら、あのように執拗《しつよう》に相手を見ているはずはない。

だが、先ほど、その芸者が庄平のところに来たとき横には和子がちゃんといたのだから、もし知り合っていれば、何とかその場で挨拶がありそうなものである。それがなかったところをみると、知ってはいるが、まだ初対面の言葉もかけたことのない間柄のようにも想像される。

「おい」

庄平は低い声で和子の肘《ひじ》をつついた。

「おまえ、あの芸者を知っているのか？」

和子の眼が、ふいと相手への密着から離れて、急にグラスを口に当てた。

「ううん、知るもんですか」

この言葉も吐き出したような調子だった。

「どうして？」

和子は反問して庄平を見上げた。

「どうしてということはないが、おまえがあんまり見つめていたからさ」

「特別に見ていたわけじゃないわ。そうね、ミナミかキタか知らないけど、あんまりいい芸者ではないとは思ったわ。だって、あの着物の趣味なんか、二、三流の芸者が着ているものだわ」

和子がそう言ったとき、早川副社長がこちらに足を移してきた。

「社長がこっちに来やはるさかい、そのつもりで……」

庄平は、身体の中に棒が差しこまれたような気になった。もう和子と芸者の話をしているどころではなかった。

客の集団の中に漣《さざなみ》が起こった。それはあたかも船が進んでくるように、メイン・テーブルのほうから水脈を曳いて起こった。

村上社長の一行がこちらに足を移してくるのである。会社幹部がお供に従っていた。

村上社長の前路には招待客がつぎつぎと挨拶している。丁寧に頭を下げる者もいれば、グラスを上げて、おめでとう、とらいらくに笑いかける者もいる。

そのいずれにも村上社長はにこやかに応えて、鷹揚に歩を運んでいた。

思うに、社長は、中央の席から離れて、客の間を挨拶して回るらしかった。

彼は、ひとところに一分と止まることはなく、談笑しながら歩いた。

うすい白髪は撫でつけられ、健康そうな赭ら顔には絶えず白い歯が出て、笑いが消えなかった。招待客は、この機会をのがさないように社長の前面に進んで、一言でも言葉を交わそうとした。

誰もが、そこに来ている自分を社長に認識させたいようであった。

庄平は、副社長の横に神妙に控えていた。失礼がないようにと、和子にもそっと手真似で注意した。

やがて、彼らの前に社長の姿が現われた。まず、胸に飾られた大きなバラのリボンが庄平を威圧した。これはまたばかでかい大輪だった。

和子が、そっと姿勢を移す気配がした。だが、庄平は脇目がふれなかった。

早川副社長が、ついと社長に話しかけた。

「社長。お疲れではありませんか？」

そこで気づいたように社長は、早川に眼を向けた。その顔は、長命を象徴するように、眉毛のはしの長い毛が目立った。ひしゃげたような鼻、その下にやや広い間隔を置いての厚い唇、精悍を表わしているような顴骨《かんこつ》と顎……この顔である。これこそ庄平が読んだ「こしかたの記」をはじめ、村上為蔵の著書の巻頭に一枚刷りで出ている肖像写真そのままであった。

その実物がすぐ眼の前に動き、ものを言っている。庄平は感動がこみあがった。

「いや、まだ、そうたいして疲れないよ」

声はしわがれたものだったが、どこか張りがあった。

「しかし、もう、二時間近くも立ちづめですからね。少し椅子におかけになったらいかがですか」

早川副社長が勧めた。

「いや、そうもしていられない。こうして歩けば、結構癒《なお》るよ」

笑って、村上社長が歩を踏み出そうとしたときだった。ふいと社長の眼が庄平に向いた。いや、そう錯覚したのは庄平自身で、すぐに、その視線は自分にではなく、横のほうにそれていることに気づいた。

そこに和子がいた。

社長の瞳がとまった。――

村上社長が庄平の横にいる和子に何か言いかけようとしたとき、何と思ったか、早川副社長が先に口を切った。

「社長」

呼ばれた村上は、ちょっとうろたえたように早川に眼を戻した。

「ここにいるのは、東京の古美術商で高尾君といやはりますがな」

その言葉で、村上社長の眼が自分の顔のうえに注がれたから、庄平はあわてて直立した姿勢で頭を下げた。

「なんでも、社長の崇拝者やそうで、著書をよく読んではりますよ」

ふん、と呼吸ともつかぬ鼻音が村上から出た。

「今度大阪にきた機会に、ぜひ社長にお会いしたいと言やはりましてな、ここにわてがつれて来ましてん」

庄平が顔を上げたとき、村上社長の太い眼がじっと自分に注がれていたので、庄平は頭に血が上ってくる思いがして、もう一度お辞儀し、吃《ども》りながら言った。

「はあ、まことに……いま副社長さんがおっしゃったように、わたくしは東京の高尾という骨董屋でございます。社長さんにお目にかかれまして光栄に存じております」

村上社長は瞬間に横の和子を一瞥した。その眼はすぐに庄平に戻り、さらに和子に走った。つまり、社長は瞬時に庄平と和子とを見くらべたのだった。

その目つきが何を意味するかを知って、庄平は汗が出た。社長の無遠慮な眼が二人の関係をつかんだように思った。

「東京の道具屋さんでっか？」

村上社長はうす笑いしながらきいた。

「はい……こういう者でございます」

庄平は急いで用意した名刺を上衣のポケットからとり出して前に恭々しく差し出した。

「さよか」

社長は名刺の上に眼を落としたが、あいにくと眼鏡がないので、よく活字がよめなかったらしい。そのままポケットの中に突っこんで、もう一度庄平に眼を戻した。

「大阪にはときどき来やはるのんか？」

「はあ、いえ、めったに……でも、これから、もしお許しがいただければ、お目にかからせていただきたいと存じます。社長さんもお忙しくいらっしゃるでしょうから、ほんの五分か十分か……いえ、お目にかかれなくとも、お邸に名刺を置かせていただくだけでも光栄でございます」

「そやな、わても忙しいよってにお会いできるかどうかわかりまへんけど、ま、大阪に来やはったら、秘書課のほうにでも声をかけておくんなはれ」

「はあ」

庄平は身体じゅうが熱くなってきた。こんなにすぐ許可がおりるとは夢にも思ってなかった。

「ありがとうございます。ほんとにそうしていただければ、どんなに光栄かわかりません」

彼は光栄という言葉がやたらと唇から飛び出していた。

最敬礼した庄平が頭を上げると、村上社長の顔は和子にじっと向けられていた。

社長の眼が和子に正面から向けられたのは、これが二度目だった。庄平がいぶかっていると、

「どうやな？」

村上が言葉をかけた。明らかに和子に向かってじかに言ったのである。

庄平が、はっとして和子を見ると、

「はい……」

彼女は社長の視線をはじき返すように見ていた。

「火事に遭いなはったそうやな？」

村上はきいたが、このとき彼の顔は、それまでの愛想笑いが消え、どこかくすぐったそうな、あるいは照れ臭げな表情になっていた。

「はい」

和子は別にお辞儀をするでもなかった。

「そら難儀やったな。もう、ええのんか？」

社長はきく。

「はあ」

和子は、そんな返事ばかりしていた。顔には無表情な、うすい笑いがつづけられていた。

「そら結構や。変わりないいな？」

「はい」

村上社長は、和子の身体を上から下までじろりと見まわしたが、

「元気でいなはれや」

と言い棄てて先へ歩きだした。

この奇妙な問答に庄平は混乱した。村上がなぜ和子にわざわざそんな言葉をかけたのか。また和子もどうしてあんな無愛想な返事しかしなかったのか。

これはぐるりにいる人も奇妙に思ったらしく、社長がそこをすぎ去ってから、それとなく和子に眼を向けている。その和子は無関心な表情で社長のうしろ姿を見送っていたが、庄平の肘をつつくと、ここから早く出るように合図した。

庄平は全くわけがわからず、ふらふらと足を動かした。

「もう、お帰りか？」

耳もとに副社長の声が聞こえたので、庄平はわれにかえった。あわてて、

「どうもありがとうございました。おかげさまで……」

礼を述べたが、まだ、いまの場面が頭を混乱させていて、言葉も宙に浮いていた。

「いやいや、ま、今日はあの程度ですわ。社長もあないに言やはったさかい、あんさんも大阪に来やはったときは声をかけなはれや」

親切だった。

「ありがとうございます。ほんとに助かりました……」

和子は、そんな庄平の挨拶には見向きもしないで、出口のほうへずんずん歩いていた。

庄平は、そちらも気になって、

「失礼いたします」

副社長に頭を下げ、人混みの間を掻き分けた。

会場を出たところで、彼はようやく和子に追いついた。だが、何からどうたずねていいかわからない。しばらく黙って歩くと、横合いから、

「どうぞ、これを」

受付の女がおみやげの包紙をさし出した。

庄平は無意識のうちにそれを抱えた。

庄平は和子といっしょにエレベーターが上ってくるのを待っていた。

彼は謎の中に放りこまれたような気持ちだった。いや、謎の中に閉じ込められているのは横にいる和子である。自分としてはあらゆることを知り尽くしているはずのこの女が、急に別な人間に見えてきた。わからないといえば、何もかもわからなくなった。

だが、ここで質問することはできなかった。和子はおそろしく不機嫌である。ものを言ってもすぐには答えまい。それに、受付の社員たちのいる所とあまり離れてないので、誰の耳にもこっちの声が入りそうだった。

庄平がチグハグな気持ちで和子とならんでいると、宴会場から出てきた客がいつの間にか三人ほど横に溜まった。庄平と同じように、手にみやげものを抱えている。

「やっぱり明和製薬はんですな。近ごろ、これほど客の多いパーティはおまへんで」

と、彼らは口々に讃美していた。年配者ばかりなので、もしかすると、明和製薬の下請

け会社の経営者かもしれなかった。

ようやくエレベーターの上る標識の数字に灯がついた。数字につぎつぎと灯が移ってゆく。やがてドアが開いたので、庄平が一歩入ろうとしたとき、隅のほうから一人の痩せた男がひょろひょろと出てきた。

庄平はあわてて身体を引いた。

が、それ以上にうろたえたのは、なんと、その男が、この前熱海で見た謡の先生だったことである。倉田三之介はやはり和服で、手提げ袋を提げていた。あのときと違っているのは、袴をつけていることと、夏羽織が縫紋《ぬいもん》だったことである。

庄平もびっくりしたが、向こうでも意外だったらしく、一瞬に庄平を認め、次に和子に移した眼がうろたえていた。

何となしに、というよりも、思わず庄平は頭を下げた。

だが、謡の先生がそれに応える前、横にいた客三人が、

「先生」

と声をかけたので、相手の顔が庄平を置き去りにした。

「やあ」

倉田がにこやかに応対した。

「先生はえろうゆっくりだんな」

客の一人が丁重なお辞儀をしたあとで言った。

「ちょいと用があったさかいに遅れましてん。これ、来てまっか？」

倉田は親指を出した。

「へい、いやはりま」

そうした問答の間に庄平はエレベーターに入ったが、振り袖のエレベーター嬢はボタンを押えたまま、立ち話の客が入るのを待っていた。

それで、自然と庄平はその場の様子を眺めていなければならなかった。

「もう、お帰りでっか？」

倉田三之介が言っている。

「へえ、まだ心残りだすが、どうしても時間までに帰らならん用事がおまして、失礼さしてもらいます」

客が恐縮そうに言っている。

庄平は、倉田に健吉が世話になっている礼を言ったものかどうか迷っていた。

倉田は、依然としてエレベーターの外にいて客三人と立ち話をしている。

庄平は、健吉と倉田の親密な間を知らないうちならともかく、彼から打ち明けられたいまは、倉田に挨拶しなければ悪いような気がした。これからのこともある。次に遇ったときにバツの悪い思いをしなければならない。

だが、それをはばかったのは、一つは、熱海の旅館で和子と同伴で出遇ったことだ。やはり、これは気がとがめる。

次には、挨拶するならさっき倉田と顔を合わせたときにすべきだった。いったんエレベーターの中に入ってから、のこのこと出直すのも体裁が悪い。それから、倉田が客と話を交わしているのも、それを言い出しそびれさせた。

そんなことで庄平が落ちつかないでいると、倉田と話を済ませた三人の客が、

「やあ、お待ちどおさん」

と、エレベーター嬢に声をかけて、どやどやと入ってきた。途端にドアが閉まる。

もちろん、ここに乗っている客全部は一階のロビーまでだった。

「倉田はんは、いつ見ても悠然としてはるな」

一人が仲間に言っていた。

「そらそうや。なんちゅうても社長の側近やさかいな。明和の社員たちは陰の重役やと言うとるわ」

「えらい実力やそやな。それというのも……」

客は言いかけたが、そこに庄平と和子がいるのに気づき、口をつぐんだ。同じ会場から出てきたのを知っているので、さしさわりを考えたのだろう。

一階に着いて、和子と庄平はほかの客より先に出た。

「和子」

やっとそこで庄平はものを言った。

「これからどうする？」

「どうするって……宿に帰るよりしようがないわ」

和子はやはり機嫌がよくなかった。顔色も何となく悪かった。

「宿に帰っても仕方がない。約束どおり、うまいものを食べに行こうか」

「欲しくないわ」

和子はニベもなく断わった。

「どうして？」

「どうしても……」

機嫌を悪くすると、自分に頑固になってゆく女だった。

庄平は、その原因がやはり村上社長と出遇ったことにあるような気がした。とにかく庄平にはわからない事情が伏在していそうである。しかも、それは和子にとって決してうれしいことではないようだった。

いまにして思えば、和子がこの大阪行きを渋ったのも、どうやら、そこが理由のような気もした。庄平が何度もくどくどと頼むので、和子もついに負けたものの、やはり大阪にはこなければよかったという後悔が見えている。

庄平は、回転ドアをまわして外に出た和子のあとを追った。

「おい、車に乗らないのか」

庄平がタクシーを呼び止める前に、うしろから声がかかった。

「もしもし」

ふり向くと、早川副社長が大急ぎであとを追うように来ていた。

庄平はあわてて和子に、

「お呼びだよ」

思わず高い声で言ってしまった。

早川が追ってきたのは、もちろん、自分に用事があるのではあるまい。和子に特別な話があって、それで呼び止めに来たように思った。

和子もそれは振り切れないらしく、足を戻してきた。

「せっかくやさかい、もう少し話をしたいのやけど、お時間はどないな具合だす？」

副社長は和子と庄平とを見くらべるようにして言った。

「はい、わたしのほうは結構ですが……」

和子を見ると、彼女も仕方がないらしく、うなずいた。

「さよか。あんまり手間はとらせまへんさかいな」

副社長は和子の背中を押すようにして、もう一度ホテルの回転ドアの中に入った。

広いロビーを今度は左側に横切り、短い階段を上がって喫茶室に入った。ここから下のロビーはまる見えだった。

早川副社長は、庄平と和子とがならんだ真向かいに腰かけた。

「お疲れやろ」

コーヒーを頼んでから言った。

「いいえ、いまは飛行機ですから、そんなにも疲れません。……あ、そうそう」

庄平はあわてて椅子から起ってお辞儀をした。

「……先ほどは社長さんにご紹介いただいて、たいへんありがとうございました」

改めて礼を言った。

「いや、まだようわかりまへんが、あんじょうゆくとええがな」

和子は、それにもあんまりものを言わなかった。

「ちょいと失礼」

早川副社長はコーヒーを一口すすっただけで、和子に言った。

「ちょっとあんたに話したいことがあるさかい聞いてんか」

と言った。

庄平は、自分がそこにいては悪いとさとって、

「わたしはちょっとはずしましょうか?」

ときいた。案の定、早川は笑って答えた。

「すんまへんな。なに、たいしたことやないけど、ほんの二言、三言の内緒話があるよってに」

「どうぞ、ごゆっくり」

庄平は、そう言って椅子を起ち、階段のほうへ向かった。何のことはない。副社長は和子と内緒話をしたいために呼び止めたのである。

庄平は階段を降りたが、うしろを振り向くのも悪いような気がして、多勢の客がかけているクッションの間をぶらぶらした。

向こう側には、明和製薬のおみやげを抱えた招待客がぞろぞろと出口に歩いていた。

一体、早川副社長と和子とは何の話をしているのだろうか。

庄平は喫茶室のほうが気になって仕方がなかったが、まさか振り向くわけにもいかないので、ロビーに手持ち無沙汰で坐っていた。

さすがに大阪一流のホテルだけに、入れ替わり立ち替わり人が流れている。広いカウンターには、泊まり客が部屋を申しこんだり、チェックアウトの金を払ったり、予約の都合を聞いたりしている。

大きなバッグを持った外人もいれば、日本人の男女づれもいる。また、彼の坐っている椅子には、誰を待ち合わせているのかわからないが、のんびりとかけている女づれもある。

副社長と和子の話が済めば、和子が呼びにくるだろうと思って、庄平は遠慮してそこにとどまっていた。

すると、眼もさめるようなきものの女たちがエレベーターのほうからぞろぞろときて通った。すぐにあのパーティに来ていたホステスたちとわかった。

その中に、会場で庄平に酒をすすめた芸者もいた。

顎がちょっとしゃくれた感じで、それが特徴ですぐに見分けがついた。彼女はほかの友だちと何やら笑いながら歩いていたが、芸者とすれば、まあ、年増のほうだろう。

あのとき和子がその芸者にじっと視線を送っていたのを庄平はおぼえている。

すると、やはりパーティの徽章を胸につけた客が五、六人出てきたが、その中の一人が何か言ってその芸者を呼び止めた。彼女は振り返り、笑いながらそっちのほうに足を戻した。

庄平は、そこに坐っているのが退屈になったのと興味半分とで、ぶらぶらと足を歩かせた。

客は座敷か何かでその芸者と顔馴染みらしく、気さくな立ち話をしていた。だが、それもほんの二言か三言かで、庄平の耳に入ったのは、別れ際に、

「じゃ、春駒、今度の金曜日の座敷には来てくれや」

という言葉だけだった。

「へえ、おおきに」

その芸者は礼を言うと、そそくさと友だちのあとを追った。

（ははあ、春駒という名か）

キタともミナミとも知れないが、こうして明和製薬のパーティに来たり、客から直接にお座敷がかかったりするくらいだから、売れっ妓《こ》のほうであろう。

いくつかならんだエレベーターの一つから、また胸に徽章をつけた客が吐き出された。パーティもいよいよ終わったとみえた。

そのとき庄平がはっとなったのは、その中に村上社長自身が先頭に立っている一行があることだった。庄平は、とっさに身の置きどころに迷った。

庄平はとっさにどうしていいか迷ったが、すでに相手の威風に気圧《けお》されて足が前に出ず、ここそこと、その辺にいる人の陰に隠れた。

村上社長がむつかしい顔で通りすぎた。そばについている役員の一人らしいのが、へらへらと世辞笑いをしながら社長にものを言っていた。村上社長はてんで相手にもなっていない。やはりたいしたものだと思った。庄平が眼を移すと、今度は同じ明和製薬の連中がまたひとかたまりになってやって来た。おそらく一台のエレベーターに乗り切れなかったのであろう。

庄平は、そこに謡の師匠倉田三之介がいるのを見つけた。洋服ばかりの中に和服だから、いやでも眼に入る。

この際だと、庄平は思った。さっき健吉のことで礼を言いそびれたので、今度は一言でもそれを言っておきたかった。

彼は隠れていたところから出て、謡の師匠の前に進んだ。

「先生」

白足袋の倉田がフェルト草履をとめて、庄平に大きな眼を向けた。

「かけ違いまして申し遅れましたが」

庄平はつづけて頭を二度下げた。

「わたくしは東京の骨董屋で高尾草美堂と申します。ただいま早川副社長さんのご紹介で社長さんにもご挨拶を申しあげましたが、先生にはあとになりましてまことに失礼いたしました。実は、わたくしの伜《せがれ》が健吉と申しますが、かねがね先生にたいそうお世話になっておりますそうで、よく息子からそのことを承っております。お礼を申しあげようと思いながら、その機会がなく、失礼いたしておりましたが、今日お目どおり出来まして、まことに光栄でございます……」

庄平は一気にしゃべった。

倉田三之介は顔を柔和に笑わせ、

「おや、そうでっか。あんさんが健吉はんのお父さんでっか」

無遠慮に見つめた。

「はい。まだ経験の浅い未熟者ですが、健吉を今後もどうぞよろしくお願い申しあげます」

「健吉はんとは二、三度、どこかでお目にかかりましたが、ええ息子はんでんな。なかなかしっかりしてはりま」

謡の師匠は身体をくねくねさせるような感じで賞めた。

「はあ、どうもありがとうございます」

「そういえば……」

倉田は気を変えたように、なおもしげしげと庄平を見つめて言った。

「あんさんとは、どこかでお目にかかりましたな？」

どこかで、とはいうまでもなく熱海の潮風荘のことだ。

「いえ、まことに、その節はどうも……」

庄平は曖昧にぼかしてお辞儀をした。

「いや、どこにご縁があるやらわからへんもんだすな」

倉田三之介はなおも庄平を見ながらニヤニヤと笑ってきいた。

「あんさんも熱海の、あの旅館にようお泊まりでっか？」

「いいえ、あれが初めてです。偶然に、あの宿に泊まったようなわけで」

まさか健吉の様子を知るためにそこへ行ったとは言えなかった。

「ああ、さよか。ほなら、あそこのおかみさんを前からご存じやなかったわけでんな？」

「はあ、お会いしたのも初めてです」

「いや、あんさんが会いなはったのは初めてかもわかりまへんけどな、以前におかみさんのことをどこぞで聞きなはったのと違いまっか？」

「いいえ、何も聞いておりません」

庄平は答えたが、倉田が妙におかみのことにこだわるのがちょっと奇異だった。

庄平は、そう答えながらも、あのおかみの山内富子の、愛嬌のある白い顔をうかべていた。

「しかし、初めてですが、なかなか落ちついたいい宿だし、おかみさんもいい方のようでございます」

そこは愛嬌で言った。倉田がそこをひいきにしているとわかっているので、賞めておいたのだ。

「そうだんな」

と、倉田はうなずいた。だが、積極的に同調するでもなかった。

庄平は、それを倉田の照れ臭さと取った。この前の和子の話が本当だとすると、倉田は、あの旅館に出入りする男マッサージ師と妙な関係にあるようである。それで潮風荘という名にはあまりふれたくないのかもしれない。

だが、倉田のほうから、あの旅館によく泊まるのかと庄平にきいたのだ。話題に出したのは先方である。これはちょっと辻褄《つじつま》が合わない。

だが、庄平は、倉田がふれられたくないところを先回りして言ったのだと解釈した。それも照れ隠しだろう。

「おや、おつれはんはどないしやはった?」

倉田は初めて気がついたように和子のことをきいた。

今度は庄平がたじろいで、

「はあ、その、いま、向こうで副社長さんと何か話をしております」

ぼそぼそ言った。

「さよか」

倉田は眼をキョロキョロさせたが、ここから二階の喫茶室は見えるので、そこに副社長とむかい合わせにかけている和子の姿を発見したようだった。

倉田は何秒間か、その様子をこっちからじっと眺めている。表情の豊かな男だから、その顔つきに、いくらか冷笑的な、いくらか好奇的な、そんな感情がまる見えだった。

倉田三之介は、眼を庄平に戻した。口辺の微笑はそのままつづいていた。

「高尾はん、こないなことをきいてええかどうかわかりまへんが、ザックバランに伺いますけどな」

　小さな声だった。

「あんたのおつれはんのことは、健吉はんは知ってないやろな？」

　庄平はうろたえたが、

「はあ、実は……」

　口ごもった。

　倉田は大きくうなずいて言う。

「それを伺っておかんことには、健吉君に会ったときにものの言い方がありますさかいな」

　つまり、健吉の知らない庄平の隠し女なら、その秘密は黙っておくという含みである。

「どうも、どうも」

　庄平は言うよりほかはなかった。しかし、不用意に健吉にしゃべられるよりは、そうきいてくれたほうが結果的にはよかった。

「わてもザックバランなほうで、遠慮なしにきかしてもらいましたが、こういう男やさかい、そのへんは心得てます」

　倉田は庄平を安心させるように言った。

「はあ、いずれお目にかかったときにお話ししますが……」

庄平は、腋の下に汗のにじむ思いで言った。

「そやな、いっぺん、あんさんともゆっくり話さなあきまへんな。大阪にはどのくらいご滞在でっか?」

「はい、実は、このパーティがあるのを機会に社長さんにお目にかかりに来たのですから、あと二晩くらい京都あたりを見物がてら滞在して、それから東京に帰ろうと思っています」

「二晩でっか。どうですやろ、そのうち一晩でもあけられまへんか?」

庄平は渡りに舟だと思った。倉田にはゆっくりと社長のことを頼まなければならない。彼とせっかく遇ったのだから、この機会をのがしてはならない。やはり健吉だけでは心もとなかった。

それにしても、早川といい、謡の師匠倉田といい、たいそう好意的である。それもどうやら和子の存在が影響しているらしかった。

「わたしのほうはいつでも結構ですが、では、明晩でもお目にかかりましょうか?」

「そうしておくんなはれ。おつれの方もいっしょでもかめしめへんで。わての知った家がおますさかい、そこでごいっしょに晩ご飯でもいただきまひょか」

倉田は、その料理屋の名前と電話番号を教えた。

「ぜひ伺います」

倉田三之介は、ほんなら、そういうことに、と言って、もう一度二階の喫茶室を見上げると、フェルトをつっかけて歩きだした。

出生の秘密

二階の喫茶室では、早川副社長と和子との話がようやく済んだらしい。早川が両ポケットに手を入れて、先に階段を降りてきた。和子は面白くない顔つきでうしろに従っている。

庄平は早川副社長の前に近づいた。

「やあ、どうもお邪魔さん」

早川は愛嬌がよく、

「すみまへんでしたな」

庄平に詫びた。

「いいえ、どういたしまして」

「ちょっと内緒話をしてましてん」

副社長は冗談めかして言ったあと、

「そいじゃ、あんたの希望はいつでも取り計らってあげますさかい、今度こっちィ来やはったときに声をかけておくんなはれ」

と真顔になった。

「社長さんのご都合は、今度はつかないんでしょうか？」

庄平としても、すぐ出直して大阪というわけにはいかない。できるなら、今度の機会に村上邸に参上したかった。

「社長はおそろしく忙しい人やさかい、そないに急に言やはってもあきまへん。それに、あんさんは社長に見せるものは何も持って来やはってないやろ」

そう言われれば一言もなかった。現物を見せない限りは話にならないのである。

「さっきもお話ししたように、社長も近々東京に行く用事があるさかい、そのときに宿にでも品物を持って来やはったらよろしいやろ。その日が決まったら、あんさんとこに連絡しまっさ」

早川は懐ろから庄平の名刺を引っぱり出し、眼の前に近づけて念を押した。

「ここへ連絡したらよろしいのやな？」

「はい、さようでございます」

「ほなら、そういうことにして……和子はん、わてはこれで帰るよってに、元気にしておくんなはれ」

と別れを言った。

「どうも」

和子はお辞儀を返した。

早川副社長がホテルの出口から消えると、庄平は初めて和子と二人きりになったような気がした。ぐるりに人がいるが、みんな関係のない群衆である。

「和子、ちょっと、あそこにかけようか」

庄平は誘った。和子も少し機嫌が直ったとみえて素直についてきた。

庄平は、外人夫婦の坐っている長椅子の横に和子とならんだ。

「なあ、和子、どうも今度のことはおれも面喰らったよ」

彼は煙草を取り出してゆっくりと言った。

「早川副社長とは前から死んだお父さんの友だちで知っているとは聞いていたが、まさか村上社長と知り合いだとは思わなかったな」

「………」

「どういう事情なのか、ひとつ説明してくれんか」

本当なら、なぜ、それをいままで隠していたのかと難詰するところだが、あまり高飛車に出てきくとつむじを曲げられるおそれがあるので、彼は出来るだけおだやかに話を進めようとした。

和子は、やはり不機嫌な表情でいる。その表情には、むしろ、いやな話題を強《し》いられたときのような不快が漲《みなぎ》っていた。

「村上社長と知り合いだったとはたいしたものだ。実は、おれも今度という今度はおまえを見直したよ」

庄平は、半分は機嫌を取るように言ったが、半分は真実だった。実際、和子がこんなに明和製薬に強いとは想像もしなかった。

「どうしていままで、それをおれに言わなかったんだね？」

「………」

「あれほど明和製薬の社長に近づきたいと言っていたのに、変な女だな」

「………」

「早川さんに近づきになるというのも、村上社長への出入りを願えばこそだ。そんなおれの気持ちが全部わかってるくせに、どうしてそのとき、実は社長さんも知っています、と言わなかったんだな？」

庄平は、なるべく詰問の調子にならないように、へらへら笑いながらきいた。

「だって」

和子は、やっと口をきいた。

「え？」

「だって、そんなこと、わざわざ言うことないもの」

「そんなことって何だ？　こんなふうに村上社長と知り合いだと言えば、おれだってまた近づきの方法があろうというものだ」

「よしてちょうだい」

和子が強く言った。

今度は庄平があとの言葉を忘れて和子を見る番だった。

「わたし、自分から社長にいろいろと言うのはいやだわ。そういうこと、嫌いなの」

「……」

「せめて早川さんならあんたのために口利きしようとは思ったけれど、あの社長にはものも言いたくないわ。ほんとは、パーティであの顔見たとき、そのまま逃げ出したかったの」

和子の表情には、憎しみみたいな色が浮かんでいた。

「でも、早川さんがいるし、またあんたのこともあるし、まさかそんなことも出来ないので、いやいや顔を合わせたの。後悔してるわ」

そういえば、庄平もあの場の情景を思い出す。村上社長が庄平に口を利く前、老人の眼はすぐ横の和子にいち早く流れた。そして、庄平と短い言葉を交わす間も絶えず、その視線は気がかりげに和子のほうへ動いていた。極端に言えば、庄平など初めから眼中になく、もっぱら和子の存在だけが社長の関心を捉えていたようであった。

社長は何かと和子に話しかけようとしていた。が、和子はかたくなな表情で、素直にその言葉を受けようとはしなかった。のみならず、あの場の和子は、いまと同じような一種の憎悪みたいなものが顔に滲《にじ》み出ていた。

「ううむ」

庄平は唸《うな》った。

ここまでくると、いくら彼でも村上社長と和子との間にはよほど深い事情があるように想像せずにはいられなかった。

「なあ、和子」

庄平は、しんみりとした調子で言った。

「おまえにはどんな事情があるかしれないが、おれにはいっさいを打ち明けてくれないか。妙なことから、おまえとこういう因縁になったが、おれはおまえのことを本当に考えているつもりだ。そりゃ過去に、おまえがどういうことをして来たかおれにはわからない。また、強《し》いて知ろうとも思わないが、たとえどのようなことがあっても、おれには関係がない。しかし、必要なことは知っておきたいんだよ。おれたち二人の間がこれからも長くつづくためにはな」

ホテルのロビーというざわざわした所で、こういう話をするのは少々似つかわしくなかった。だが、これから宿に引き返して切り出すとなると、和子の感情がどう変わっているかわからない。いまは彼女も何かを打ち明けたがっている。少なくとも、そういう雰囲気は出来ている。

場所が不似合いなのにもかかわらず、庄平が現在をえらんだのは、そういう気持ちからだった。

「じっさいのところ、おれはおまえが父親の関係で早川副社長と知り合っていたという理由を疑っていた。もしかすると、早川さんとおまえの間には、前に特別な関係があったのではないかとさえ推量したこともある。だが、それも今日早川さんに直接会ってから完全に消えてしまった。そのかわりだ、もっとわからないことが眼に映ったのだ。なあ、和子、これはまたおれの邪推だといって笑うかもしれないが、一体、おまえは村上社長の何に当たるんだな？」

和子の頰の筋肉が瞬間にけいれんしたように見えた。

「とても普通の間とは思えない。パーティの席で会ったときの様子といい、おまえが村上さんに特殊な感情を持ってるらしいことといい、何かがそこになければならない。なあ、おれはどんなことを聞いてもおどろかないつもりだ。いっさいをあっさりと打ち明けてくれんか」

「………」

「そりゃ言いにくいことかもしれない。だが、大阪に来てからのおまえの様子を見ていると、何かひとりで苦しんでいるようなところがある。不機嫌なのも、そのせいだと思っている。ひとりでくよくよしてないで、みんなおれに打ち明けたほうが、ずっと気が楽になると思うんだがな……」

「じゃ、話すわ」

和子は唇を一度きゅっと強く嚙んでから言った。

「あんたは、どんなふうに思ってるの？　それを先に聞かして」

「そうだな、おまえの親父は早川さんと友だちで、おまえ自身も以前大阪にいたと言っていたな。おれの想像だが、その時期におまえは一時村上さんとこに身を寄せていたことがあるんじゃないか。たとえば、村上さんの小間使いだとかいうような役で……」

「ふ、ふふふ」

和子は笑い出した。

「ずいぶん古風ね。小間使いだなんて。……あんたの想像では、わたしがその小間使いをしているときに、村上さんの手がついたとでも思ってるんでしょ。あんたのことだから、それくらいの想像だわね」

まさに彼女の指摘どおりだった。庄平も和子の過去に村上と関係があったと想像している。

それでなくては、あんな妙な行き遇いの場面はない。村上社長は和子に何となく強い関心を示し、和子も村上を避けているというよりも、どこかで憎んでいるふうがあった。これこそ過去の、そのような事件の結果ではあるまいか。

だが、和子は、それを否定して嗤《わら》うのである。

「じゃ、何だな？」

庄平はじっくりとした調子できいた。

「すぐには言えないわ」

心なしか、和子の顔にはかたくなな表情は消え、自嘲的なものが出ていた。

「そうか、だいぶん複雑なようだな」

「ええ、複雑よ。あんた、わたしのほんとのことを話したら、きっと尻餅をつくかもしれないわ」

「大げさだな」

「誰も知ってないわたしの秘密よ」

和子は唇の端をゆがめた。その眼には真剣なものが滲み出ている。

「なにを聞いてもおどろかない。だから話してくれ」

「いいわ。いつまでもあんたをもたもたさせておくのは悪いから」

和子は、深呼吸してから言った。

「わたしね、ほんとは村上の子よ」

「なんだって？」

庄平は、聞き違いかと思って耳を近づけた。

「なんと言ったのだ?」

「それみなさい。一度では理解できないでしょ。……わたしね、村上の娘なのよ。村上の隠し子なのよ」

和子は、あとの言葉をゆっくりと言った。

「えっ」

庄平は、下から地面が盛り上がったように身体を突き上げられた。

「そりゃ、ほんとうか?」

眼をむき出した。

ほんとうか、と反問したものの、ああ、それでわかったという理解が、急速に彼の脳裏にひろがった。濃霧の中にチラチラしていた謎の影が、その一言でにわかに全容を現わしたという感じだった。

とはいえ、庄平の衝撃はすぐにはおさまらない。彼は二の句がつげず、まじまじと和子の顔を見つめていた。その顔に村上社長の面ざしをさがすかのように……。

「嘘は言わないわ」

和子は、急に姿勢を崩したように言葉を吐いた。

「この秘密を知っているのは早川さんだけよ」

「……」

「だから、わたしが火事に遭ったとき、早川さんが五十万円送ってくれたわけがわかったでしょ。あれ、ウチの親父、つまり、あのいやらしい親父の村上為蔵が早川さんに言いつけて送らせたのよ。……早川さんて、そういう親父の女方面の担当役員なの」

「和子」

庄平はあわてて言った。

「そのつづきはどこかに行って聞こう。ここじゃ、ゆっくりと耳にも入らない……」

「ここでいいわ」

和子は庄平の誘いを斥《しりぞ》けた。

「こんな話、改めて席を変えるほどでもないわ」

「そうか」

長椅子に腰を下ろした庄平は脚を組み直した。横にいる外人夫婦は、日本人がこんな重大な話をしているとは知らずに、面白そうにしゃべり合っている。こういうざわついた雰囲気の中のほうが内緒話がしやすい。

「……わたしの母親は、村上の会社で働いていた事務員だったの」

彼女は言い出した。

「村上がまだ、それほど事業を大きく出来なかったころよ。いまから三十五年くらい前だわ。そのころは村上もようやく苦境を脱けて、少しは事業の将来に目鼻がついていたときなの。彼はこっそり、その女事務員を誘惑して妊娠させたの」

「……」

庄平は太い息をついた。はじめて聞く和子の出生の秘密だった。

その重大な告白がさらに始まろうとしている。庄平の背中には、軽い戦慄に似たものが走った。

「お腹が大きくなると、村上は彼女を助産婦の二階に預けてわたしを産ませたの。そのころは、いまみたいに妊娠中絶ということは出来なかったし、母も子供を産みたがっていたわ。それから、わたしが生まれると、村上は大阪のずっと田舎に別な家を借りて、そこにこっそり母子を住まわせたの」

「……」

「けれど、それきり村上の足は遠のいたわ。それは、事業が当たりはじめて仕事が面白くなっていたのと、忙しくなったせいもあるけど、もう一つは彼女に飽いてきたからだわ。二、三カ月に一回、ほんのお義理に、その田舎に足を運んだということだったわ」

「それで？」

「村上は生まれつき女好きで、もう、そのころは別の女の人が出来てたわ。だから、子供持ちの彼女にはすっかり飽いてきていたのね」

「お母さんも死んだといったな？」

「もう死んじゃったわ。わたしが子供のときだけど…」

「そうか。……」

「母が死ぬときも村上は足も向けなかったそうよ。ただ、あとに残っているわたしのことが頭痛のタネだったの。そこで彼はどんな処置をとったと思う？」

「おまえをよその家の子にしたのか？」

「そのとおりよ」

「じゃ、それが早川さんと幼友だちの九州の人だったというのかい？」

「あんなの、つくり話だわ」

「え？」

「わたしは稲田忠三郎という人に育てられたの」

和子は苦しくなったように、ぽつんと言葉を切った。

「なに、稲田？」

庄平は首をひねった。どこかで聞いたことのある名前である。たしかに稲田忠三郎という名前にはおぼえがあった。

それも人から聞いたというのではなく、活字の上で見たような記憶だった。名刺でも貰ったのかな。しかし、そんな人に会ったおぼえはない。

突然、庄平が口の中で叫びをあげたのは、その記憶を思い出したからだった。
庄平が思い出したのは、村上社長の書いた「こしかたの記」の一節だった。
つまり、村上が初めて製薬事業に手をつけたとき、その友人の二人が協力したくだりである。村上は「ニンエキス」を発売するが、どうも売れゆきが思わしくない。二人の協力者は、その将来性に見切りをつけて出資金を返してくれという。村上はがっかりする。しかし、ことが金銭的な問題なので、彼は苦しい中から何とか都合をし、二人に出資金を返済する。

《……そのときの私の気持ちは、何ともいわれない。まことに暗澹たるものであった。だが、これも神が私に与える試練だと思うと、少しも相手を恨む気持ちにはなれなかった。それだけではない。その二人の協力者が手を引いたことによって私はいっそう奮起したのである。頼むのは自分だけだと、このときから、はっきりと自覚した。……

私にとっては、その二人はある意味で恩人である。明和製薬や私が今日あるのも、そのときの試練があったからこそである。そのお二人の名前をここに書くのはどうかと思われるが、一人の方は亡くなられた。そして、もう一人の人は、明和製薬が発展途上についたときに私を訪ねてこられた。

その方は、当時生活があまり楽でないようにお見受けした。しかし、私はあなたこそ私の恩人であると言って、その手を握ったのだが、言葉だけではなく、私は自分の誠意を見せたかった。それで、その人に入社してもらい、わが社の営業部参与という地位に就いてもらった。稲田忠三郎君がその人である。……》

庄平が思い出したというのは、この記述のところである。

(そうか、村上社長は女事務員に生ませた子供を、そのかつての協力者だった稲田忠三郎に養育させたのか)

庄平は、何とも言われない気持ちになった。村上社長の「こしかたの記」を読んだ感動がまだ胸に熱く残っているだけに複雑な気持ちになった。彼は、和子の出生の秘密と、「こしかたの記」の感動とが混乱し、しばらくは口がきけなかった。

だが、彼が村上為蔵に抱いていた尊敬は、和子のいまの一言で大きくゆらいだ。人間には誰でも表と裏とがある。

しかし、尊敬する人格者の場合、その裏側を知ると普通以上にショックは強い。

他人のことではない、村上の隠し子がこの和子なのだ!

「そうだったのか……」

庄平は言いようのない混乱の中で、大きなため息をついた。

「あんただって、その稲田さんの名前はおぼえているでしょ? 村上の『こしかたの記』を熱中して読んだとわたしに話したから」

「うむ、あの本の中に出ていたな」

「あんな自慢タラタラの自叙伝をあんたが読んで感心したと聞いたとき、わたしはあんたって何というアホウな人かと思ったわ」

そうだ、それは庄平もおぼえている。あの本に感激したと和子に話したときの彼女の表情は、軽蔑と冷笑とに満ちていた。……

「あんたが感涙にむせんで読んだというわたしの親父の『こしかたの記』には、ずいぶんいいことばかり書いてあるわね」

和子は冷たい顔で言った。

「そりゃおやじの為蔵が薬屋をはじめるときに、稲田さんと、もう一人の友だちが金を出して協力したのに、あとになって手を引いたのは本当だわ。そして、その原因も、先の見込みがないと思ったことも本当だわ。でも、それだけじゃないのよ。為蔵は友だち二人に金を出させておきながら、自分のやっていることは何一つ相談せず、勝手気ままにどんどんやるものだから、それで仲たがいになったの」

「なるほど。それは稲田さんから聞いたのか？」

「そうよ。稲田忠三郎さんは、そりゃいい人よ。善良な性格だわ。ただ、運がないから為蔵とは雲泥の開きができたけど、人間的にはずっと稲田さんのほうが上だと思うわ。……その二人が為蔵から離れたのも、為蔵の奥さんがガメツクて、出資金を二人から取り上げてしまったあとは、口もきかないくらい冷淡になったので、それで憤慨したのよ」

「そうか」

「為蔵の自伝によると、出資金をいっぺんに返したように書いてあるけど、ほんとはそうじゃないの。ずいぶん長いことかかってチビチビ支払ったそうよ。そりゃ為蔵も初めは苦しかったかもしれないけれど、あとはニンエキスが当たって楽になったはずだわ。それなのに、二カ月目に五円ぐらいしか支払わなかったそうよ。結局、全部返し終わったのが三年目だったというから、ナシクズシの返済もいいとこだわ」

「なるほど」

和子の話で、だんだん「こしかたの記」の装飾が剝《は》げてくるような気がした。

「その後、稲田さんが生活が苦しくなって為蔵のところへ行ったのは本当だけど、そのときの出遇いは、あの自伝に書かれているようなものじゃなかったそうよ。為蔵は、さも軽蔑したように稲田さんを見て、おまえ、どの面さげていまごろやって来たんや、と言ったというわ」

「………」

「稲田さんとしても食ってゆけないような状態だったので、昔のよしみにすがり、なあ、村上はん、なんぞわてにも出来るような下請け仕事でもないやろか、と頼んだところ、為蔵は、なにを寝呆《ねぼ》けたこと言うてんのや、おまえなんか何をさせてもあかへん、と罵ったそうよ」

「でも、当時の為蔵はもう相当な成功者だったので、やはり他人への見栄もあったのね、稲田さんに、そないにおまえが困っているなら、わいのところで使うてやらんこともない、どや、わての前で犬のように三べん回って頭を下げるか、と言ったそうよ」

「………」

「稲田さんは人がいいし、それに生活に困っているときなので為蔵にそう言われると、応接間のじゅうたんの上に匍《は》って犬のように三べん回ったあと、きちんと坐り、村上に手を突いて床に頭をこすりつけたそうだわ」

「………」

村上為蔵は稲田忠三郎に犬のように頭を下げさせて、かつての「裏切者」に溜飲を下げた末、やっと彼を明和製薬に入れた。だが、正式な社員ではなかった。

名目は「営業部参与」だが、嘱託という名にしなかったのは、まだ村上にいくらかの仏心があったとみえる。しかし、実質は嘱託なみの待遇で、中堅社員よりもずっと安い給料だった。もっとも、村上からすれば、役に立たぬ男に捨て扶持《ぶち》を与えるのだから恩恵を施していると考えていたにちがいない。というよりも、稲田忠三郎をそうすることによって、自伝にあるような自己を「人情深い性質、恨みを恩義の酬いに変える大きな器量」に仕立てたのだろう。

稲田は営業部に配属されたが、これという仕事はなかった。それでも善良な彼は、進んで雑用のようなことをした。「参与」だか小使いだかわからなかった。稲田と村上の関係は、社内で知る者が多かったので、村上の見栄から、とにかく稲田に参与という肩書を与えたのであろう。

それでも稲田は文句を言わなかった。会社に拾ってもらっただけでも村上を徳としていた。だが、内心はやはり寂しかったであろう。稲田がそんな勤めかたをして三年ばかり経ったころ、彼は突然村上社長に呼ばれた。誰も居ない社長室で、村上はこっそりと相談を彼に持ちかけた。

(なあ、稲田君、えろう言いにくいことやがな、君を見込んで、わいから折り入って頼みがあるんやが……)

言い出したのが、事務員に生ませた女の子の始末である。

養育費は出すから預かってくれというのだった。

稲田は女房に相談して、それを引き受けた。彼は、そのことで村上の信頼をつなげると思ったし、自分の地位も安全だと考えたからだ。

それがいまから二十八年ぐらい前のことだった。この秘密は、その期間だけ完全に保たれた。もちろん、村上夫人も知らない。知っているのは、当の稲田と、村上の側近重役早川市太郎だけだった。もっとも、早川が村上から打ち明けられたのは、彼の入社が遅いだけに、かなりあとのことになる。

早川市太郎は、村上がその兄、源治博士の恩顧に報いるために役員にしたのだが、経営のほうは全くタッチさせられなかった。もともと、あまり有能でもない男である。

では、何のための役員か。

彼の担当は、村上の私的な面の処理だった。端的に言うと、村上社長は次から次に女をつくった。全くの素人もいた。

その中には長くつづいている女もいれば、すぐに縁の切れた女もいた。早川は、そういう女たちに月々の手当を送ったり、手切れ金を渡したり、女たちに不時の入用があれば、それを調達したりするのだった。非常勤の役員だから、気の向いたときに会社に顔を出せばいい。彼は、村上から相談を受けるときは、いつ、どんなときでも駆けつけなければならなかった。

和子は稲田のもとで育てられたのは十七歳までだった。彼が死んだからだった。

和子が稲田のもとに養育されている間、村上為蔵社長は別に養育費としてきまったものを稲田には支給しなかった。稲田を会社で雇っていることで、その給料にそのぶんが含まれていると考えたからだ。多少の昇給はしたが、それも決して多くはなかった。

善良な稲田忠三郎は、和子の養育費を別にしてくれとも要求しなかった。それだけではなく、和子の臨時の出費、たとえば、病気だとか、衣服を新調するときだとかの金も要求しなかった。村上からすると、必要もない人間を雇っているのは、その子を押しつけている代償だと思っていたし、稲田も村上の性格がわかっていたので、言い出すことができなかったのである。

稲田はさすがに陰ではぶつぶつ言っていた。稲田の妻も給料が少ないので家計が苦しく、村上社長に申し出るように夫をつついたが、肝心の夫が気が弱いときているから効果はなかった。

ただ、こんなことがあった。和子が小学校から中学に進むとき、稲田はそれを村上に言ったことがある。稲田の気持ちからすれば、和子の成人ぶりを村上に喜んでもらいたかったのであろう。

そのときも村上は眉一つ動かさず、

「さよか」

と、ぽつんと言っただけだった。

だが、四、五日すると、総務課からデパートの商品券が稲田の家に届けられ、それには「金五万円」と書き入れてあった。

稲田は翌日すぐに村上のところへ行き、

「社長、どうもありがとうございました」

と贈りものの礼を言った。

村上はうなずいて、

「あれでな、何ぞ子供の好きなものを買《こ》うてやってんか」

とぼそりと言った。

稲田忠三郎は社長室から出ると、その足で当時健在だった「ストロンガー」と「スタミナサン」の開発者早川源治博士のところに行った。

「早川先生、社長さんはやっぱり子供のことを考えてくれてはりまっせ。和子が中学に入ったと言うたら、五万円の商品券をくれはったさかいなア」

と泪《なみだ》をうかべて報告した。

早川は村上と稲田との関係をひそかに知っていたので、

「え、なんやて、いくら貰うたんや？」

とき直した。

「へえ、五万円だす。先生、村上はんは和子に五万円も贈ってくれはりました」

と、稲田は繰り返した。

早川は、何も言わなかったが、おそらく呆れて言葉が出なかったのであろう。子供が中学に上がった祝いの五万円が、村上の唯一の臨時支払いだったのである。そのわずかな金額に感激している稲田の善良さには、源治もつくづくと感じ入ったにちがいない。

村上は、自分が女事務員に生ませた和子を稲田に与えたきり、何の関心も示さなかった。というのは、村上にはほかにもそういう隠し子が三人ほどあったからだ。

和子が初めて稲田から実際の父親のことを聞かされたのは中学二年のときだった。どうしたはずみか村上は、和子がどれぐらい大きくなったか一度見せてくれ、と言い出したのである。

和子が稲田の実際の子でないとうすうす気づいたのは、小学校二、三年生のころだった。それは、ほかの友だちの家庭を見ていれば敏感にわかるものだ。和子が六年生のころ、ようやく稲田夫婦がその実際を明かした。

もっとも、そのときは、実父がなに人かは言わなかったが、とにかくおまえの本当のお父はんは偉い人や、という程度は打ち明けた。稲田にしてみれば、どこまでも村上為蔵の預かり子という気持ちだったから、和子に予備知識として、そんなかたちで一応は教えたのかもしれぬ。それに、子供がうすうす気づきはじめたので、いつまでも隠しておけないと考えたからでもあろう。

村上から贈られてきた例の五万円の商品券で、稲田忠三郎は和子に新しい洋服とオルガンとを買って与えた。彼は一万円ほどアシを出した。

そのとき稲田は、和子にしみじみと言い聞かせた。

「この品はなア、おまえのお父はんがくれはったんや。お父はんは会社の偉い社長はんやで」

それが村上為蔵だとはっきり知らされたのは、ずっとのちになって村上が和子にひと目会ってみたいと言い出したときである。

「実はな、おまえの本当のお父はんは、わてが勤めている会社の社長はんや。村上為蔵というて偉い人やで」

稲田はそこで初めて村上為蔵という名前を和子に打ち明けた。

どういうつもりで村上が急に和子に会いたいと言い出したか、その心理はちょいとわからない。しかし、それは父子の情愛が蘇《よみが》えったというのではなく、また、その子供の成人ぶりを親心からよそながら見たいというのでもなく、いわば村上の気まぐれみたいなものだった。

村上はほかにも隠し子がいた。多分、その子供たちが大きくなるのを見て、あのとき事務員に生ませた子がどんな顔つきになっているか、という好奇心みたいなものだったかもしれぬ。

稲田忠三郎が和子をつれて行ったのは、京都のあるホテルのロビーだった。家を出るとき稲田は、和子に、

「さあ、今日は京都まで遊びにつれてってやるぞ。向こうでは知った人に会うさかい、その人には、ちゃんとお辞儀をせなあきまへんえ」

と言い聞かせた。それが誰なのか、まだ和子には言わなかった。

大阪から電車で京都に着くと、すぐにタクシーで高台の上にそびえている立派なホテル

につれて行かれた。和子は、はじめて見る豪華なロビーにおどろいた。中学二年生の彼女は、ぐるりにいる外国人や立派な紳士たちを見て、養父がどうしてこのような場違いな所につれて来たのかとふしぎがった。

「いまにここへある人が来やはるさかい、あんじょう挨拶せんとあかんえ」

と、稲田自身が落ちつかなく、何度も和子にそう言い聞かせた。

すると、別な所から、頭の半分白くなった、背の低い、貧弱な中年男がひょこひょこと歩いてきた。稲田は椅子から立ち上がると、その男の前に進み、丁寧に何か二言、三言話していたが、やがて彼は和子のほうを向いて手招きした。

和子はその初老の男の前に行ったが、そのときは、これが自分のほんとの父だと直感した。養い親の稲田忠三郎に前から聞いていた言葉を思い出したからでもあるが、一つは、その男の顔のどこかに自分と似たものを見つけたからだった。

「和子はん、この方があんたのほんまのお父はんやで」

稲田忠三郎が横で和子に言った。丁寧にお辞儀しなはれや、と言ったのはこのことだなと和子は思ったが、なぜか、素直にそれが出来なかった。

稲田はあわてて催促した。

「あんた、早くお辞儀をせんかいな」

すると、相手の初老の男は、

「まあ、ええがな」

と稲田を手で制した。

「和子か。……わてが村上為蔵やがな」

別におまえの父親だとも言わなかったが、じろじろと彼女の顔を眺め、

「ええ娘にならはったなア」

それでも感慨めいていった。相手の背が低いので、それほど和子とは丈《たけ》が違わなかった。

和子はちょっと眼を伏せただけで、どうしても頭を下げる気持ちにはなれなかった。それだけではなく、何かなじめないものを相手に感じた。それは他人以上に肉親に感じるあの反撥に似ていた。

村上はニコリともせず、和子に、

「まあ、元気にしていなはれや」

と言うと、くるりと稲田のほうを向き、財布を取り出して、眼の前で千円札五枚を稲田忠三郎に渡した。

「これで、何ぞこの子に買うてやってんか」

「へえ、どうもおおきに」

稲田は頭をぺこりと下げ、和子のほうに向かって、言い聞かせた。

「いま社長はんからこないにしてもろうたんや。ご挨拶せんかいな」

だが、和子は首が硬直して、下に動かなかった。

「えらいすみまへんな」

稲田は社長に詫びた。

「まだ子供やさかい、馴れてまへんでな。人見知りする子で、どうも……」

「まあ、ええ。まあ、ええ」

村上は稲田がしきりと謝るのに面倒臭げに言い、あとも見ずにさっさともとのほうに引き返した。和子は、村上為蔵のうしろ姿が遠くなってゆくのを、何かこっけいな思いで見送った。

「あんた、あないに言うたのに、なんでちゃんとものを言いへんのや?」

稲田は早速に和子にこごとを言った。

「あの方は、あんたのお父はんやで。立派な人や。自慢に思わんとあかん。わざわざあんたを見に来やはったのに、あんじょう言わんと、お父はん気ィ悪うしやはるがな」

「それが初めて実の父親に会ったときの印象なの」

和子は庄平に語り終えてから言った。

「それ以来、どうしても村上が実の親とは思えないわ。そりゃ、何度も会いにこいという誘いはあったわ。でも、喜んで行く気がしないの。一年に一度ぐらい稲田さんにつれられて、あのおじいちゃんのとこに行ったかしら。でも、それはちゃんとした席で会うんじゃなくて、いつも、おじいちゃんとは途中の行きずりの出遇いという体裁だったわ」

和子は、村上を「父」と呼ばないで、「おじいちゃん」と表現している。そこにも、彼女の感情があった。

——和子の長い話の間、いつの間にかあたりにいる人の顔ぶれも替わっていた。ホテルのロビーは、人が動かないようでも絶えず流れがあるものだった。

「その稲田さんが死んでからは、わたしも、もう大阪に居る気がしなくなって東京に飛び出して行ったの。ただ、早川先生の弟で、明和製薬の副社長になっていた早川市太郎さんにだけは行く先を連絡しておいたわ。早川さんは人がいいから、挨拶に行ったとき、つい、それを約束させられてしまったのよ。早川市太郎さんは、困ったことがあったら、いつでも手紙で言ってきてくれ、社長から金を取って送るようにしてあげる、と言ってくれたけれど、それだけは断わったわ。何の愛情もないのに金だけ貰う気はしなかったの」

「ああ、それで、あの火事のときも早川副社長が社長に金を出させて送ってきたんだな？」

「そうよ。それがわかってるから、すぐに送り返したわ」

「そんなことをしたら、社長の感情はどうなんだ、面白くないだろう？」

「もともと、向こうはそれほどにもわたしを思ってないんだから、あんまり感じないでしよ。そういう子供たちに対しては、そりゃ冷たいものよ」

「ほかの子供たちにはどうしているんだ？」

「ほら、さっきパーティで、あんたにハイボールをすすめた芸者がいたでしょ？」

「ああ、おぼえている」

おぼえているわけで、さっきも出口に歩いている男たちの言葉から、その芸者が春駒という名だと知ったばかりだった。

「あの芸者をどう思う？」

「どう思うって……」

そこまで問い返して庄平は、はっとなった。

「あ、あの春駒という芸者もそうなのか？」

自分で思わず声をあげた。

「そうよ。あの春駒は、いまミナミの『奈加川』という家《うち》から出てるんだけど、じつはおじいちゃんが料理屋の女中に生ませた子なの。手切れ金をやって女と子供とは縁を切ったのだけど、その子供があぁして芸者になっているのを知りながら、自分の会社のパーティのホステスに呼ぶんだからね、どんな血の冷たい人だかわかるでしょ」

「………」

庄平は、ううむ、と心の中で唸った。

聞けば聞くほどふしぎな村上為蔵だった。なんだか別な人間の話を聞かされているような気がする。「こしかたの記」が強烈に頭に残っている庄平には、和子の語る村上為蔵が急には重なってこなかった。

人間には隠された部分がある。しかし、庄平の聞いた村上為蔵くらい、それが濃いものはなかった。彼の自伝に感激しているだけに信じられない話である。もし、これを和子でなくほかの人間から聞かされたら、庄平は一も二もなく、そんなばかなことが、と一笑に付したであろう。

庄平は何ともいえない寂しい気分になって、そこから身体が動かせなかった。単に寂しいというだけでは、この場合の彼の気持ちの説明が足りぬ。信仰している対象に裏切られたような、そして、横にいる和子にそのぶんだけ別な意味の比重が加わったような、複雑な感じだった。

だが、庄平は、それで村上社長に対する運動を取りやめようとは思わなかった。たとえ相手がどうであれ、商売は商売である。いや、かえって、その裏を聞かされて商売がしやすくなったようにさえ思った。

ただ、問題は和子だ。

こうしていっさいを打ち明けた以上、和子の立場からは実父の村上為蔵に近づく手びきはできない。彼女がいやいやながら大阪までついて来たのは庄平に対する義理で、それだけでも精いっぱいだったのだ。

和子は村上為蔵を憎んでいる。もちろん、親とも思わないし、いっさいの援助を彼女のほうから拒絶しているのだ。

それをうすうす知っていながら村上も手を貸してやろうとはしない。和子がどんな職業に落ちていてもわれ関せずである。すでに早川市太郎副社長という窓口があるのだから、村上に親心があれば、たとえ和子が冷淡だとしても、早川を通して援助の仕方はあったはずだ。ところが、娘がバアの女になろうが、料理屋の女中になろうが、知らぬ顔である。せいぜい、火事に焼け出されたときに見舞金を送った程度だった。それすら早川副社長に言われて渋々出した金にちがいない。

それも当然の話で、第一、地元にいるもう一人の娘が芸者に出ても、その春駒を平気で自社のパーティにホステスとして使っているのだ。普通の人間の常識にはないことだった。

和子がその父親を憎悪するのも無理はない。

かといって、ここでせっかく開きかかった村上へのアプローチを断念する気にはなれない。たとえ和子が村上を憎んでも、他人を介するよりはまだましであろう。村上のほうは和子ほどには悪い感情を持っていない。いわば、そうした隠し子に彼は冷淡というよりも無関心なのである。

もし、それを無関心とすれば、まだしも和子が何かと言えば村上の心は動くにちがいない。ほかの人間よりもずっと効果はあるのだ。

だから、今後に残る問題は、その和子をいかにして動かして、村上への接近を図るかである。

とはいえ、いまは駄目だ。こんな告白をしたあと、すぐに気を取り直して村上に口を利いてくれるとは思えない。事実、横にいる和子は、いままでのかたくなな姿勢が崩れ、神妙に沈んでいた。

「何か食べないか？」

庄平は言った。あれから何も食べてないので腹がすいていた。だが、和子は乾いた声で答えた。

「べつに欲しくないわ」

やはり胸が迫っているのだろう、彼女は彼女なりに出生の秘密を打ち明けたので、昂奮もしているわけだった。

庄平は、この気の強い女が可哀相になった。

「わたしはいいから、あんたひとりでどこかで食べてきなさいよ。わたし、先に旅館に帰ってるわ」

「宿でもいっしょに食べないか」

「やっぱりいまは口にしたくないの。わたしにかまわずあんただけ食べたらどう？」

「先に帰るのか？」

「疲れたから、風呂に入って早めに寝ているわ」

「そうか」

無理やりに大阪に引っぱってきたひけめもあった。庄平は、和子の言うのももっともだと思った。彼女はひとりになりたがっているからこの際、なまじっか無理に誘わないほうがいいかもしれない。

庄平は、久しぶりに心斎橋あたりに出て、あの辺で夕飯をすませようと考えていた。が、すぐ、その下から、いやいや、そんなのんびりしたことは出来ない。せっかく大阪まで来たのだ。この際、できるだけ早く早川副社長に会って、村上社長への接近を固めておいたほうがいいと思いついた。

副社長とは明日会うことになったものの、早いに越したことはない。

早川副社長なら和子のこともいっさいわかっているし、また庄平との関係も了解している。それに、パーティのとき村上社長と会ったが、自分のことを社長がどんなふうに考えているかも気になる。あの場では別にいやな顔もされなかったが、それも大阪人独特の調子のよさと思われないでもない。社長の本当の気持ちを早川にきいてみたかった。

とにかく、和子が村上為蔵の隠し子だとわかった現在、自分の存在も変わってきたのだ。これをどう利用するかが今後の商売を左右すると思った。

だからこの際早川に会うのは、その効果の打診であり、かつ、昼間の話を一層に固めることになる。

早川はもう自宅に戻っているかもしれなかった。パーティのあとで社に帰ることもあるまい。

だが、和子には、いまから副社長に会いに行くということは言えなかった。それは彼女に刺激を与えそうだ。あとで打ち明ければいいと思い、彼女の言うとおりに納得するふうを見せた。

「それじゃ、おまえも疲れたろうから、先にお帰り」

彼はいたわるように和子に言った。

「わしは街に出て適当なものを食べよう。そして、すぐに宿に帰るからな」

「いいわ、そうしてちょうだい」

和子は先に椅子から起ち上がった。

ホテルの前にならんでいるタクシーに和子を乗せた。手をあげて別れたあと、庄平は公衆電話で早川の名刺を取り出し、自宅に電話をかけた。

出てきたのは女中らしかった。

「わたしは東京の高尾といいますが、ご主人さまはいらっしゃいますでしょうか?」

「少々、お待ちください」

女中は引っこんだが、今度は少し年配の女の声に変わった。

「高尾さまとおっしゃると、どちらの？」

向こうでそうきき返したのは、早川もつき合いが多いので、高尾という名前がほかにもあるからだろう。庄平は、相手が早川副社長の妻だと思って、にわかに丁寧な言葉になった。

「はい、東京の骨董屋でございますが、いつもお世話さまになっております」

と、つい、商売口調が出た。

「骨董屋さん？」

電話の声はちょっと考えて言った。

「それじゃ、東京の竜古堂はんでっか？」

庄平は、いきなり眼玉を突かれたような思いがした。

「いいえ、竜古堂とは違いますけれど」

声が乱れた。

竜古堂の駒井孝吉はいつの間にか早川副社長の家にも出入りしている。庄平は、彼のそのすばしこさにおどろいた。

「そうでっか。そら失礼しました。主人はまだ会社から帰っておりまへんけど」

「それはかえって失礼しました。では、明日改めまして」

庄平は電話を切った。

早川の不在はまあいいとして、いきなり駒井の名前を聞こうとは思わなかった。駒井のやつ、ちゃんと東京から大阪まで来て、しかも早川の家まで出入りしている。もっとも、はじめて早川の名前を聞いたのは駒井の口からだから、彼が何かと早川に接触しようとしていることは察しがついていた。が、こうまで深く取り入っていようとは思わなかった。それで、うっかりして電話で聞き忘れたが、駒井孝吉はいま大阪に来ているのだろうか。それで、骨董屋と聞いた早川夫人が早合点したのではあるまいか。

熱海の一件といい、どこまでも自分の行く先々に駒井は現われている。

どうも面白くない。

すっかり夏めいた宵の心斎橋へ出て道頓堀《どうとんぼり》までぶらぶらしたが、一向に気がはずまなかった。その辺の中華料理の店に飛びこんで焼きそばを食べたが、和子が傍に居ないせいか、うまくなかった。それに競争相手の竜古堂の名を電話で聞いたので、よけいに味気なかった。

庄平は、早めに切り上げて賑やかな通りを抜け、その辺に走っているタクシーを止めた。車の中では駒井孝吉のことばかりを考えた。こうなると、商売のほうがいかに大事かがわかる。

相手が竜古堂であればよけいにファイトも燃えるというものだ。

こっちは和子という村上社長の実子を握っているから絶対に有利だとは思うが、事情が事情だけに、そうとも限らない。あるいはそれが不利になることもある。つまり、和子と村上社長の間には父娘の親愛関係がないばかりか、和子は村上を恨んでいる。普通の父娘と考えて和子を利用しようとすると、しくじるかもしれない。この辺の判断も早川副社長に会って聞きたかった。

庄平は旅館に戻った。

「お帰りやす」

玄関にいた女中に声をかけられる。

「ただいま」

庄平は、いそいそと廊下を踏んで自分の部屋のほうへ歩いた。和子は風呂に入って先に寝ると言っていたから、蒲団を敷いて枕に頭をつけているにちがいない。晩飯は食いたくないと言ったが、宿の料理よりもと思い、戻る途中タクシーを止めて、わざわざすしを一人前折りに詰めさせてきた。

襖をあけると、蒲団はおろか、部屋はきちんと片づいていた。

部屋の中を見まわしたが、彼女が脱いだと思われる着物もないから、風呂に行っているわけでもない。ハンドバッグも見当たらなかった。

女中がうしろから顔をのぞかせて、

「お帰りなさいませ」

と言い、湯呑みを一つだけ盆に載せてきた。

つれは、ときこうとすると、女中のほうからきいた。

「あの、奥さまはまだ遅うなりはりますやろか？」

「いや、先に帰ったんだが、まだこっちには戻らなかったかね？」

庄平は、きょとんとした顔の女中に反問した。

「いいえ、まだお帰りになってしめへんけど……」

「おかしいな。たしかに先に帰ると言って、一時間くらい前に中之島のホテルの前から車に乗ったんだがな」

「へえ。どないしやはったんでっしゃろな。中之島からここまでやと、タクシーで十分もかかりまへんけど」

「……」

「どこぞ、途中でお寄りはったんとちがいまっか？」

「さあ」

そういう心当たりもなかった。買い物するはずもない。あのときは一刻も早く宿に戻って寝ると言っていた。それくらい疲れていたのだ。

「電話の連絡でもなかったですか？」

「さあ……ほなら、ちょっと待っておくれやす。いま、帳場にきいて来ますさかい」

女中は、どうぞ、と言って湯呑みと夕刊を置き、ばたばたと出て行った。

庄平は夕刊をひろげたが、返事がくるまで活字を見ても眼に入らなかった。あるいは和子が気分直しに別な所を回り道しているかとも考えたが、あのときの勢いでは、その想像も不自然である。

床の間のブザーが鳴った。

庄平は受話器を取った。

「いま、係の女中から聞きましたけど、奥さんからは別におことづけもかかって来まへんだしたが……」

「そうですか……じゃ、いいです」

「あの、お夕食はどないしましょ？」

「それも、あとで頼みます」

受話器を置いた庄平は、女に置き去りにされた男の立場のようで、宿の手前すこし体裁が悪かった。と同時に、和子がすこし心配になってきた。

庄平は一時間待ったが、和子は戻ってこなかった。時計はもう九時をすぎている。

庄平は部屋のまわりに眼をやった。隅に和子のスーツケースが置いてある。

和子のことだから急に気が変わって、黙って東京に引き返したのではないかと思ったが、スーツケースが無事に残っているので、まずは安心した。それにしても、一体、どうしたというのだろう。

あの告白のあと、和子は相当気持ちが乱れていたから、すぐに宿に帰るとはいっても、気分をまぎらわしにどこかに回ったことも考えられた。だが、それにしても電話で連絡ぐらいして来てもよさそうだ。

あるいは、ふいと思いついて村上社長のところに行ったのかとも考えた。いくら感情がないといっても、実父は実父である。やはり父親への気持ちが彼女に強いかもしれない。めったに会えないのだから、この機会に話しに行ったということは考えられないでもない。それに、父親の盛大な有様を目のあたりに見たのだから、何かをねだりに行ったのかもしれぬ。父親への感情はうすいにしても……いや、うすければうすいほど、当然の援助は要求するはずである。援助というよりも、この際に取れるものは取っておこうという気持ちが彼女に湧かなかったとはいえない。

和子はわりと打算的で、その点では割り切っている。それなら、それでもいいが、なぜ、電話でもひとこと断わってこないのか。庄平が先に帰っていることはわかっているのだから、安心させるためにもそうしなければならないところだ。

それとも、村上社長に会いに行って電話をかける時間もないのだろうか。和子は庄平が考えるほどこっちのことを気にかけてないから、彼がやきもきしていることも心に浮かばないのかもしれぬ。

それとも。――

和子は大阪にいたことがあるので、ここに戻る途中、旧い友だちにでも遇って話しこんでいるのかもしれぬ。もし、それが女でなく男だったら……庄平はひとりで、そんな空想まででした。若い女を持つと、とかく、気がもめる。

彼は、ぽつんと窓際に坐っていた。窓の半分は横のビルが邪魔をしているし、残り半分の空間はゴテゴテした家の裏側に重なっていた。ネオンはほんのわずかだけ上にのぞいているだけであった。

庄平は、その真向かいの窓のあたりに親子が夕食をしているのを見て、つい、東京の家を思った。いまごろは、女房の友子と息子夫婦とがおそい食卓を囲んでいるときかもしれない。……

すると庄平は、自分だけが急に根のない存在にみえ、風来坊のように思えてきた。

「ごめんください」

襖の外でふいに女中の声がした。

「奥さんがお帰りになりました」

「お」

庄平は思わず腰を浮かした。

和子はぼんやりした顔で入ってきた。庄平は、その様子を見まもったが、彼女の機嫌がよくないので、溜まっていた感情もそのまま口には出せなかった。

「どこに行ってたんだ？」

庄平はできるだけおだやかにきいた。

「ちょっと用事があって……」

和子は暑そうに羽織を脱いで衣桁《いこう》かけにひっかけた。そんなばたばたしている様子も庄平の質問をよせつけないふうにも見える。

「おれはあれからすぐに帰ったんだが、先に戻っているはずのおまえが居ないので、どうしたのかと思ったよ」

「……」

「もう、一時間以上もここで待っていたがな。女中にきいても、別におまえから電話の連絡もなかったというし……」

ごめんなさい、と謝ると思いのほか、和子はちらりと庄平を見て、卓の横に崩れるように横膝で坐った。

「もう、気分は直ったのか？」

庄平は別なほうからきいた。

「え。……」

「あのとき気分が悪いと言っていたから、風呂にでも入って寝ているのかと思っていたよ。外を歩いて大丈夫だったのか？」

「え。……」

皮肉が通じたのか通じないのか、何をきいてもはかばかしい返事をしなかった。

「晩飯も食わないで寝ていると思って、すしまで買って来てやったんだが……」

庄平が言うと、さすがに和子はその親切がこたえたか、ようやく答えた。

「すみません」

庄平もほっとした。

「一体、どこへ行ってたんだ？」

「……ある人に遇ったのよ」

「そうだろうと思った。あんまり遅いからね。誰だい？」

「誰だと思う？」

和子は庄平の顔を見た。

「おまえは前に大阪にいたというから、そのころの知り合いにでも出遇ったかと思った。それとも、村上社長のところに出かけたのかとも想像していたよ」

「誰が、おじいちゃんのとこなんか行くもんですか」

と、和子は眉根を寄せ、唾《つば》を吐くように言った。

「じゃ、やはり昔知っていた人かい？」

庄平は和子が村上社長のもとに行かなかったとわかって、少し落胆した。もし、社長に会っていれば、そこから自分の新しい商売の道が有利に開けるかもしれないと期待していたのだった。

「大阪の人でも、あんたの知っている人よ」

「え、おれが？」

「ほら、熱海で出遇った、あの謡の師匠だわ」

「倉田三之介さんか」

庄平は思わず大きな声を出した。

「そうよ。おじいちゃんの謡の師匠よ。あのくねくねした人。あの人がわたしの乗っているタクシーを呼び止めたの」

和子は庄平に話した。——

中之島のGホテルの前からタクシーで駅前の旅館に戻りかけた和子は、桜橋の交差点の信号にひっかかってしばらく待たされた。ちょうどラッシュで左右から包まれていたが、そのとき横のほうでクラクションを鳴らす大きな外車がある。

運転手がそれに気づき、和子に言った。

（お客はん、向こうの車の人があんさんを呼んではりまっせ）

和子が横を見ると、その外車の窓からしきりと手を振っている男がある。それが倉田三之介だった。倉田は手真似で、用事があるから、この交差点をすぎたら車を止めるように、と合図をしているように思えた。

和子は気がはずまなかったが、先方がせっかくそうするので、運転手に頼んだ。桜橋を渡ってから、彼女のタクシーと倉田の外車とが道の傍らに並行してストップしたのだった。

倉田のほうからドアを押して出てくると、和子の窓に近づいて言った。

(えらいところでお止めしてすみまへんけど、ちょいとあんさんとお話ししたいことがおますさかい、えろう気の毒やけど、そのタクシーを降りていただけまへんやろか)

その頼みかたがひどく丁寧であった。

和子は、つい、それを承知してタクシーを降りた。倉田は混雑の中で忙しそうに、

(えらいすみまへんな。あんさんの行きはるところまでわての車で送らしてもらいますさかい、どうぞこっちにお移りやして)

と彼女を先に座席に招じ入れた。

(すみまへん)

倉田はもう一度謝った。

(行く先はどちらでっか?)

和子がこの旅館の位置を言うと倉田は、運転手に命じた。

(ああ、さよか。ほなら、とにかく大阪駅の方角へやってんか)

それからの会話。

(あんさんには熱海でお目にかからしてもらいましたが、どうも、あの節はご挨拶もせんで失礼しました)

(いいえ、こちらこそ)

(今日、あのパーティに、あんさんと、あのときのおつれはんとがお見えになっていたので、びっくりしました)

(わたくしもおどろきましたわ)

(あいにくとエレベーターのところでほかのお客はんから話をしかけられ、またご挨拶もようせんで、ほんまに重ねがさね失礼しました)

(いいえ)

(おつれはんがお見えにならんようだすが、どこぞにおいでなはったんでっか?)

(はあ、わたくしのほうがひと足先に宿へ帰ることになりました)

(ああ、さよか。……こんなところでも何ですさかい、ちょっと十分か二十分、わての知ったところでお話ししとうおます。ほんのちょっとで結構だす。どうでっしゃろか?)

倉田三之介が和子を誘いこんだのは、ある小料理屋だった。ただし、階下が椅子席になっている。倉田はここで顔とみえ、女中たちにしきりと愛想を言われ、二階に上がるように勧められたが、彼は和子に気をつかってか、それを断わった。

料理屋では和子を倉田の彼女くらいに思って丁寧に扱ったが、それがくすぐったくもあった。倉田は気をつかい、

（このお方には、失礼のないようにしてんか）

と女中たちに言った。

（わてのような年寄りはいまさら喫茶店でもないさかいにな、どうしてもお話しするというたら、こないな所しかおまへん）

倉田は和子にしきりと言いわけを言った。

和子は、何の用事で倉田につれ込まれたかわからなかった。当の倉田はなかなか理由を言い出さず、店の者に言いつけて料理など取ったりした。

そのうち、時刻なので店は客が混んでくる。和子も、ようやく空腹を感じて箸を動かすようになった。ただ、酒だけは堅く断わった。

そうしているうちに、倉田が言い出しにくそうに言った。

（実は、パーティの席で副社長に会いしましてな。そして、わてのほうからエレベーターのところで遇ったあんさんのことをちょいと洩らすと、副社長が、実は、というわけで事情を話してくれはりました。それで初めてあんさんのお身分がわかって恐縮したような次第です）

恭々しく頭を下げた。

和子は、そんなことをおっしゃってもいまは関係ないのですから、と言った。

(いやいや、そうやおまへん。いくらつき合いがうすいというたかて、親子の縁は切れるわけやおまへん。ほんまに社長はんによう似てはりますな)

村上為蔵の謡の師匠は、多少芝居がかった身振りで、しげしげと和子の顔を眺めるのだった。

和子は心の中で、自分のことを早川から耳打ちされて、この倉田が急に挨拶する気になったのか、さすがは社長の側近だけに万事抜け目のない手の打ちようだと思った。一つは、熱海の旅館のことといい、さっきのエレベーターの前といい、挨拶もしなかったので、その失礼を詫びたいのだろう。もちろん、それも主君・村上為蔵への気兼ねからだった。

(ときに)

倉田は顔を笑わせ、嬌態《しな》をつくるように身体をくにゃくにゃさせてきいた。

(こないなことお尋ねして失礼かもわかりまへんが、ザックバランに聞かしておくれやす。熱海の潮風荘でもお遇いしましたけど、さっきホテルでごいっしょやったおつれはんは、どういうお方で?)

どういう方というのは、もちろん、職業や名前を聞いているわけではない。和子とその伴《つれ》の関係を質問しているのだった。その点、和子は早川市太郎にもはっきりと言ってないので、倉田は疑問の解答を取ろうとしているのだった。

「それで、おまえは結局、おれとの間を倉田さんに言ったわけだな？」

和子の話を聞き終わって庄平は問うた。

「ええ、ありのままを言うより仕方がないわ」

「それで、どうだった」

最も気になるのは、その商売への影響だった。和子の面倒をみている庄平のことを村上社長がどう受け取っているか。わが子を世話してくれている彼に好意を持っているか、それとも反撥を感じているかだ。ここが庄平のいちばん知りたいところだった。

「倉田さんは、いい人ですなと、あなたのことをほめていたわ」

和子は、ふふん、と笑うように答えた。

「そうか。じゃ、おまえのお父さん、いや、村上社長もおれを悪く思っていないんだな？」

倉田の意見は村上社長の意見でもあると思って庄平はきいた。

「そうよ。だって生娘《きむすめ》じゃあるまいし、わたしが水商売の仕事をしてきているくらい、おじいちゃんにもわかっているわ。おじいちゃんだってさんざん勝手なことをしてるんですから、そのへんはものわかりはいいわ」

「なるほど」

庄平はひとまず安心した。だが今度は、それが自分の商売のほうにどう影響するか、村上社長が、何とも思っていないというだけでなく、もっと好意を持ってくれたら商売はずっと有利になる。

「そんな話はまだ出なかったわ」

和子は庄平の問いに答えた。

「そうすると、倉田さんがおまえをそういうところに呼んで話したのは、つまり、社長の娘だからという敬意だけか？」

「まあ、そうらしいわね」

それなら悪くはないと思った。側近の倉田がそこまで気をつかうなら村上社長も和子をそれほど冷淡に思っていない証拠だ。村上の心をいち早く読み取る倉田である。倉田の行動即村上社長の気持ちということになろう。

「おれもいっぺん倉田さんに会って、よく話をしてみたいものだな」

健吉は倉田に早くから取り入っているし、ここで父子で戦線を展開すれば成功は間違いないと思った。

「わたし、疲れたわ」

和子が彼の気持ちとは無関係なことを言った。

「そうか。どうだ、すしを買ってきてあるが……」

「倉田さんといっしょに食事をしたから、もう、何ものどに入らないわ」

和子はすしの折りなど見向きもしなかった。

その言葉で庄平は、ふと、和子が倉田と長い間食事をしていたことにやはり心おだやかならざるものを感じた。自分がここに待っているとわかっていながら、電話ひとつ連絡しない。和子は、その料理屋の椅子席で食事をしたと言っているが、案外、二階に上がって二人で差し向かいに食べたのではなかろうか。

庄平は倉田のにやけた顔と、きゃしゃな身体つきとを眼に浮かべた。少々、年齢はとっているが、昔の踊りを忘れた男ではあるまい——。

女中が襖の外から声をかけて細めにあけた。

「あの、お召し替えをなさって、お風呂へどうぞ」

「じゃ、入ろうか」

庄平もまだワイシャツのままだった。

「あんた、まだだったの？」

和子は、いかにも奇異なという顔つきできいた。

「うむ、おまえの電話を待っていたし、それに、ひとりの風呂ではどうもな」

「ばかね」

女中が下を向いた。

「おねえさん、じゃ、いますぐ参りますから」

「かしこまりました」

女中は襖を閉めた。

「女中の前で、あんまり変なこと言わないでよ」

和子が早速たしなめた。

「しかしな、おれだっておまえの帰ってくるのをずいぶん心配して待っていたんだから」

「何を心配したの？」

「あれっきり行方不明になったんじゃないかと気を揉んでいたんだよ。こっちは、おまえが倉田さんなんかとのうのうと二人きりで飯を食ってるとは思わないからね。こうして着がえもせずに屋根越しのネオンを眺めていたよ」

「変なこと言うわね」

和子はちらりと視線を向けた。さすがに敏感で、庄平の気持ちを早くも察したようだった。

「あんな年寄りじゃないの。ばかばかしい」

和子は眼をそむけ、吐き出すように言った。

「いくら年寄りでも、昔から謡の師匠などというのは道楽商売だからな。あの顔つきといい、女のような身振りといい、若いときから稽古先の女を手なずけたように思うよ。いまだって、あのとおり気持ちが悪いくらいのっぺりした顔をしている。ちょっと先代の鴈治《がんじ》郎《ろう》の素顔にどこか似てるよ」

「勝手な妄想するのね」

「………」

「まあまあ、そんな話はあとでするわ。まだ話したいことも残っているし」

「ふうむ、ずいぶん気を持たせる言い方だな」

いままで商売のことばかり考えていた庄平も、和子が倉田と二人きりで食事をしたことから妙なほうに気持ちが回って、身体の中に熱い湯気が入り込んだような気がした。

「おい、支度をしよう。この家だっておれたちのために風呂をあけて待ってるだろうからな」

和子もやっとそれで起ち上がった。向こうの隅に行って帯を解き、腰紐をほどくと、腰揚げした着物が三、四本の腰紐といっしょにだらりと畳に匍《は》った。その上から宿の着物をひっかけ、肩も見せないで器用に下の着物を落とした。

階段を降りて廊下をしばらく奥へ歩き、また短い階段を降りた。浴室は地下室であった。女中はそこまで案内して、どうぞごゆっくり、と言って立ち去った。ドアには家族風呂と書いてある。

庄平は狭い脱衣棚に着物を脱いで、先に湯に浸《つ》かった。和子があとからドアをあけて入ったが、湯気に濡れた電灯の下で、その白い身体が滲んだように輝いている。彼は、しゃがんで桶の湯を使っている和子を見ないようにしながら注目した。もちろん、変わったところはないだろうが、それでも自分に連絡しないで一時間以上もよそでほかの男と食事した疑惑が残っている。

もっとも、この疑惑は彼自身も根も葉もないことだとわかっている。

「何をそんなにじろじろ見てるの？」

和子は肩を沈めながら言った。

「少し肥ってきたようだな」

「………」

「目方がふえた気がしないか？」

「別にそんなこと思わないけど」

和子は指で耳を洗っていた。髪のはしが湯に濡れてかたまっている。

「おまえは女盛りになってゆくし、おれはいよいよ年とって痩せるし、少々悲しくなるよ」

実際、和子の裸は肉が弾みをもってふくらんでいた。電灯の下だが、光沢も滑らかさをもっている。彼女が沈んだあたりから、湯の上に脂がうっすらと浮かび、五彩の虹をおびて漂っていた。

和子が村上社長の実子とわかったいまは、彼女に対するこっちの扱いもいままでどおりには出来ないような気もする。和子が東京を発つときから何となく不機嫌なのも、この結果を予想して少し威張っていたのかもしれないとも思った。

風呂からあがると、部屋は暗くしてあった。床が二つならべてとられ、枕もとにうすい光のスタンドが据えられている。

庄平は汗の乾くあいだ煙草をのんでいた。和子は鏡台の前に坐って胸をひろげ、クリームを顔に塗りつけている。ゆっくりとした浴衣が彼女の背中と腰とをよけいに大きく見せた。

「何を考えてるの？」

和子はクリームを塗り終わってから手を頭にやり、髪の中からヘアピンを一本ずつ指で抜き取っていた。

「何も考えてないよ」

庄平は、その姿を眼のはしに入れながら答えた。

「うそ。何かわたしのことを考えてるわ」

「別に……」

「ほんとう？」

抜き取ったピンを一本々々鏡台の前の函に入れている。そのつどセルロイドの函に軽い音がした。

こういう会話だと、いかにも色気がありそうだが、事実は、和子が気乗りしてないのでしらじらしい話の運びになった。

「どれ」

煙草を吸い終わった庄平は灰皿に揉み消して、先に寝床の中に入った。湯上がりの火照《ほて》った足にうすい蒲団の冷たい感触が気持ちよかった。

うす眼をあけると、和子は鏡台の前にじっとしている。ピンを抜いた髪は、だらりと肩に乱れ落ちていた。

「おい、どうした？」

庄平は枕から頭をもたげてきいた。

「寝ないのか？」

和子は返事をしないで、暗いところにまだ坐っていた。

やっとのことで和子が鏡台の前からはなれ、横の蒲団の中に少し乱暴に入った。向こうむきに寝て枕にはうしろ頭の髪だけが載っていた。庄平も、これ以上ものを言うと、かえってもつれそうなので、上を向いたまま黙っていた。

「ねえ」

背中を向けたまま和子から言い出した。

「何だ？」

庄平は眼を輝かした。

「あんた倉田さんのことで邪推してるのね」

「いや、別に」

「隠さなくてもわかってるわよ。やきもち焼き……」

「おい、じゃ、何かい、おれがやきもちでも焼くような原因がやっぱりあったのかい？」

和子ははじめて含み笑いをした。

「大丈夫よ」

和子は含み笑いをしながら枕の上でくるりと頭を動かし、顔を庄平のほうに向けた。

「ほら、前にも言ったでしょ？」

「……」

「あの謡の師匠は、ホモ趣味よ。会って話してるうちにはっきりと摑んだわ。やっぱりわたしが前に見た眼には狂いがなかったのね」

「そうかな？」

「そうよ。きまってるわ。だから、あんな人は、すぐそばに女性が身体をすりつけて行っても、女には興味がないから、あんたがやきもちを焼くような心配はないのよ」

「どうだか。おれにはまだ信じられないけどな」

庄平は言ったが、心の中では和子の説明を納得していた。ただ、口先ではそう言わないと恰好がつかないし、第一、こうして嫉妬してみせるところにみずからの刺激があった。

彼は自分の蒲団から抜け出して、のこのこと和子の床に入ろうとした。

「駄目よ」

和子は蒲団の端を手でしっかり押え、彼の侵入を防いだ。

「どうしてだ？　さては、やっぱりいまのは言いわけで、倉田さんに手ぐらい握られたんじゃないか？」

和子はますます蒲団のはしを押え、蓑虫《みのむし》のように殻《から》を作った。

「あんた、いい年をしてどこまで妬《や》くの？　そんなことよりも、倉田さんから聞いた話がまだ残ってるのよ。ほら、さっき、ほかの話があると言ったでしょ。あんたの仕事のことに関係してるのだから、静かにして聞きなさい」

「なに、仕事のこと？」

「ほら、もう、またそんな顔になる。あんたには、商売のことか、でなかったら、わたしの身体のことしかないのね」

「何でもいいから、早くその話を言ってみろ」

庄平はまた身体をじぶんの蒲団の中にごそごそと入れた。ここはおとなしくしていないと、和子のせっかくの話を聞きはぐれることになる。

「倉田さんはどう言ったのだ？」

彼は枕もとの煙草を取って、腹匍いになりながら火をつけた。

「あんたはおじいちゃんの『こしかたの記』を読んで、とても感激してたわね」

「うむ」

それは和子に何回となく繰り返して感銘を伝えたものだった。もっとも、いまとなっては、それがかなり変質している。村上社長の私生活や、よそに生ませた子供たちへの冷たい愛情を知るに及んで、少なからず幻滅を感じていた。

「そのほか、人生哲学や、経営の教訓みたいなのがいっぱいあるわね」

庄平は、思いがけないところに話が飛んだように思えた。

「それがどうした？」

和子は笑い、

「あれ、ほんとにおじいちゃんがじぶんで書いたと思う？」

ときいた。じろじろと庄平の顔を見ている。

「うむ……」

そう言われてみると、文章がうまい。庄平は、やっと気がついた。

「そりゃ誰だって少しはひとに手伝ってもらうだろう。社長族は小説家じゃないから、そう上手な文章をみんなが書けるとは思わない。だが、そんな手伝いぐらいは偉い人がほとんどやらせていることだからな」

「そりゃそのとおりよ。でも、その場合は、ご本人がもとのところを書いて、それに筆を入れてもらったり、文章を変えてもらったりしてるわ。けど、おじいちゃんの場合はみんなひと任せで、自分は全く書いてないのよ」

「………」

庄平は詰まった。しかし、それで降参したわけではない。

「村上さんは忙しいからな。いちいち、そんな文章を書いてる時間はないだろう。自分でしゃべって、それをひとに書き取らせ、あとで文章を見るということだろう。それだって本人が書いたのと、そう違うとはいえないよ」

「あんた、わからない人ね。全然違うというのよ」

「………」

「あの本はみんなひとりの人が受け持って書いてるのよ。それをおじいちゃんの名前で出版してるだけだわ」

「………」

庄平はそこまでは考えなかった。

「だから、あれを読んでおじいちゃんが書いたと思ったり、自分で口述筆記をさせたりしてると思ったら、とんでもないわ。あんたなんか、それで涙を流してるんだから、わたし、おかしくなったのよ」

「そうかな？」

庄平は首をかしげた。

「しかし、あの『こしかたの記』は村上さんが自分で言わないと他人にはわかるものじゃない。つまり、他人が作ったものじゃないというのだ。そりゃ文章はひとに書かしたかもわからないけれど、大筋は村上さんの話が土台になっているんだからな」

「そう思う？」

「そりゃそうだ。あの話は絶対にほかの人の作りごとではない。……それに村上さんのほかの本にだって、経営みたいなのにも、あるいは人生訓みたいなのにも、みんな村上さん独自の人生哲学、経営哲学が出ているよ」

庄平はそう信じている。どうも和子は父親を憎んでいるので、なんとかケチをつけようとしている。

「わたしも初めはあんたと同じように思ってたわ。あれはおじいちゃんが大体のところを話して、それを誰かが文章にしたと思ってたわ。……だけど、今夜倉田さんの話を聞いてびっくりしたわ」

「倉田さんがどう言ってたのだ？」

庄平は蒲団から乗り出すようにしてきいた。

「倉田さん曰《いわ》く、あれにはちゃんと一人の影武者がいて、その人がみんな作るんだと言ってたわ」

「まさか……」

実際、庄平には信じられないことだった。倉田がそう言ったのなら間違いはないと思うものの、にわかにそれが納得できなかった。

「いいえ、ほんとよ。だって側近の倉田さんがそう言うんだもの」

「しかし、『こしかたの記』の苦労は、あれが作りごとだといえるかい？」

「あれだけはおじいちゃんの経歴がもとになってるのでしょうね。それは当然だわ。だけど、あんなふうに立派な履歴じゃないのよ」

「………」

「おじいちゃんはじぶんに都合のいいことばっかり書いてるというのよ。ここまでのしてくるまでに、あの人はたくさんな人を虐《いじ》め、泣かせているそうよ。それくらいにしなければあんなふうには大きくなれないと、倉田さんは言ってたわ」

そうかもしれない。稲田忠三郎の実例を聞いたばかりであった。

が、庄平はまだ半信半疑だった。

「しかし、それだと、まだ関係者が生きているにちがいないから、すぐにそのほうから抗議がくるはずだがね」

「そこがおじいちゃんのおじいちゃんたるところで、いままで被害をかけた相手の主なところには、手まわしよく金を渡しているのよ。たくさんな人を泣かせはしたけど、おもな者を黙らせておくと、あとはそれほど問題じゃなくなるわけね」

「……」

「おじいちゃんはとてもケチよ。これくらい渋い男も珍しいわ。大阪人のいちばんいやらしいところをあの人が代表してるみたいなの。だけど、『こしかたの記』を出版するに当たっては、思い切って、そういう方面に金を使ったらしいわ。一種の立身出世談だから、自分にとってはこのうえない名誉なわけね。ほら、あんただって、あれを読んで涙を流して感激したというじゃないの。おじいちゃんは、自分が二宮金次郎みたいになるため、それだけの投資をしたわけね。考えようによっては安いものよ」

「そうかな?」

「あんたなんか何も知らないからぴんとこないのよ。わたしのことからでもわかるじゃないの。あの『こしかたの記』には、最初の共同経営者二人をすごく恩人のように書いてるけれど、もう一人の人、つまり、わたしを引き取って育ててくれた稲田忠三郎さんとは別な、もう一人の協力者は、どんな死に方をしてると思う?」

「……」

「気違いになって死んだのよ。その人も薬の製造をはじめていたんだけど、徹底的におじいちゃんに邪魔され、虐められ、とうとう気が狂い、裏長屋に落ちぶれて首をくって死んだわ。……そんなこと、あれには一行だって書いてないでしょ？」

村上為蔵の「過去の虚飾」に対する和子の舌鋒《ぜっぽう》は鋭かった。

「だから、あの自伝の中で、その人がおじいちゃんに会って頭を下げたとき、おじいちゃんがあんたはわたしの恩人だと言ったのは作りごとよ。おじいちゃんのそばにいる代筆者が作ったのよ」

和子によれば、村上には伝記作者がいて、すべて彼のことについては美化して記述しているという。

人間は偉くなると過去を名誉で包みたいものだ。昔から多かれ少なかれ、そういうことは珍しくない。たとえば、先祖のニセ系図を作ったり、金を出して華族などから嫁を貰ったりしたのがそのいい例である。また偉人伝にしても、どこまでが本当だかわかったものではない。だが、これは一つの罪のない話として受け取れば笑って済ませることである。

しかし、村上の「こしかたの記」は、もし和子の言うとおりだとすると、あまりにインチキすぎる。「こしかたの記」は、庄平自身が感動したように多くの読者を感銘させ、ベストセラーとなったものだ。いうなれば、世間を騙《だま》していることである。

和子はつづけた。

「協力者の一人はわたしを引き取って育ててくれた稲田さんだけど、この人は人間がいいから食うに困っておじいちゃんの軍門に降ったの。つまり、根性がなかったのね。おじいちゃんは、それを自分の社にわずかな手当で飼い殺しにし、いい気持ちになっていたのよ。これなんかは、自殺に追いこんだことより、もっと残酷な仕返しかもしれないわ。なにしろ、おじいちゃんは協力者二人が急に手を引いたときのことをいつまでも恨みに思ってたから。恨みを恩義で返したなんて、それも他人の創作だわ」

「………」

「それだけじゃなく、自分が陰で生ませた子を、稲田さんに押しつけてしまったわ。それから先、おじいちゃんが稲田さんとわたしをどんなふうに待遇したか、さっき話したから、もう言わないわ。なにしろ、わたしが学校に行くお祝いにオルガンをくれたくらいがせいぜいの親心だったのよ。それをわたしの養父稲田さんは涙を流して喜んだんだから、神さまみたいな人だったわ」

「………」

「おじいちゃんがそんな冷たい人間になったのも、だんだんに企業を発展させる途中ででき上がったのよ。あの人、徹底的にケチなのよ。自分のしたいことはやりたい。けれど金は出したくない。この矛盾がなんのかんのと理屈をつけて貪欲《どんよく》になり、だんだん、あんな冷たい性格になって行ったのね。若いときから苦労して今日を成した人は、他人のことを考えてやるというよりも、意地悪のほうが気持ちの中で大きいのね。ほんとに、あの人、成り上がり者のいちばんイヤらしいところを持ってるわ。それが専門の物書きを雇うことにもなったの」

「………」

「経営哲学だなんてもっともらしいことを書いてるけれど、勝てば官軍で、成功したらどんな理屈でもつくれるわ」

黙って聞いている庄平に和子は言った。

「あの人には、そんな学者みたいな理屈なんかないわ。これまでだって、ほんとにカンに頼ってここまで来ただけだわ。それを雇われた代筆者がいろいろともっともらしい理屈を考え出して、ああいう経営哲学に仕上げたのよ。わたしから言えば、おじいちゃんの経営学はケチの二字でみんな解釈できると思うわ。それこそ爪の先に火をともすような気持ちでやってきたのよ」

「………」

「だけど、さすがは昔と違って、ただのケチだけでは大きな企業にはならないわね。そこはあの人のカンで、これはいけるぞと思ったら、思い切って金を出したと思うの。だけど、ここを間違えてはいけないわ。それは投資だったから金を出す気になったのよ。少しも自分にプラスしないとなると、百円の金も出しはしないわ。たとえばわたしのほかにもおじいちゃんの子供は何人かいると思うの。けれど、その子たちには一片の人情もないわ。うまいこと言って、その母親に当たる女たちを手に入れたけれど、金を使ったのは自分の好きなことをしたいからで、その結果生まれた子には金を使う理由がないわけね。だから今日のパーティでも、ああして自分がよそで生ませた娘がミナミから芸者に出ているのを平気でホステスとして呼ぶじゃないの」

「……」

「とても血の通った人間とは思えないわ、それも黙っていればまだ許せると思うの。だけど、ああして人生哲学だの、経営哲学だの、じゃんじゃん出して自分を宣伝してるから我慢ができないのよ」

和子は話しつづけているうちに、自分で自分の言葉に昂奮していた。

和子は、実父の村上に冷たくされているので、その恨みが彼の虚偽に対する公憤となっているようだった。

聞けば聞くほど村上の虚像はうすぎたないものになってくる。

庄平は、しばらく言葉もなかった。

しかし、村上への失望は、もう、ある程度抱いていたので、和子が今夜村上の謡の師匠倉田三之介から聞いたという話のほうを早く聞きたかった。彼としてはやはり商売のほうが肝心である。

村上がどんな嘘つきであろうと、商売は商売、儲けさしてくれさえすれば構わない。

「おまえの言うことはよくわかったよ。まったく村上さんはひどい人間だな」

一応、和子の言葉に相槌を打った。庄平はそんな道徳批判よりも、商売が第一である。

「ところで、倉田さんが特に今夜言ったのはどういうことだったな。そっちのほうを話してみないか」

と促した。

「倉田さんはね、いまのおじいちゃんの伝記や経営哲学みたいなものを書いてる人に会ったらどうかと言ってたわ」

「なに、じゃ、村上さんの代筆をやってる人に会えと言ったのかい？」

「ええ、そう。そのほうがあんたの商売もしやすくなるんじゃないかと言ってたわ」

「それはどういうわけだ？」

「倉田さんは、その人が何でもよく知っていておじいちゃんには信用があるから、口添えしてもらったら、もっとおじいちゃんの気持ちが動くと言ってたわ」

「まさか倉田さんがそんなこと言ってうまく逃げようというわけじゃないだろうな？」

「それも多少はあるかもしれないわね。けど、それよりも、自分だけの力では弱いというんじゃないかしら」

「そんなにその人は社長のお気に入りかね？」

「倉田さんの話では、その人をおじいちゃんはすっかり気に入って、彼の言うことなら一も二もないそうよ。……そりゃそうでしょう。あれだけ立派に書かれて、しかも、みんな自分の名前でベストセラーになってるんですもの」

「しかし、それは製薬会社の業務とは関係がなかろう」

「関係がないからよけいにおじいちゃんの気に入るんじゃない？　あれだけ会社が大きくなってくると、もう、そっちの本業のほうより、そうした本を出すほうが面白くてしようがないんじゃないかしら」

「そりゃそうだな」

その理屈はわからないことはない。社業が安定し、ひとりで軌道の上を安全に走っていれば、社長としては道楽のほうが面白くなってくる。庭石を買うとか、茶道具に凝るとかいうのと違ってはなはだ文化的である。大体実業家というものは文化的なものにあこがれている。昔は金で爵位を買ったりしたものだが、いまはもっと高尚になっている。ことに村上為蔵の場合は、そういう本を出すことによって、自分の名前と会社のＰＲとを兼ねるのだからこたえられまい。現に彼の本はサラリーマンに多くよまれている。してみると、そういう本をうまく書いてくれた人物に彼が絶大の信頼をおくのも無理のないことである。

「その人は何という人かい？」

「日下部俊郎《くさかべとしろう》という人だと言ってたわ。まだ四十そこそこだけど、何でも物事はよく知っているそうよ。自分からもよく話しておくから、ぜひ、その人の協力を頼んだほうがいいと言ってたわ」

それが、今夜、謡の師匠の倉田がわざわざ和子を小料理屋に呼んでおこなったアドバイスだったのである。

「倉田さんがわざわざそう言うのは、やっぱりわたしが村上の娘だとわかったからよ。謡の師匠もあとのタメを考えてるのね。それでも一種のゴマ摺りだわね」

庄平は腹匍ったまま蒲団から背中を乗り出し、和子の蒲団のほうに首を伸ばした。

「その日下部さんという人には、どうしたら会えるんだ？　倉田さんが紹介してくれるとでもいうのかい？」

「あんたにその気があるなら、いつでも引き合わせると言ったわ」

和子は、ただ取次だけを言う調子で答えた。

「そんなら、大阪に来たついでだし、せっかくの好意だ、明日でも倉田さんに都合を聞いて日下部さんに会ってみようか」

「あんたがそう思うなら、そうしたらいいでしょう」

「おまえはいっしょに行かないのか？」

「そんな商売の話にいちいち女が出てはまずいでしょ？」

「しかし、倉田さんはおまえの手前、そう計らってくれるんだからな。いわば、おまえに対する気持ちから出たことだ。おれがひとりで行くよりも、おまえといっしょのほうが倉田さんの気に入るだろう」

「わたしはここまで話をつけただけだから、あとはあんたがしなさいよ。倉田さんの気持ちも、別にわたしが出て行かなくとも変わりはしないわ」

「おれはいっしょのほうがいいと思うんだがな」

　庄平は未練げに言った。

「そのあと京都に行って遊んで帰ればいいじゃないか」

「わたしは何だか気が乗らないわ。京都に行くにしても、あんたが日下部さんに会ってからにしたいわ。それまでわたしはここに残ってるわ」

どうも言うことを聞かない女だった。庄平は和子が仰向けになっている顔を眺めているうちに、少し小憎らしくなってきた。

「おまえはおれのことをそれほどにも考えないんだな」

「考えてるわよ」

和子は無愛想な調子で答えた。

「考えてるなら、もう少し一生懸命におれのためになってくれたらいいと思うのにな」

「一生懸命になってるじゃないの。これ以上どうしろというの……。あんたはわたしがどんな人のところにでものこのこと顔を出したらいいと思ってるらしいけれど、わたしだってやっぱりメンツがあるわ」

「メンツ？」

「わたしがおじいちゃんの子供だということを、その人たちは知ってるじゃないの。そんな看板でシャアシャアと自慢そうに押しまわるのはいやだわ。わたしだって意地があるから……」

「なるほど。そうすると、おれはどうなるのだ？　そんな女のおかげで商売をしているように思われるわけだな」

「あんたはまだいいわ。だって商売となれば、どんなことでも利用しなければならないんだもの。こっちの人は大阪人だから、商売は商売、アノほうはアノほうと、割り切ってるわ」

「おまえはどうしてそんなにおれにつれないんだ？」

庄平はたまりかねて向こうの蒲団のはしをめくり、和子の背中の横に転がりこんだ。和子がくるりと背中を向こうによけるのに、庄平は力いっぱいその肩に手をかけて抱きついた。

庄平は、倉田三之介から貰った名刺の電話番号にダイヤルを回した。それは彼の住吉の自宅となっている。朝の九時ごろだった。

出てきたのは女中らしかったが、主人は留守だと言った。外出前を狙ったのだが、すでに家には居ない。外出先がわかれば、そっちに連絡したいと思ってきくと、今度は甲高い女の声に変わった。

「あんさんはどなたさんでっか?」

ときいたが、どうやら倉田の女房のようだった。

「わたしは東京からきた高尾という者ですが、至急、ご主人にお目にかかりたいと思いまして」

「東京から? へえ、うちとこはずっと家におりまへんでな」

相手の声は不機嫌だった。

「ほう」

庄平は、これは悪い電話をしたと思った。倉田が家に居ないというのは、どこか別に泊まる所があるのだろう。妻君の機嫌の悪い声が、それを証明しているようだった。

「恐れ入りますが、どこにご連絡したらいいでしょうか?」

と、庄平も気の利かぬ問い方とは思ったが、大阪滞在に時間的な余裕がないので思い切ってたずねた。

「会社におききやしたらよろしゅうおますやろ」

妻君はつっけんどんに言った。

「会社……すると、明和製薬のほうですか？」

「そうだす。堺の会社の寮に居やはるさかい、そっちにきいてみなはれ」

と、言うと、向こうから電話を切った。

庄平は、倉田が自分の早合点したように別な女のところではなく、明和製薬の寮に居ると聞いて、彼を見直した。謡の師匠の倉田は堺市にある社の寮に泊まりこんでまで社長や社員たちに謡を教えているらしい。それもずっとつづいているようである。

それなら、倉田の妻君はもう少し機嫌のいい声を出してもよさそうなものなのに、どうしてあんなに無愛想なのか、よくわからなかった。これが妾宅にでも泊まっているというなら女房が腹を立てるのもわかるが、仕事のために社の寮に居るのだから、なにもあんなふうにつっけんどんに言うこともないと思った。もしかすると、ちょうど虫の居どころの悪いときに電話をしたのかもしれない。

庄平は早速身支度をした。

「これから堺まで行ってくるからな。そこに明和製薬の寮があって、倉田さんが居るそうだ。会いに行ってくるよ。そして日下部さんという人にも会ってくる」

和子はまだ寝床の中にいて、

「そう。じゃ、行ってらっしゃい」

と睡げな声を出した。和子は前の晩に庄平との交渉があると、とかく朝起きられない癖がある。

「昼すぎまでには帰ってこられるだろう。それまでゆっくりやすんで、おれが帰ったら、すぐに出かけられるように支度しておいてくれ」

と、庄平はひとりで洋服に着かえた。

三十分後、彼は和歌山行きの近鉄電車に揺られていた。

堺市には明和製薬の第一工場があった。ここが同社の主力工場である。一万坪以上の敷地に近代的な製薬工場が病院のような清潔さで建てられていた。

庄平は、この工場の写真をPRで見たことがある。緑色の芝生と白亜《はくあ》の工場とはこよなく調和し、添景的に三々五々と散歩している女子工員の姿は純白の作業衣を着て、さながら看護婦そのままであった。

工場の内部も広い窓ガラスから燦々《さんさん》として光線が導入され、オートメ化した製作工程には、それぞれの機械の前に純白の女子工員が具合よく配置されて作業に従事していた。

また別に研究所があって、そこでは大学の研究室よりも完備した設備がなされ、これも医者のような所員が顕微鏡をのぞいたり、試験管をかざしたりしている写真であった。

要するに、これを見る者は、明和製薬がいかに衛生的で、近代技術をその工場に適用しているかが納得ゆき、その製品に対する信用を倍加させられるのである。

庄平は堺駅で降りると、タクシーを走らせた。東の仁徳陵を過ぎてしばらくすると、なだらかな百舌鳥《もず》の丘陵地帯に立つ真白い大病院のような明和製薬堺工場が近づいてきた。庄平はかねて写真で見ていた工場の実物に接することができた。

寄宿舎はどこにあるのかと考えたが、同工場の正門までは長い塀に沿って相当歩かねばならない。そこまで行って守衛にでもきけばすぐに教えてくれるだろうが、ちょうど通りがかりの人にきいてみた。

「ああ、寄宿舎ならあっちのほうだす」

と、その人は反対側に向いて指さした。

前方も丘陵である。

高原の林に囲まれた、これも真っ白な建物が、折りからの朝陽をうけて銀色に輝いていた。

こんなことならタクシーを乗り継いでくればよかったと思った。あいにくと道路にはトラックや乗用車ばかりで、空車は見つからなかった。彼は仕方がなく、その丘陵を目指しててくてくと歩いた。

道は完全舗装で、その寄宿舎専用につくられているようだった。ゆるやかなカーブをいくつか曲がって、やっとのことに目指す寄宿舎の正門に出た。

寄宿舎とはいえ、ここも近代的なアパート団地となっている。門の守衛所はなかなかいかめしかった。製薬業界も競争が激甚なので、怪しい者はここできとがめる警備になっているのだろう。

「こちらに倉田三之介さんはいらっしゃいませんか？」

ときくと、守衛は、

「倉田先生ですか」

と庄平を見ていた眼がいっぺんに変わってきた。倉田がこの製薬会社でたいそうな盛名を持っているようで庄平は感心した。

こっちの名前を聞いて、守衛はすぐに電話を取った。

「もしもし、こちらは表門の警備所ですが、倉田先生はお部屋にいらっしゃいますでしょうか？」

電話を終わって、守衛が庄平の案内に立った。公団アパートのように前庭は広い場所となっていて、車の通る幅だけの道が放射型につけられ、その間には青い芝生が植わっていた。適当なところにヒマラヤ杉が植えられ、梢が亭々として空に伸びている。

守衛が案内するにつれて庄平は、この明和製薬堺工場専用のアパート団地の規模の大きさにおどろいた。

「はあ、なにぶん、ここには五百世帯ほど入っていますさかいに。まだ、このほかもう一つ、わが社従業員のためのアパートがおます」

守衛は自慢そうに言った。

「へえ、たいしたものですね」

いまさらのように、明和製薬社長、村上為蔵の実力に庄平はおどろいた。

和子はなんのかんのと言うが、やはり村上は偉いものだという実感が、こうした設備を目のあたりに見て切実に起こるのである。一時、和子の批判によって庄平の心に男を下げた村上だが、今度は村上為蔵が急に大きくふくれあがって映った。

守衛が案内したのは、そうしたいくつかの棟を通りすぎた最右端だった。そこだけは少しばかり構造が違っている。棟のつくりは同じだが、窓の幅が大きい。それだけ一つの部屋のスペースが大きく取られている。

「気がつきはりましたか？」

守衛は庄平を振り向いた。

「ここには堺工場のわりかし高級な職員が入ってはります。倉田先生もここにいやはります」

「え、倉田さんが？」

庄平はびっくりした。

「倉田先生も明和製薬の職員ですか？」

思わずきき返した。

「いや、正式には職員やおまへんけど……まあ、内輪同様だすな」

守衛はいくらかあわてたように答えた。

庄平は謡の倉田がこの会社に食いこんでいるのにもおどろいた。

「つかぬことを伺いますが」

人のいい守衛のようだから、庄平は、この際何でもきいてみようと思った。

「日下部俊郎さんもこのアパートですか？」

「日下部はん？　社長室嘱託の日下部はんでっか？」

「ええ、そうです」

社長の代筆をしているから社長室だろうと思った。

「いえ、あの方は違います。自宅からの通勤です」

「ああ、そうですか」

「けど、忙しいときは、この寮に見えてはりますよ。社長はんのお仕事がおますさかいに」

「社長さんの？」

聞き違いではないかと思って、

「それは、どういうことですか？　社長さんがこの工場の寮でお仕事なさることもあるんですか？」

「ええ……まあ、そないなわけだすな」

言ったあと、守衛はどうしたことか、しまった、という顔をした。

その棟には、来客と話す応接間兼ロビーみたいなところがあった。狭いが、なかなかしゃれている。椅子もぜいたくだったし、部屋の飾りも気が利いていた。この棟は高級職員だけが住むらしいので、特にロビーのように造られているのかもしれない。

庄平は、ここの入口で守衛から若い男に引き継がれて通された。若い男は、

「高尾さんですか、いま、倉田先生が見えますから、少々、お待ちください」

と言い残して、すぐに消えた。

この寮の世話をしているらしい、三十ばかりの女が紅茶を運んできた。庄平もここではあまりよけいなことも聞けなかった。

十分近くは確実に待たされた。その間、庄平も所在なげに壁の写真や油絵の額など眺めていた。正面の一番いいところに横長の扁額が掲げられ、それには「忍耐融和」として、「為蔵」と落款がしてあった。社長の揮毫が会社の施設のどこにでもあるのは珍しくないが、忍耐とあるのは村上社長の教訓ででもあろうか。

ここまで事業を伸ばしてきた途上では、村上はあらゆる艱難と戦ってきたことを「忍耐」の二字で示したのである。融和というのは、もちろん、社の秩序を教えているのだろう。

文字はうまい。枯れていて、風格さえ出ている。さすがに大会社の社長となったくらいだから、それ相応の勉強もしているようだ。村上が倉田から謡などを習っているのも、そうした教養の一つかもしれなかった。

ドアがあく音に振り向くと、背の高い倉田三之介が例の着物に袴姿で、面長な顔をにこにこさせて入ってきた。

「えろう待たせましたな」

謡の師匠は庄平の前に羽織をさばいて坐った。

「昨日はたいへんお世話になりました。今日はまたご親切なお言葉に甘えてお邪魔にあがりました」

庄平は挨拶と礼を述べた。

「いやいや。昨夜は和子はんをお引き留めして、えろうすみませんでしたな」

倉田三之介は庄平を一応和子の亭主扱いにした。

「いいえ、いろいろとご親切にしていただきまして……。なんですか、和子もたいへん喜んでおりました。ほかの方にお目にかかったほうがよろしいというご指示を受けたそうで」

「そやそや。くわしいことは和子はんからあんさんもお聞きでっしゃろけど、まあ、商売上、その人に会うたほうが万事うまくゆくやろと思いましてな」

「ありがとうございます」

と、庄平は頭を下げた。

このとき入口のドアがふいとあいた。庄平は何げなく眼を移したとたん思わず弾《はじ》かれたように椅子から起ち上がった。

ドアを半分あけてのぞいているのは村上為蔵社長の顔だった。

庄平は、そこからあわてて丁寧にお辞儀をしたが、村上社長はちらりと彼の顔に眼を投げただけで、たちまち視線は倉田に向けた。

「ああ、お客さん？」

ドアを閉めようとするのを、倉田がいち早くその前に進んで、

「社長。ここはもうすぐ済みますねん」

と早口に言った。

「ああ、そう」

村上はドアをぴしゃりと閉めて姿を消した。

一瞬の出来事だったが、庄平は、村上社長が自分を一瞥しただけで、あと見向きもしなかったのが気になった。なんだか、村上が意識して自分に素っ気ない態度をとったように思われる。社長はやはり、わが娘を愛人にしている男にいい感情を持っていないのだろうか。

これは人情として考えられることで、村上としてもこっちが煙たいやら軽い反撥やらで、要するに、好きではないのではなかろうか。第一、和子自身が村上を実父として慕っていないのだから、村上が庄平に好感を抱くわけはなさそうだった。

庄平は、これはやっぱり失敗だったかな、と早くも悲観的になった。

「ほなら、高尾はん、和子はんにわてが言うたとおり」

謡の師匠は、そわそわして、

「日下部はんの紹介状は、わてがこうして書いときましたさかいに、いつでも行ってみておくんなはれ」

ふところから封筒を差し出した。

「はい、ありがとうございます」

見ると、表には「日下部俊郎様」とあるだけで、住所も何もなかった。

「日下部はんは、いま、下の工場に来てはるさかいに、守衛にそう言うたら、すぐにわかりま」

「はあ。すると、ここへくる途中の、あの工場でございますか？」

「そやそや。わてから誰かに電話させときますわ」

「お忙しいところを、どうも」

庄平は紹介状を押し戴いてポケットに収めた。

「で、先生は、これから社長さんとごいっしょにお出かけでございますか？」

「へえ、食事をいっしょにしようと社長が言やはるさかいに、これから車で大阪に行きまんねん」

「……あの、社長さんはわたくしに好意を持っていただいてるでしょうか？」

庄平はさっきのことが気になるので、思い切ってたずねた。普通なら、こんなに露骨な訊きかたはしないが、相手がすぐに出かけるので、彼もゆっくり手順をふんで話す余裕はなかった。

「何でそないなことをききはるのんや？」

「さっき社長さんのお顔を拝見したんですが、なんだか、わたくしにあまりご機嫌がよろしくないようで」

「そら、あんた、気にすることたあらへん。あの人は他人の顔を見忘れるほうでしてな、おかた、あんさんの顔ももう忘れてはるのでっしゃろ」

倉田はこともなげに答えた。

庄平は倉田と別れ、高級職員のアパートを出た。表を見ると、折りしも一台の車が、守衛の挙手の礼をうけながら、門の外にすべり出るところであった。

あの車には、村上社長と倉田とがいっしょに乗っている。いまさらのように、謡の師匠倉田の村上への取り入りかたに彼もおどろいた。

なるほど、あれなら明和製薬の社員たちが倉田を先生、先生と奉るはずだった。聞きしにまさる倉田の勢いである。社員はおろか、あのぶんでは重役たちも倉田には憚《はばか》っているにちがいない。まさに太閤と曾呂利だった。

その倉田が保証するのだから、これから訪ねてゆく日下部俊郎もわけなく自分に協力してくれるものと思った。それにしても、倉田が日下部に直接命令しないのは、やはり倉田がこの会社の正式な重役ではないからであろう。いくら社長の信寵《しんちょう》を得ているとしても、それは謡の師匠という私的な面だ。そこを間違えると組織の命令系統が乱れる。なるほど、倉田もそのへんは利口に心得ていると思った。とかく、そうした立場の人間は、社長の威を笠にきてわがままに振舞いがちである。が、倉田は謡の師匠という分を心得ていた。

庄平はまた丘の上の住宅地から、きれいに舗装された坂道を歩いた。灼《や》けつくような陽が真上にあり、舗道は熱して、暑いことこのうえなかった。せめてあの村上の車にいっしょに乗せてもらったらと思ったが、いやいや、そうではない。やはりそのへんはこちらも距離をおかなければと考え直した。いくら和子の顔でも、それだけによけいに遠慮しなければなるまい。第一、村上が機嫌がいいのか悪いのか、まだ、さっぱりわからなかった。

庄平はやっと坂道を下り、ふたたび車の多い国道に出た。道を横断して、今度は第一工場の正門に近づいた。

さすがにここは専用アパートと違い、堂々とした工場だから、守衛所も大きくていかめしかった。

庄平が受付に近づいて用向きを言うと、

「はあ、連絡が来ています」

とその中の長らしいのが若い守衛に顎をしゃくった。

「日下部はんとこへ案内しなはれ」

若い守衛が出た。庄平は守衛所の前をお辞儀して通った。

写真でなじみの工場である。グリーンの芝生は、まるでゴルフ場のようにきれいだし、その向こうに建ちならんだ清潔な工場の白い幾棟かは、折りからの強い陽をうけて輝きわたり、城のように地上から浮き上がっているようにさえ見えた。

距離もあった。ぐるぐると芝生の間の道をたどるのだが、それまでには、これも写真のとおり、白衣の女子従業員がちらちらとしていた。ただ、写真と違い、あんなのんびりとした従業員の姿はどこにもなく、みんな忙しそうにして少しの余裕もなさそうだった。

工場のなかでも事務所がある。相当な会社の本社くらいの建物であった。きれいである。

「ここです。さあ、どうぞ」

若い守衛は庄平をふりむいた。

庄平は、その事務所の応接間に待たされた。ここも明るくてきれいだった。さっきのアパートのそれと違って広くもある。

出された紅茶を飲んで待っていると、やがて、髪をやや長くした、色の白い、肉づきの豊かな四十そこそこぐらいの男が、仕立てのいい洋服で現われた。愛くるしい眼もとに笑みをたたえて、

「日下部です」

と挨拶した。

「古美術の草美堂をやっております高尾でございます」

と、庄平は丁寧に頭を下げた。先方から貰った名刺には、明和製薬株式会社社長室日下部俊郎と、横組みの活字だった。

「お話は倉田先生から承ってます」

椅子に落ちついた日下部は、ぶよぶよした感じの顔に微笑をたたえて言った。

「それはどうも。お忙しいところを申しわけありません。倉田先生からあなたさまのことも伺わせていただき、失礼ですが、ご尊敬申し上げております」

庄平も言った。言外に村上社長のいっさいの著書を代筆している彼の才能を称讃したのだった。

「いや、どうも」

日下部は別に照れもせず、やはり愛嬌のある眼で笑っていた。倉田から内情を聞いたとでも思ったらしく、別段、社長の代筆のことを隠しもしなかった。

先方が丁寧なのは、もちろん、倉田からの口添えで、社長が外で生ませた実の娘をこの骨董屋が世話していると聞いたからであろう。つまり、村上社長の意志はまだ庄平にははっきりつかめないものの、社長の側近二人がこうして親切にしてくれているのは、すなわち社長の気持ちを表わしていると思う。いかに実の娘と関係があったにしても、社長自身が庄平を嫌っていれば、側近が揃ってかくまでも好意を見せるはずはない。庄平は安心した。

もとより、相手は和子のことには一言もふれなかった。表面はどこまでも庄平の用事を丁寧に聞くという態度である。

「倉田先生がそう言わはりましたんでっか。いや、わてもそれほど骨董のことはようわかりまへんけど。その点は、倉田先生のほうがよう目利きが出来まっせ。そやけど、せっかくそう言わはったんやったら、及ばずながらわてもお話を聞いて、なるべく社長に接触できるようお取り計らいしまっせ」

「ぜひ、お願いします」

「ところで草美堂はん、知ってはりまっしゃろけど、社長のとこには仲山精美堂が前から入ってますよってに、そこに割り込むんですさかい、少し変わったもんをお見せせんと興味を持たはれへんのと違いまっか。何かありまへんか？　そうやと、わてもまあ口利きがしやすいんでっけど」

と庄平の顔を見た。

十二時になったらしく、突然、工場にサイレンが鳴り渡った。

庄平は、はたと詰まった。

何か変わったものはないか、目をひくものはないか、と日下部俊郎は言う。

一方、前から日本一の古美術商仲山精美堂が入っていることだし、村上社長も心を容易に動かさないだろう、したがって自分としても口添えがしにくいと言うのだ。庄平はもっともだと思った。

しかし、困ったことに、そういうものはない。

もともと、彼が村上社長に取り入りたいと思ったのは息子の健吉からの刺激で、それには商売仇《がたき》の駒井が競争相手になっていると聞いて昂奮したのだった。

もちろんああいう大きな会社の社長と取引できるなら、どんなにいいかわからないという夢は消えない。いや、取引でなくとも、村上邸に出入りを許してもらえれば、どんなに仲間内に顔がいいかわからない。そんな野望もあったのだ。

だから、これという準備は全く出来ていなかった。しかも、こっちにきて初めてわかったことだが、和子が意外にも村上社長の実子と知って、これはいけると、さらに希望を燃やしたのである。

だが、考えてみると、これも甘い考えといわなければいけない。相手も大きな商売人だ。

何の手持ちもなく、ただ和子の線や側近のとりなしだけの男に出入りを許すはずはなかった。

何か村上の興味をひくものはないか。庄平は、自分の店にあるものはもとより、同業の持っているこれというものをいろいろと頭に浮かべてみた。同商売だから、仲間内の品はどこに何があるかくらいは大体わかっている。

だが、それとてもいいものはない。もし、そんなものがあれば、当然駒井にもわかっているはずだから、ハタ師的な一面もある駒井孝吉がいち早く早川副社長に見せて運動しないはずはなかった。ハタ師は投機的な商売をいうが、転じて道具屋の世界ではよそに納まっている品を借りてきて相手に見せ、うまくゆけば、商売成立によって口銭を稼ぐ道具屋のことをいう。

「ええと」

庄平は口ごもりながら、ふくよかな顔の、色の白い日下部にきいた。

「社長さんのお好みはどのようなものでしょうか？　書画、茶器、刀剣……」

「刀剣にはあんまり興味あらへんようでんな」

日下部は静かに答えた。

「ははあ」

「茶道具もようけあつめたはるようやさかい、よっぽど天下の名器でなかったら食指が動かへんでっしゃろ。そうやなあ、重文クラスの……草美堂はんにはそういう道具はおまへんか？」

「いいえ、とんでもない」

庄平はうっかり口をすべらした。こういう場合は一応、ないこともありませんが、と曖昧に答えるのが商売の常識だ。相手が村上社長と思うと、つい、逆上《あが》っていたのだ。

「絵のいいのはおまへんか？」

「はあ、絵なら少しはございますけれど」

庄平は急に勢いづいた。

「いや、それも、めったに世の中にないといった珍品でっせ。そんなもんはおまへんか？」

庄平が絵ならあるというと、日下部は滅多にないものが欲しい、という。庄平は、ここでまた詰まった。

なるほど、そうだろう。上位高額所得者の村上為蔵なら、絵でも相当なものが蒐集されているにちがいない。ことに、天下の仲山精美堂が入っていることだ。不足はないはずである。

「たとえば、どんなものでしょうか？」

庄平はおどおどして日下部に訊いた。

「そうでんな。社長のとこには大雅《たいが》でも竹田《ちくでん》でも木米《もくべい》でも浦上玉堂でも、みんな一級品が揃っていまっさかいな」

日下部はにこにこして言う。

「ははあ。それは、まことに、そうでございましょうとも」

庄平は恐れ入るほかはなかった。

しかし、これでは少しもいいところはない。彼としても、面目を少しは立てなければならなかった。

「すると、社長さんは主に南画のほうをお集めなんですか？」

「いや、そうとも限りまへん。琳派《りんぱ》だって、四条円山《まるやま》派だって逸品がありまっせ。それも重文クラスですわ」

「はあ。どうも」

庄平は頭を下げた。

「いや、高尾はん」

日下部は庄平がしょげているのを見て、教えるように言った。

「わてが言うのんは、そういうもんでのうて、浮世絵でっせ」

庄平は顔を輝かせた。

「え、浮世絵ですか。浮世絵なら……」

にわかに元気づくのを、早まりなさんな、というように日下部は眼でおさえて、

「いえ、わてのいう意味は、刷りものの浮世絵やありまへん。肉筆でっせ」

と微笑した。

「肉筆ですか」

庄平は、また、がっかりした。

「社長はんは、普通の浮世絵やったらいやや言わはりまんねん。ありふれていまっさかいな。わてに肉筆浮世絵を捜せとゆうたはるんですわ」

「………」

「社長は、岸田劉生《りゆうせい》の『初期肉筆浮世絵』をどっかで読まはったんでんな。ああいうお人やから、すっかりその幻影にとりつかれてしもうて、是が非でもそれを手に入れたくなりはったんでっせ。又兵衛でも、北斎でも、歌麿でもええけど、なるべく、又兵衛か写楽がよろしおまんな」

そんなものが手に入るはずはなかった。庄平は、そんな無理を日下部がわざと言って、婉曲《えんきよく》に彼の村上への接近を断わるのではないかと思った。

庄平が憂鬱な顔をしていると、日下部は何か思い当たったように彼にきいた。

「あんさん、東京の骨董屋はんやから、駒井はんという道具屋さんを知ってはりまっしゃろ？」

「竜古堂ですか？」

庄平は駒井の名が出たので、はっとして顔をあげた。

「ええ、もちろん、よく存じておりますが……」

「その駒井はんが、そういうもんを捜してみると、早川はんに言いはったそうでっせ」

庄平は駒井がここに介入していると聞いて、刺激をうけ、にわかに闘志が湧いてくるのをおぼえた。

駒井が早川副社長に何かとまつわりついて、村上社長への接近を図ろうとしているのはよくわかる。だが、彼の工作はすでにこの社長の著書のゴーストライター日下部俊郎にまで及んでいるのか。さすがにハタ師の性格をもつ凄腕だった。庄平は少し昂奮した。

「駒井さんは、そうした肉筆浮世絵を持ってくると言いましたか？」

「ええ、何や心当たりがあるよってええもんをここ一カ月のうちに持ってくるてゆうたはりましたな」

日下部は相変わらずにこにこしながら言った。

駒井竜古堂の言うことだから、アテにはならないとは思いながらも、直接、その話を日下部から聞くと、庄平も半信半疑になってきた。

「その絵の作者は誰だと言っていましたか？」

「何でも又兵衛が出せるちゅうことをゆうてはりましたで」

岩佐又兵衛は福井松平家の家臣、古典的題材の賦彩画に大和絵の技法を用い、また水墨人物図は狩野派の手法を用い、両方を巧みに使い分けた江戸初期の画家。正確には浮世絵ではないが、風俗画を得意としたので浮世絵の元祖のように誤られている。武州川越の喜多院の「三十六歌仙図」や「和漢風俗図屏風」などは有名だ。

だが、彼の遺した絵は極めて少なく、数点の作画が知られている程度だった。それらも全部然るべきところにおさまって、古美術界では知れ渡っているので、とても駒井ごときが世話するようなことは出来ない。

とは思うものの、こういう時世だ、どんな人がどのような事情で所蔵品を手放すかわからない。現に絵のコレクターとして著名な某大会社社長が政界に身を入れすぎて、ぼつぼつ手放す噂が流れている現在だった。駒井は、そういう点、店舗を張っている庄平よりも嗅覚が鋭敏で、立ち回りが早いのである。

庄平は少しあせってきた。

「まあ、駒井はんはそう言いはりますけどね」

日下部俊郎はふくよかな白い顔に柔らかい笑みを浮かべ、

「まあ、現物を見んことにはわからしまへんけど。そやけど、えらい自信がありそうですわ。そういうもんやったら、うちの社長もひと目ぼれのほうですさかい、一も二ものう欲しがる思いまっけど。……どうでっか、高尾はん、そういうもんをあんたも見つけてくれまへんか。それやったら、わてもたいへん社長にあんたを推薦するのに言いやすうなるんでっけど」

「そうですね」

庄平は困った。気はあせるが、さりとて心当たりのあるものはない。自信のないことをうっかり言うわけにはいかなかった。

すると、日下部が彼の顔をのぞいて言った。

「高尾はん、初期肉筆浮世絵でのうても、中期の肉筆浮世絵でけっこうなんでっせ。望みは大きいですが、たとえば写楽の肉筆絵はおまへんか？　このごろまた、そうしたもんが出たようなことが新聞に出てましたが、わてもあれだけの浮世絵師やから、必ず肉筆絵がのこっていると思うんですけどね」

写楽は寛政期に突然現われた謎の画家で、その役者、相撲の似顔絵の版画はユニークな作風で世に名高い。ことに当時の人気役者の顔は作者の独特な個性があり、現在では写楽を浮世絵師の最高の地位に置く人が多い。

他の画家の経歴がわかっているのに、写楽の素性だけは不詳である。一説には阿波《あわ》蜂須賀《はちすか》家の能役者だったといい、あるいは葛飾北斎の変名だろうといい、または版元《はんもと》の蔦屋《つたや》重三郎の変名だろうともいろいろ推測されている。いずれにしても定説はない。

それというのが、写楽が活躍したのはほんの一年半くらいで、その出現も謎なら、突然な消失も謎だからである。彼の作品は、当時江戸で有名な版元蔦屋重三郎から出されているが、これほどの画家が、不思議なことに肉筆絵を一枚もこの世に遺してない。浮世絵画家が版下ばかりを描いていたとは思われないし、また木版の刷りものは十数色もかかっているので、その原画も必ずどこかに遺っていなければならぬ。だが、現在まで好事家がいくら捜索してもそういうものは発見されてないのだ。しかし、一枚も彼の肉筆絵がないというのは考えられないことで、あるいは、この世の中のどこかに隠れて死蔵されているのではないかという希望もあるのである。

ただ一つ、写楽の自画像と称する扇面の小品だけが世に知られている。しかし、これも決定的ではなく、比較的に支持者が多いという程度だ。

いま日下部が写楽の肉筆絵があったら、というのは、もちろん、ないものねだりで、そんなものがありさえすれば大変なことになる。

肉筆浮世絵とか、写楽の肉筆絵とか、日下部俊郎は無理なことばかり言う。

しかし、それだからといって庄平はしおれたまま引きさがるわけにはいかなかった。何といっても駒井孝吉が介入していると聞いては、庄平の闘志も大いにかきたてられるというものだ。

「写楽はむつかしいんですが」

庄平は首をかしげて、

「しかし、写楽は駄目としても、そういう社長さんのお好みでしたら、せいぜい肉筆浮世絵を捜してごらんに入れます」

行きがかり上言い切った。

「ぜひとも、頼んまっせ。駒井竜古堂はんかて、ある程度請け合うてくれはったんですさかい」

若い日下部は庄平に激励するように言った。

「竜古堂さんに負けないようなものは必ずお目にかけます」

庄平はアテもないのに言った。

「どうか社長さんにもよろしくおとりなしを願います」

「よろしおます。駒井はんなんかより、わてもあんたを応援しますさかい、ひとつ気張ってください」

社長著書の代作者、日下部俊郎は白い顔をにここさせ、庄平を応接間の出口まで見送った。

庄平は、そこから電車の駅まで暑いさかりを歩き、汗をかいてやっとのことで旅館に戻った。

「どうでした？」

和子が扇風機に吹かれながら彼にきいた。

偽作

庄平と和子は夕方の飛行機で東京に戻った。

目的にしていた京都見物も、その気持ちを失くしていた。商売に刺激を受けると、とてもそんな余裕はない。和子は初めからどっちでもよかった。むしろ、このまま東京に帰るのを希望した。

和子には、今度の大阪行きが気持ちの上でマイナスだった。庄平にすすめられて気乗りのしないままに大阪に行ったものの、実父の村上に会って、よけいに反撥を覚えて戻ってきた。庄平は初め知らなかったことだが、和子には大阪に行けば実父に会う予感があったようである。それでたいぎがったのだが、果たして結果はよくなかった。帰りの飛行機の中では行くときよりももっと不機嫌で、ろくに口も利かなかった。

空港に降りてから和子ははじめて庄平にむかって言った。

「どうなさる？　これからわたしの家にちょっとお寄りになる？」

「そうだな」

和子はそれを義理で誘ったのだが、庄平もこのままでは別れにくいような気がしたし、彼女からそう言われると、それに従う心持ちになった。

「じゃ、ちょっと寄ろうか」

いっしょにタクシーに乗った。

庄平にも屈託がある。

それは明和製薬の社長室日下部俊郎に注文をつけられたことだ。彼は、社長と取引したいなら肉筆浮世絵を発掘してこいという。

そんなものがあれば、なにも日下部などを仲介にしなくとも、どこにでも持ちこめるわけだが、それは理屈で、はじめから村上を陥落させようと思っている庄平は、日下部の言葉が胸にうずいた。

その点、日下部もたとえ庄平が社長の隠し子和子と特別な仲であろうとも、それはまた別だと言いたげだった。そのうえで庄平の立場の有利を考えてやろうというのだ。

さすがに村上著書の代作をしているだけあって、言うことが理詰めだった。

庄平の眼先には商売仇の駒井の姿がちらちらする。何かと向こうはこっちを目標にして暗躍している。

だいたい、駒井孝吉と正面から張り合っているのは息子の健吉だが、こんなことを健吉に相談したところで、彼にもいい知恵があろうはずはない。現物がないということは、健吉よりも庄平自身がよく知っている。

（駒井のやつ、大きな口を利いて引き受けたというが、あいつのことだ、捜してもありませんと、早川副社長にしょげて出るようなことはあるまい。たとえ怪しげなものでも、こういうものがありましたと、得々と持参するかもしれない）

和子のアパートで、庄平は畳の上に仰向けになって天井を見つめていた。思案は村上社長に見せなければならぬ品物のことでいっぱいだった。

和子も疲れたらしく、崩れるように横坐りになっていた。

「ねえ、いまから晩ご飯の支度もおっくうだから、店屋《てんや》ものでも頼みましょうか」

若い和子が疲れているくらいだから、自分のような年寄りがくたびれたのも無理はないと庄平は思った。しかし、ただ肉体的な疲労だけではなく、大阪のことが和子は和子なりに気を重くしているのだ。やはり大阪になんぞ行くのではなかったという顔つきだった。

「ねえ、あんた」

和子はぼんやりした顔で言った。

「日下部さんという人はいくつぐらいの方？」

何を思い出したか、そんなことをきく。

「四十そこそこだろうな」

庄平は天井を見たり眼を塞いだりして答える。

「そんなに若いの。体格は？」

「中肉中背かな。いや、少し肥ってるほうだ」

「そう。その肥えかたというのは固肥りなの、それともぶよぶよとしてるの？」

変なことをきくと思ったが、

「見た感じでは色の白い人で、それほどぶよぶよではないが、何となく柔らかい感じだな」

庄平は日下部俊郎の印象を伝えた。

「そう」

和子はそれきり黙ったが、庄平が横眼で見ると、口のはしに微かな笑いを漂わせていた。何を考えているのかわからなかった。

しかし、庄平はそれどころではない。何とかして村上社長に是が非でも取り入りたい。面目にかけても駒井などには負けられなかった。といって和子の線からコネをつけることも限界がある。かえって、そっちのほうだけで進めると、逆な結果になりそうだった。

日下部に会ってわかったのだが、早川副社長も、謡の師匠倉田三之介も口先だけはうまいが、どうもシンがないようである。その点、日下部のほうが実務的で具体的だった。

「ねえ」

庄平が浮かぬ顔をして寝転がっているので、和子がのぞいて言った。

「あんた、まだ、おじいちゃんに持って行くものを考えてるの?」

「うむ、どうもうまい思案がなくて弱っている」

「そんなにおじいちゃんに取引してもらいたいの?」

「商売だからな」

ここで庄平は眼をぱっとあけた。

「何かうまい工夫があるのかい?」

またぞろ、「実子《じっし》」のコネにひかれたのである。

「そうね、うまい工夫はないけれど」

和子はちょっと黙っていたが、

「ねえ、あんたの話だと、駒井さんという骨董屋さんも苦しまぎれに怪しげなものを持って行くかもしれないというのね。だったら、あんたもそうしたらどう?」

と言い出した。

庄平は和子の言葉に眼をむいた。

「それじゃ、駒井と同様に、おれにも怪しげな品を先方に見せろというのかい?」

「相手は、たかが村上じゃないの。たいしたことはないわ。あの、おじいちゃんだって、今まではさんざんニセ物の薬を売って儲けた悪いやつだもの」

和子は、実父の村上為蔵にどこまでも反感を持っていた。

「それとこれとは別だ。悪いモノ（偽物）とわかっていながら、先方に持ってゆくような非良心なことはできないよ。それもまともな骨董商のすることではない。駒井のようなカツギ屋上がりの道具屋なら別だがね。あいつは恥知らずだから」

店舗を構えている骨董商は信用が第一で、破廉恥《はれんち》な商法はイノチ取りなのである。たとえば、知らずに悪い品を買い、それを客に知らずに売った場合でも、あとで偽物だとわかると、骨董商は客のところに不明を詫びに行き、売った値段で買い戻さなければならない。ちゃんとした骨董商なら、みんなそうしている。

とても、和子の言うようなあくどいことは恥ずかしくて出来るものではない。もちろんそれは犯罪行為だ。——

「あら」

和子は聞いて、庄平に鋭い眼をむけた。

「そいじゃ、あんたは、おじいちゃんのところに出入りできなくてもいいの。そのことはもう諦めるの？」

「あきらめるわけじゃないがな」

「駒井さんに負けてもいいの？」

「それは口惜しい」

「ねえ、あんた。あんたは日下部という人の言った謎がわからないの？」

「わたしにだって、それくらいわかるわ。しかも、あんたからのまた聞きなのに」

「謎？　どういうのだ？」

「日下部さんは、あんたのいうようにないものねだりしているのよ。だから、はじめから肉筆浮世絵などといったものが無理だとは十分わかっているの。だけど、おじいちゃんが最近、そういうものを欲しがっているから、見せてやってくれ、と言ってるだけじゃないの」

「………」

「はてね？」

「血のめぐりの悪い人ね。何も、それを買い上げるとは言ってないわ。見せるだけなら、犯罪行為でもなんでもないじゃないの」

「しかし、先方がそれを本物と信じて買うと言い出したらどうする？　はじめから、これは偽物です、といってこっちも持参するわけにはゆかないからね」

「当たり前だわ。あくまでも本物みたいな顔をするのよ。けど、それを先方が買うはずはないわ。そこに日下部さんが駒井さんの名を出した謎があるんじゃないの。駒井さんは、とにかく品を持ってくると言ったというんじゃないの。それが本物でないことはちゃんと日下部さんにもわかってるんだわ。つまり、何でもいいから、おじいちゃんの興味を持っているものを持ってきなさい、そうして、取引の糸口をつくりなさい、とあんたに教えてるのよ」

庄平は和子の言葉に心を動かされた。負うた子に教えられたといったような気持ちだった。日ごろ、骨董の商売については全然無関心だった和子が、こんなことを言い出したのも、要するに売込み先が冷酷な実父村上為蔵だからだ。

では、いかがわしい物を持ってゆくにしても、どうしてそれを手に入れるかである。肉筆浮世絵といったものは、ざらにあるわけはないし、「つくれる」ものではない。

庄平はそれを言って、浮かぬ顔をしていた。

和子はその彼の様子をじろじろ見ていたが、簡単に言ってのけた。

「そいじゃ、誰かにニセモノを描いてもらったら？」

素人はこれだから怕《こわ》い。超一級品のニセモノが誰にでも出来ると思っている。

「おまえは簡単に言うけれど」

庄平は和子の無知を笑うように言った。

「一目見てすぐにニセモノとわかってはいけないのだ。ニセモノかホンモノか容易に見分けがつかないものを持って行かなければならないのだ。特に一流美術品はな。そういうものが誰の手でも描けるというわけにはゆかないんだよ」

「そうかしら」

和子は裾から一方の足先を出して、鋏《はさみ》でパチンパチンと爪を切っていたが、

「ねえ、あんた」

そのままの恰好で言い出した。

「わたしの知っている喜久子さんね？」

「喜久子？」

「ほら、わたしが焼け出されて、一時、アパートに身を寄せていた友だちよ」

「ああ、そうか」

庄平は思い出した。前に、和子といっしょに「はな富」にいた女だが、今はバアに働いているということだった。

「あの喜久子さんの好きな男のことを話したでしょ？　彼女より年下で、家でブラブラして絵を描いている……」

「うむ、そういえば、何かその人の描いたのを見せられたことがあったな」

「ハンカチよ」

「そうだった」

庄平は記憶を戻した。和子が彼に描いてもらったといってハンカチの南画を見せられた。筆使いはかなり達者だったが、まだモノになっていない。

その若い男は、家で売れない絵を描いては、働きに出る喜久子の代わりに炊事などやっているという。どうせ生活力のない青年だろう。

「ねえ、その人にニセモノを描いてもらったらどう？」

和子は、いい考えが浮かんだというように言い出した。

「え、あの人に？」

庄平はたちまち首を振って、

「駄目、駄目。あんな腕では、とても、とても」

と言下に答えた。

「そんなことを言っても……」

和子は足指の爪切りをやめて、

「あんたに、ほかに頼むところがあるの？」

屹《きっ》と眼を庄平にむけた。

「そんな心当たりがあるものか」

庄平が答えると、

「それ、みなさい」

和子は口を尖らせた。

「うっかりしたところには頼めないわよ。先方が引き受けてくれるならともかく、断わったうえで、草美堂がこんなことを頼みにきたよ、とほうぼうに言いふらされたら、どうする気？」

「そりゃ、信用がいっぺんに吹きとんでしまう。だから、頼むところはないというのだ」

「いいえ。喜久子さんのところにいる彼に頼んでみたらいいわ。彼だったら、決して口外はしないわよ」

「そりゃ、そうだろうが、肝心の腕のほうがね」

庄平は相手にしなかった。

「だけど、いっぺん描かせてみたらどう？　そのうえでダメだったらダメでいいじゃないの？」

「しかしなあ」

「けど、ほかに描かせるような絵描きの当てはないんでしょ？」

「………」

「まず、おじいちゃんのところに持って行くことが先決じゃないの。あんた、駒井さんに負けてもいいの？」

「………」

「どうなの？」

「うむ……」

庄平は詰まった。むろん駒井孝吉なんぞには負けたくなかった。しかし、和子のいうとおりになる気も起こらなかった。

「とにかく、喜久子さんの彼に描かせてみなさいよ」

和子はじれったそうに庄平を睨んだ。

「そうだな」

庄平がまだぐずついていると、和子は彼をつつくように言った。

「あんたが、これはと思うものを描かしたらいいわ。それには見本を見せて、あんたが思うように指導したらいいじゃないの。そんな古い絵を似せるのだったら、いろいろと面倒な方法があるでしょ。わたしも彼を見ているけれど、人間は素直だし、何でも言うとおりにはいはいと聞きそうだわ。絵も決して下手とは思わないわ。もし、あんたが彼のそういう方面の腕を見たかったら、小さいのを見本に描かせたらどうかしら。それだったら、わたしがあんたといっしょに彼に会い、よく話してみるわ」

和子はいままで万事消極的だったのに、この件に関しては急に乗り気になっていた。

「一体、その絵描きは何という名だい?」

庄平は思案の間にもそうきいた。

「わたしは喜久子さんの呼んでるとおりにケンちゃんと言ってるけれど、まだ本当の名前は知らないわ。明日でも、そのケンちゃんに会いに行きましょうよ。わたし、今夜、喜久子さんに電話して都合をきいてみるわ」

その晩おそく市兵衛町の自宅に庄平は帰った。しかし、予定より早かったので友子は何も言わず、かえって喜んでいる。

「健吉はいるか？」

「まだ帰りませんわ」

庄平は友子に手伝わせ、着物に着かえた。

「健吉は毎晩おそいのか？」

「前ほどではありません。今晩はちょっとおそいけれど」

「杉子はどうしている？」

「二階で寝てます。今晩はあなたがお帰りになるとは知らないものですから。起こしましょうか？」

「いや、いいよ」

健吉と杉子の間はやっぱり険悪らしい。

「大阪はどうでした？」

友子は茶を出しながら言った。

「まあ、思ったよりはよかったがね」

「そりゃようござんした」

庄平は友子に話しているので、彼女も明和製薬の商売に行ったことは知っている。

「社長にも会ったよ」

「まあ、村上社長さんにですか？」

「パーティでね。早川さんという副社長が引き合わせてくれた」

「そりゃよかったですね。なかなか、そんな偉い人には会えないんでしょ」

「チャンスがよかったのだ」

庄平は、和子が介在しているので、そのことはあまりくわしく言えなかった。

「何とかうまく行きそうだ」

とだけ言って、ごまかした。

「ああいうところにお出入りさしていただければいいわね」

「だが、そう簡単にはゆかない。少々困ったことがある」

「何ですの？」

「向こうも忙しい人だからね、やたらと近づくわけにはいかない。それには相当な手みやげを持って行かなくては……」

「手みやげなんかはいくらでも買えるじゃありませんか。デパートに行ってもいいのがあるわ」

「そんなのじゃない。おれの言う手みやげとは、社長の気に入る品のことだ。これにも注文があってな、初期肉筆浮世絵というんだ。めったにないもので、難題を背負って帰ったようなものだ」

「それは困ったわね」

「だが、何とかなるかもしれない。……それに、おれもここで負けてはいられないことがある。例の駒井のやつが食いこんでいるんだ」

「まあ。駒井さんもなかなか立ち回りが早いわね」

「油断も隙もならない男だ。駒井が入っていると聞けば、こっちもメンツにかけて引っこんでいられないからな。その手みやげを何としてでも手に入れなくてはならん。その思案で、おれもいま気が重いとこだ」

「とにかく絶好の機会ですから、何とか村上さんの眼に止まるようにしてください」

と、友子はめずらしく亭主を激励した。

——その晩、庄平はしばらく寝もやらず、ニセモノのことを考えていた。そしてだんだん、和子の言うとおりになってみようという気に傾いた。

庄平が日本橋の店に出ていると、いつもの道具屋の偽名で和子から電話がかかってきた。

「わたしよ。いま、そこに誰もいない？」

「ああ、大丈夫だ」

庄平は受話器を持ったまま、まわりを見回した。

「今朝さっそく喜久子さんのところに行って彼に会って、あのことを話してみたわ」

和子は言い出した。

「そしたら、先方でもたいそう乗り気で、ぜひ描いてみたいと言ってたから、頼んでみたらどう？」

「とにかく、そうしてみよう」

庄平も昨夜考えてそういう気持ちになっていたので、すぐ、そう返事した。

「だから、いっぺん先方に会ってもらいたいんだけど……」

「いいよ。どこで会うの？」

「あなたの都合がよかったら、銀座まで喜久子さんが彼氏といっしょに出てくると言ってるの。その辺の喫茶店でお茶を飲みましょう。とにかく本人を見てよく話してください」

和子は、その喫茶店の名前を言って、そこで落ち合うことに決めた。

庄平は、電話を切ってぼんやりしている。

今日も健吉は出勤していなかった。昨夜おそく帰ったらしいが、家を出るときはまだ二階で寝ていた。杉子に言わせると、今朝はどこかに寄るとかで、店には行かずに直接回るからおそくなるということだった。

不愉快だが、一応店の用事となると、あまり文句も言えない。普通の商社と違って、この商売はお客本位である。だから、朝早く先方を訪問することもあれば、夜おそく会いに行くこともある。

和子が喜久子と彼氏とをつれてくるのは十二時すぎだ。喫茶店に一応落ちついて、そのあと昼飯でも食べようと、庄平は肚で決めていた。

じっさい、どんなものが出来るかアテにはならないが、駒井が積極的に村上社長へ働きかけているので、何とか対抗策は講じなければならない。描かせてみたうえで出来が悪ければ出さないまでで、いまはテストの段階だから、それほど悪事ではないと、庄平は自分に安心させた。

店にアメリカ人夫婦が入ってきて、陳列をあれこれのぞきはじめた。日本にかなりいるらしい老紳士で、カタコトの日本語で番頭の山口にきいていた。近ごろは向こうの人間も眼が肥えていて、陶器など、なまじっかの日本人はかなわない。

あと一時間くらいで約束の場所に行くつもりでいると、そのアメリカ人の背中から、ひょいと駒井孝吉の精力的な顔が現われた。庄平がおやと思っていると、駒井のほうで作り笑いをしながら、ぺこぺこと頭を下げて庄平の前にきた。

「今日は。またお邪魔にきましたよ」

駒井はへらへら笑った。

「やあ、いらっしゃい」

いやな顔も出来なかった。こいつも大阪に行って日下部俊郎に会っているので、いつ東京に帰ったのだろうかと思った。

「おいおい」

庄平は女店員に言った。

「竜古堂さんがいらした。お茶を持っておいで」

「いや、どうぞお構いなく」

駒井は椅子に坐った。顔を片手でつるりと撫で、

「いつ来てもお宅はいい物が揃っていますね」

わざと感心したようにあたりを見回した。

庄平は、彼が偵察にきたと察したので、こっちも相手の様子をさぐってやろうと思った。

「暑さがだいぶん厳しくなりましたな」・

駒井は扇を使いながら庄平に笑顔をみせた。

「ほんとに、こう暑くてはやりきれませんな。駒井さんは、しかし、よくこまめに動かれて感心ですね」

よく動き回るというところに庄平の意味があった。だが、駒井は、それに気づいてか気づかずにか、

「いや、もう年ですからね、若いときみたいには頑張れませんよ」

と、開襟シャツの襟をはだけて太い首の汗をぬぐった。

「いやいや、そうでもないでしょう。ずいぶん行動範囲が広いようで」

庄平は皮肉を利かしたが、駒井は顔色も変えなかった。

「ぼくらのほうはお宅と違って、商売するにはどうしても身体を動かしませんとね。高尾さんなんか、こうしてちゃんと涼しい店内にじっとしておられますから、羨ましい限りですよ」

「とんでもない。よそ目にはそう見えるかもしれないが、たいへんでね、心の中は修羅場ですよ」

もともと、こういう商売は、いちいち帳簿に書かなくても済むことが多い。だが、そこはよくしたもので、税務署側では、店舗の具合や、使用人や、いままでの実績などを総合して、大体間違いのないところを課税してくる。いくらこちらで適当に手を加えた申告をしても、更正決定でぴしぴしやられる。庄平は、それを嘆くのだ。

そこへゆくと、売る側はいい。ほとんど、その収入はわからない。早い話、たいていの画家は、その奥さんがマネージャーみたいな役目を兼ねている。だが、主人が小遣い銭が欲しい場合、奥さんにわからないようにスケッチとか色紙だとか描いて渡せば、その場で数万円の金が受け取れる。こんなとき画家は内緒にしてくれと言うから、画商はその支払いを帳簿に書きこむことができない。一方、物品を客に売り渡せば領収書を出さなければならないし、その領収書が先方で税務署に押えられると、当然、こっちに跳ね返りがくる。

世間ではうまい商売だと思っているかもしれないが、よほどのチャンスがない限り、それほどのうま味はないのである。

また、こうして一流の看板を掲げて一等場所に店舗を構えていれば、それだけでも税務署は査定をよけいにかけたがる。……

「ときに、駒井さん、あれから熱海に行きましたか？」

庄平は駒井に多少皮肉な調子できいた。実際、この前の潮風荘のときが鮮明な印象で庄平には残っている。

「いいえ、あれきりです」

駒井は答えるが、嘘か本当かわからなかった。もっとも、大阪の倉田三之介がくるときだけだとすると、用はないのかもしれない。

「最近、明和製薬の倉田先生にお会いになりますか？」

庄平は遠慮のないところをきいた。潮風荘と倉田の関係からたぐらないで、そのものずばり、じかに入っていった。

「おや、あなたも倉田先生にはお近づきで？」

駒井は庄平が思ったほどおどろかず、かえって逆襲的にきいてきた。

庄平は、いつまでも隠しおおせることではなし、村上社長のもとに出入りするについては、少し大げさに言うと、駒井とは決戦になるので、はっきりと答えた。

「実は、さる人の紹介でお目にかかったことがありますよ。あんたの名前もそのときに出ていたようで」

と、庄平は煙草の煙を吐いた。

「はあ。わたしもツテがありましてな、あの倉田さんにはいろいろと、この前からお世話になっています」

と、彼もさる者で、お世話になっているというところに力を入れた。

「すると、あんたもやっぱり村上社長にお出入りを頼んだほうですな？」

庄平は、わざと笑ってきいた。

「お互い、ああいう方には何とか出入りをさしてもらいたいですからな。いや、これはあながち二人だけのことではなく、業界の連中みんなが考えていることで、ただ、村上為蔵さんとこはご承知のとおり仲山精美堂がしっかりと押えているので、みんなが尻ごみしてるだけです。まあ、いい具合にわたしにはいい人が口を利いてくれましたのでな」

駒井はへりくだった調子で言ったが、じつはそのへんを誇示した。

庄平は、そこが聞きたい。彼がどうして早川副社長や倉田三之介にコネをつけたかだ。この前など倉田が潮風荘にきても遠慮して別な宿をとり、そこから偵察をしていたような具合だった。それだのに副社長や謡の師匠の口から、駒井の名前が出るくらい彼は彼らに取り入ってしまった。そのへんのいきさつがわからない。

「いや、それはたいしたことではありません」

駒井は口を濁した。

すると、庄平は、このまえ和子とデパートに行ったとき、この駒井といっしょに家具売り場にいた国立総合美術館の佐川課長の顔を思い出した。

――さては和子から聞いた島村という男の線からかな、と思った。佐川課長は諸方から絵画の鑑定をよく頼まれる。本来は江戸時代の南画だが、近ごろは領域をひろげて、同時代というところから浮世絵にも足を入れている。

庄平は、日下部俊郎から、村上社長の持っているものは玉堂、大雅、竹田、鉄舟などといった南画が多いと聞かされたのを同時に思い出し、それらの鑑定の線から佐川に突き当たった。

佐川課長といっしょにいた駒井をデパートの家具売り場で庄平が見かけたように、最近はしきりと佐川に取り入っているようである。どうせ、何かの儲け仕事があって、それは佐川の力に負うところが大だったから、その礼として家具でも贈るつもりで下見していたのだろう。それは、この前も感じたことだった。

すると今度は、それがはっきり具体化してわかってきた。駒井孝吉は「ある人の口利きで」村上社長に近づいたと言っているが、それは佐川の世話ではなかっただろうか。そのお礼に家具でも進呈しようとしたのではなかろうか。

骨董屋と、権威ある鑑定家の結びつきは、庄平ももちろん心得ていた。彼にしてもいままでそういうことをしてきている。

素人の客は、とかく骨董屋などの商売人の言葉を信用せず、その道の権威の鑑定を全面的に信頼する。駒井たちの眼から見ると、博物館や美術館の技官だとか、大学の先生とかの骨董を見る眼は甘いという。しかし、やはり彼らの肩書にはかなわない。客は肩書のある人間の鑑定だと一も二もなく納得する。

そのへんから鑑定家と骨董屋との特別な縁故が出来る。どうかすると、最近の学者は骨董屋顔負けの仲介業になり下がっている。ひどいのになると、鑑定料など問題でなく、取引のリベートにも満足しなくなって、自分で品物を動かし、商売人のピンハネをやっている。

先生たちはまさか自分で先方から金を取るわけにもいかないので、骨董屋と組んで利益の山分けなどしている者もある。しかし、骨董屋にしても先生らに商売上の利用価値があるので、表立って抗議するわけにはいかない。その悪辣《あくらつ》なやりかたに腹を立てても、表面では、先生、先生、と奉ってニコニコしていなければならないのである。

さては国立総合美術館の日本画課長佐川技官、村上社長の絵画を入れるのにだいぶん口利きをしたなと思った。それは、例の社長自伝の代筆家日下部俊郎が佐川に鑑定を依頼したことからはじまったにちがいない。佐川のような男ならやりそうなことである。

日下部と佐川課長との結びつき、さらに佐川と駒井の線……。こう考えると、駒井の高言も解けなくはない。多分、熱海のときから、その関係は急速に進んだものと思える。

──わかった。

庄平は心の中で膝を叩いた。

あのときは駒井がただ偵察に熱海にきていたと思っていたが、あれは、その前に佐川技官と連絡を取って、謡の師匠倉田三之介をどこかに引っぱり出そうとしていたのだろう。してみると、佐川も熱海の一流旅館に待っていたのかもわからぬ。

あのとき倉田三之介は東京に行くようなことを言って車で出たが、案外、その行く先は、そうしたホテルかもわからなかった、と庄平は思い当たるのだ。

すると、眼の前にいるとぼけた顔の駒井が、いよいよ油断のならぬ敵に見えてきた。

「ときに高尾さんは、最近、大阪のほうに行かれませんでしたかね？」

今度は駒井がサグリを入れてきた。

庄平はとぼけた。

「ああ、社用があって、ちょっと大阪を通ったことはありますがね」

とぼけるのには二つの理由があった。一つは、むろん、駒井に明和製薬の社長や、副社長、倉田三之介、日下部俊郎といった連中に会ったことを隠したいのと、一つは、大阪行きが自分だけの単独でなかったことである。

前者のことは、あるいは駒井はもう情報で知っているかもしれない。それは、しかし、構わないのだ。商売となると、知っててとぼけることは普通だ。

しかし、後者はちょっと困る。これも前者を知っていれば、庄平が和子といっしょに大阪に行ったことは駒井にもわかっているはずだ。ことに駒井は熱海でも和子を見ている。だが、それを明かすには場所が悪い。ここは店の内だった。番頭の山口は、さっき外国人のひやかし客が帰ったあと、陳列をならべ直しているし、女店員たちもそのへんをうろうろしている。庄平は彼らの耳をおそれた。

「ああ、そうですか」

駒井はニヤニヤしてうなずく。どうも、そのうすら笑いが気に食わない。やはり、こいつ、知っているなと思った。

昨日東京に帰ったばかりなのに知っているとすれば、おそろしく耳の早い男で、庄平は、こと明和製薬に関する限り駒井が特別な情報を持っているような気がしてきた。

それだとすると、村上社長と和子の関係まで知っているのではなかろうか。もし、それを知っていれば、駒井にとっては大脅威のはずだった。事情がわからないから、単に父娘と考えて解釈する。

ははあ、それでわかったと、庄平はもう一度心の中でうなずいた。つまり、駒井が偵察にきた理由が読めたのだった。

庄平は、駒井に対してにわかに優越を感じた。事実は、必ずしも村上と和子の父娘関係が商売の有利に結びつかないのだが、他人がそう見てくれるなら、それにまかせておけばよい。それだけ端《はた》の者は引け目を感じて消極的になってくる。

「ははあ、大阪は素通りでしたか」

まだニヤニヤ笑いをつづけて訊く駒井に、庄平はわざとのんきな顔で答えた。

「久しぶりに京都へ遊びに行くつもりで行きましてね、ついでに大阪の様子を見て過ぎただけですよ。大阪もだいぶん東京なみに変わってきてますな」

「大阪の南に堺市がありますね。立派な道路があります。堺に遊びに行かれませんでしたか」

駒井は素知らぬ顔で突いてきた。

「いいえ。そんなところには行きませんよ」

庄平は眉も動かさずに答えた。

「………」

駒井はその庄平の顔を、へらへら笑いながら見ていた。


十二時ごろ庄平は和子と約束した場所に着いた。

広い、きれいなレストランだったが、わりかたすいている。隅のほうに和子と、知らない女と若い男の顔を見たが、和子が庄平を認めて起ち上がってきた。

「ちょうどよかったわ。わたしたちも着いたところよ」

彼をその席につれて行った。

「喜久子さんよ」

いつもの和子に似合わず今日は機嫌がよく、にこにこしていた。

喜久子は和服だったが、その着付けにやはり水商売の匂いが感じられる。まる顔の愛嬌のいい感じだが、濃い化粧で若づくりはしていても、年は争われない。

男のほうは喜久子よりずっと若く見える。きまじめな青年で、いかにも女の保護を受けているといった感じだった。

その喜久子が、

「初めまして。いつもお噂は和子さんから承っております」

馴れた挨拶をした。

「いや。こちらこそ。和子はろくな話をしないでしょう」

庄平も挨拶を返した。

「あら、そんなことないわ。いいお話ばかりしかしてませんよ。……ねえ？」

和子が友だちに笑いかけた。

「ほんとにそうですよ。いつも和子さんには当てられどおしで……」

喜久子も要領よく調子を合わせた。

青年は律義そうに固くなって、

「ぼく、牧村憲一《まきむらけんいち》といいます」

ぺこりと頭を下げただけだった。

四人が腰をおろすと、庄平は注文を取りにきたボーイに適当に命じようとした。和子が横から、

「あら、あんたひとりが勝手に決めても駄目よ」

メニューを横取りして、二人にいちいち好みをきいている。和子ははしゃいで、庄平と友だちとの話し合いの仲立ちを買っていた。

オーダーがきまって、

「あなたは絵を描いていらっしゃるそうですな？」

庄平は若い牧村憲一に言った。

「はい……まだ未熟でして」

青年は気弱そうにうつむいていた。

——こんな男に肉筆浮世絵の偽作が出来るだろうか。庄平は早くも彼に会ったのを後悔した。

「日本画だそうですが、どなたか先生におつきになったんですか？」

まずきいてみた。

女ふたりは横でじっと聞いている。

「画塾に通っただけで、まともな先生にはついていません」

「ははあ。じゃ、専門の学校は出ておられないわけですね？」

「はあ」

庄平はがっかりした。ちゃんとした塾にも入らず、絵の学校も出てないとすると、もちろん我流である。後悔は増したが、この場の行きがかり上、また和子との約束のうえからも、見本として何かは彼に描かせなければならなかった。

「お国はどちらですか？」

「遠いんです。北海道の網走です」

それから三日ほど経った。

和子からいつもの名で日本橋の店にいる庄平に電話がかかってきた。

「いま、喜久子さんのほうから連絡があったけど、ケンちゃんの絵ができたそうよ。見てくださる？」

店主室に店員はいなかった。

「そんなに早く出来たのか？」

庄平はおどろいた。この前レストランで会ったとき、牧村憲一という青年には、東洲斎写楽と鈴木春信の絵を適当に図版から択んで、それを紙にかいてくるように言っておいた。紙も普通のものではなく、なるべく唐紙《とうし》を択んでくれと言い、絶対に自分の個性をそれに出してはいけない、忠実な模写、できればホンモノと見紛うような仕上げにしてくれと注文しておいた。

庄平の考えでは、二枚だから少なくとも十日はかかるだろうと思ったが、三日ぐらいで出来たという。そんな日数では絵の出来の具合も知れていると、彼はそれだけで、もうがっかりした。

「そうだな。じゃ、ちょっと見せてもらおうか」

見ないわけにはいかなかった。

「どこで?」

「この前のレストランの隣りに、たしか喫茶店があったな」

「ええ。すぐ隣りにチェリーという店があったわね」

「そこにしよう。今度は本人だけでいいよ。喜久子さんもおまえもついてこなくていい」

「あら、じゃけんね」

「仕事のことだから、今度は二人きりにしたい。その絵をよく見たうえでいろいろ注文も出したいからね」

「それもそうだわね。じゃ、ケンちゃんを何時までに行かせたらいいかしら?」

「一時にしよう」

「そう伝えておくわ」

和子から電話を切った。

庄平は気がはずまなかった。ちょうど一時前に知った顧客が来て話しこんだせいもあるが、もともと牧村に会うのが消極的だったので、一時をすぎて店を出た。

年は若いし、ちゃんとした先生について絵を習ったわけではなく、見ないでも彼の腕がわかるような気がした。第一、写楽と春信を三日で描いたというのだから、その勇敢さにはおどろく。つまりはシロウトのこわさである。

庄平は、以前よく、自分のうちの息子が絵を描いているので見てくれと人に言われたものだった。先方では、それを商品にして売ってもらいたい意気ごみだったのだが、どれも幼稚な絵ばかりで、そんなことを頼むのも無知のなせるわざであった。

今度のケンちゃんも、喜久子が自分の男可愛さにずいぶんうまいように宣伝し、和子も友だち甲斐に片棒かついでいるが、どうせアマチュア程度だろうと思った。

チェリーという喫茶店に入ると、奥まった片隅のテーブルに、この前の牧村憲一が肩をすくめるようにして坐っていた。

彼は庄平を見るとあわてて起ち上がり、顔を赤くして、

「この前はご馳走になりました」

と礼を述べた。

庄平は牧村憲一とむかい合って坐ったが、光線のかげんにしても牧村の顔は蒼白く、い

かにも貧弱げだった。こんな男にうまい絵が描けるとは思えない。せいぜい喜久子に飼われて我流の絵を楽しんでいるような男としか考えられなかった。

あたりには客も少なかった。牧村が客の居る席から離れて、わざとこのテーブルを択んだようでもある。

「早速、例のものを持って参りましたが」

牧村青年は気弱そうな眼で庄平を見た。

「そうですか。いやに早いですな」

賞めるのではなく皮肉に言うと、

「どうも」

牧村は頭を搔いて椅子の横にうつむいた。

いままではテーブルが邪魔して見えなかったが、隣りの椅子の上に風呂敷包みの四角いものが置いてあった。それをといて中を出すと、三尺に四尺くらいの、かなり大きな板で上と下とを押えた、うすい紙包みが取り出された。

牧村は、その板をはずし、紙をひろげた。

「これです」

彼はおそるおそる庄平の前に絵の一枚を差し出した。

白い厚い紙に貼りつけた、唐紙《とうし》にかいた絵が現われた。

「どれどれ」

見ただけで写楽の芝居絵とわかったが、庄平は眼をみはった。

粉本は写楽の「市川鰕蔵《えびぞう》」で、いわゆる雲母《きら》刷りの大首絵である。庄平は、この原図になっている木版画を何かの画集の写真版で見たことはあるが、手もとにないので、これと比較しようはなかった。しかし、これだけでも写楽の絵にそっくりであることがわかる。

単に似せているというだけでは意味がない。描線の使いかた、絵具の択びかた、そこに絵描きの腕の巧拙が見られるのだが、彼の描いた線は実に生き生きと、何のよどみもなく闊達《かったつ》に引かれてあった。また絵具も、いかにも木版画に合うような燻《くす》んだ渋いもので、その全体の整ったトーンからは、一種の気品さえ現われていた。

古い絵には、この気品が大切で、どんなにうまく線を似せたところで、また色を合わせたところで、ただ達者というだけで、気品は出ない。だが、この絵にはそれが感じられた。

庄平はびっくりしたが、表面はさあらぬ体《てい》で何も言わず、

「もう一枚お描きでしたね？」

と、あとを催促した。

「はあ、これです」

貧相な青年はあとの一枚を差し出した。

これは写楽よりすこし古い、鈴木春信の絵の模写だった。

洗い髪の一人の女が手に金槌を持って、裾をからげて立っている。うしろは川で、右端に鳥居の一部が出ている構図だった。

庄平は、いよいよ眼をみはった。

庄平は、牧村憲一の描いた二つの絵を見て内心驚嘆したが、それでもよくよく眺めているうちに、その最初のおどろきは彼があまりに相手をばかにしていたことから生じたことがわかった。

まさか、それほどには描けないだろうと思ってタカをくっていたのが、案外上出来だったというおどろきだった。それが絵を素晴らしく見せたのだったが、仔細に点検すれば、これはこれなりの弱点が眼についてくる。写楽のは大首絵だからまだしも誤魔化しがきくが、鈴木春信となると、いわゆる細絵だから随所にその破綻《はたん》が発見される。絵は『丑刻詣り』で、春信の代表作の一つだ。

庄平は考える。

——これは模写だからこの程度でも出来る。しかし、肉筆浮世絵というふれこみだとすれば、構図をガラリと変えてしまわなければならない。そうしないと模写がいっぺんにばれてしまう。手本があれば誰でもある程度は写して描けるとしても、今度は、その画家のオリジナルとして見せるなら、偽作するほうでそれなりの独創を要する。

そういう独創力がこの男にあるかどうか。もとより、写楽なら写楽、春信なら春信の版画から参考的にその特徴はうつせるにしても、人物のかたちや背景の風景が全然変わってくるので、今度は偽作するほうで手も足も出なくなるのではなかろうか。そういう懸念が庄平に起こった。

彼は最初のおどろきが静まると、顔にだんだん気むずかしげな表情が出てきた。それを真向かいから牧村憲一は心配そうに眺めていたが、

「どうも下手《へた》な絵で恥ずかしい次第です」

と、庄平の反応をうかがうように言った。

「どうでしょうか？」

庄平は彼に顔を向け、

「いや、なかなかよく出来ています」

と賞めた。

「そうですか」

憲一はほっとした顔になって、

「こういうものは初めてですから、どうもうまくゆかなくて……」

と、後頭に手をやった。

「ほう、浮世絵を描いたのは初めてですか？」

「いままでは水墨画や南画を手がけていました。ですから、どうも勝手が違って」

憲一は言い訳するように答えた。

初めてだとすると相当な腕だ。憲一は水墨画や南画をずっと描いてきたと言っているから、その一方ではこういうものが描けるのである。そこに彼の幅の広さというか、多技性というか、あるいは模倣性というか、とにかく、そういう才能があることはたしかのようだった。そして、その才能こそ偽作者にはうってつけの素質なのである。

水墨画は描けても、ほかのものが描けないのが普通の画家だった。筆使いが違うし、絵柄も全く異質だからである。それをこの青年がこの程度に描き上げ得るというのは……これは案外掘りだしものかもしれないと、庄平は思って相手の顔を見た。

「結構に拝見しましたが」

庄平は牧村憲一に絵を戻して言った。

「そうですか。どうも」

憲一は画商に賞められたように、うれしそうに頭をさげた。

「ただ、少し、まだおさないところがありますけれどね」

庄平はぼつぼつダメを出した。

「はあ、そうです」

憲一はうなずく。

それから庄平は、この線がすっきりしていないとか、この細部に鋭さがないとか、細い線に渋滞があり、ことに震えが見えている。こういうことは昔の画家には絶対にない。昔の人はいまと違って基本から腕を叩きあげるので、線はしっかりしたものだ。日本画は面より線といわれているくらい線が生命だから、そこに少しの弱点があっても全体の生命を殺してしまう……といったようなことを庄平は講釈した。

水墨画や南画は没骨《もっこつ》といって輪郭をつけず、直接に墨や色で対象を描いて、その筆使いに面白さがあるのだが、浮世絵は、輪郭の細い流麗な線にその生命がある。だから、もう少し線の勉強をしてほしいとも言い添えた。

「はあ、ごもっともです」

憲一はいちいちうなずく。

庄平は、まだ偽作のことは彼に打ち明けなかった。これは相手の性格をよく見極めないと、うかつに口には出せないからだ。性格がわかっても技術が伴わなければ協力は申しこめないのである。だから、彼が、

「あんたは模写器を使ったことがありますか?」

ときいたとき、相手はきょとんとした顔をした。

「模写器ですって?」

「そうです。よく模写に使うでしょう。原画をそのまま写し取るときに、器械の端についた先端を原画の上に撫でると、一方の端に鉛筆がついていて、それがそのまま別の紙に写

し取ってくれるあれです。拡大も自由です。以前は子供の図画用に売っていたものでしたがね」

「いいえ、使ったことはありません。必要がないものですから」

なるほど、普通の画家だと、そんなものは不要である。だが、庄平は、ある部分ではそれを使ってほしいと思う。やはり手の模写だけでは原画の線に狂いが出来る。

ただし、それだけではいけない。そうして練習したうえで正確に模写の眼を養うのだ。

かつて昭和の初めに春峰庵事件というのがあった。

ある大名華族家から所蔵の江戸中期の肉筆浮世絵が売り出されたというので評判になった。名家が所蔵品を売るとき、たいてい業者が中に入るが、その場合、業者は相手の名誉を考えてはっきり名前を出さないことがある。だから、そのときも「春峰庵」という名だけで所蔵先を誰も怪しまなかった。その華族は北陸方面の大名だという宣伝だったので、肉筆浮世絵がそこに所蔵されていても少しもふしぎでないように思われた。

大きな売り立てには、下見のためにたいてい目録が作られる。写真版のカタログみたいなものだが、この売立会の推薦を著名な某文学博士が書いた。博士は当時浮世絵の第一人者であったから、その売立会は当日前から評判となった。

春峰庵の売り立てでは下見会が行なわれた。そのとき二、三の鑑識眼の発達した専門家が首をかしげた。ならべられた絵を見ていると、どこかで見たことのある絵が多かった。

もとより肉筆だから版画とは違った図柄になっている。しかし、部分的に版画と非常に近い感じがする。ことに細部を見ると、手つきや指の非常に幼稚なところが見えた。不自然なポーズもあった。

ここで秘かに偽作説がささやかれはじめた。それがひろがり、売り立ては急に中止された。

贋作者は岡山の浮世絵の複製師で、三人兄弟の末弟だった。当時二十二歳の名も知れない画家だった。計画は、浮世絵にくわしい骨董屋が岡山の浮世絵複製家を抱きこんで行なわれたといわれる。

問題は警視庁に移され、関係者は裁判にかかって処分されたが、気の毒なのは、その目録に最大の讃辞を送った学者だった。彼は、そのことによって失脚し、教職をなげうって郷里に引きこみ、不遇のうちに死んだ。

不遇といえば偽作者の若い画家もそうである。彼は数多くの専門家の眼をも欺くような絵を描いたというところから、事件落着後、彼の才能を伸ばすための後援会が名士によって企てられたくらいだった。しかし、病身なその男はまもなく死亡した。

これが骨董界で有名な春峰庵事件の概略である。

どうして、その贋作が暴露されたか。

それは、その画家に独創性がなく、もっぱら浮世絵の人物から部分的に写し取って、それに背景を加えたコンビネーションの絵だったからである。眼の利く専門家がどこかで見たことがある絵だというのも道理で、同じ画家の別々の絵から人物が組み合わされていたにすぎなかった。

こうしてみると、偽作者がただ模倣だけで独創性のなかったことがわかる。もし、彼に些少の独創性があれば、原画を自分流に引き直して描き改めることも出来たのである。この若い偽作者は、ただ原画をそのままに部分として使うか、または左に向いているのを反対に直すとかしたにすぎなかった。ことに位置の転倒となると、細部の描きこみは自分のものになってしまうのでそこにデッサンの不足が現われ、偽作の露顕を一層に顕著にさせたのだった。

庄平は、そのことを知っているので、いま牧村憲一の持ってきた見本のような原画の引き写しでなく、もっと彼の独自な創意を見たかったのだった。それでないとたちまち春峰庵の二の舞となる。

庄平が次に考えたのは絵の古さの問題だった。

なるほど、絵は古いものに似せたとしても、用紙、絵具、それに時代を経た古色、これをどうするかだ。初期肉筆浮世絵といえば、いまから三百年以上も前のことになる。それだけの古色のつけかたが一つの難関だった。

それにしても牧村憲一は、わずか三日間でこれだけの絵を描いたのだから、たいした才能といわなければならない。――

庄平は、田舎の古物屋の店の奥に埃まみれで隠れていた掘りだしものを発見したような喜びを覚えた。

「今度はあなたの思うような構図で、写楽でも春信でもいいですから、描いてください」

「はあ」

憲一はほめられて頭をさげたが、庄平のいう思うような構図というのにはやはり気持がひっかかったようだった。

「いまのままの模写ではいけないんですか？」

「そうですな、ただ模写だけでは面白くない。いかにも写したということだけで、あんたの腕は見られないわけだ。ですから、絵は、写楽なら写楽、春信なら春信本人がどこまでも描いたというような出来で、しかも、これまでにない図柄というのが欲しいですな」

まだ偽作ということが打ち明けられないので庄平も苦しかった。

「だいぶんむつかしいですね」

さすがに憲一も考えこんでいた。

「なに、それも一つの腕のふるいどころで、かえって描き甲斐がありませんか？」

「はあ」

憲一は腕を組んでいたが、言われてみるとやはり野心を感じたらしく、顔色にそんな昂奮が次第に浮かんできていた。

「やりましょう」

彼は決心したように言った。

「描いてくれますか?」

「何だかそう教えられると、自分の考えでやってみたくなりました。それには猛烈に写楽や春信を追求しないといけませんね——」

庄平は内心もっともだとは思ったが、そんなことをされると時日がかかる。明和製薬の日下部に約束したときは、すぐにでも持って行くような勢いだった。一週間や十日は遅れてもかまわないが、あんまり遅くなると、せっかくの線が消えてしまいそうで不安だった。

絵描きは「追求」という言葉を使う。洋画家に多いが、たとえば、マチスを追求するとか、ピカソを追求するとか、よく言う。つまり、対象の画家に迫るため執拗にその技術を習得するわけだが、言葉を変えて言えば、それはエピゴーネンという名の模倣であり、真似であり、無断借用である。

この点、画家は幸福だ。他の芸術の世界、たとえば、音楽にしても、詩、小説にしても、そういうことをやれば、すぐに追随だとか剽窃《ひょうせつ》だとかいわれる。せいぜいよく言って「下敷き」だが、絵の世界では他人の真似も「追求」という言葉で許される。

まあ、そんなことはどうでもいい。とにかく、写楽、春信といった浮世絵の大家の技術を克服するまでには、この男も猛烈なデッサンをやり、模作を相当につくらねばならない。これには長い時間を要する。

「いや、さっき拝見したあんたの絵なら、それほど模写を重ねなくてもいいんじゃないですか」

庄平は相手の手綱をゆるめに出た。

「お帰んなさい」

牧村憲一と別れて庄平が日本橋に戻ると、健吉はいつものように明るい顔で父親に声をかけた。

「うむ」

庄平は黙って奥の店主室に入った。

健吉がつづいて入ってきた。

「大阪はどうでした？」

健吉はすぐにきいた。考えてみると、大阪から戻って息子とは顔を合わせていなかった。

「うむ、まあまあだ」

庄平は誤魔化した。

「先方の重役には会ったの？」

「会った。しかし、すぐに村上社長さんのもとに出入りするというわけにはいかない。話だけは通じたから、いくらか接近しやすくなった程度だ」

「さっき駒井が来たって？」

「来た。やっぱり、あれも偵察に来たらしいよ」

庄平は、そこまで言って健吉にきいた。

「おまえ、駒井に会って何か聞いたかい？」

駒井は今度の大阪行きのことについてかなりなことを知っている。庄平が早川副社長に会ったことも、倉田に会ったことも、つづいて日下部に会ったことも、みんな聞いている。庄平の考えだが、あるいは、駒井は和子とのこともうすうすは気づいているのではなかろうか。庄平には直接言わなかったが、もしそうだとすれば、息子の健吉には洩らしたかもしれない。そういう懸念をいま感じたのだった。

「いや、一向に」

健吉は顔を振る。知ってとぼけているのか、実際にそのとおりなのか、庄平にはよくわからなかった。

「おまえのほうはどうだ？　倉田さんに近づいているらしいが、何かいい話はなかったか？」

と、庄平はきいた。

「いいえ、べつに……。お父さんこそ大阪に行ったんだから、お父さんのほうが倉田先生から詳しいことを聞いてるはずだ。ぼくはここのところ会っていないからね」

健吉は、倉田三之介が上京したときにしか会わないみたいな口ぶりだった。

「そうか」

「なあ、お父さん、駒井さんのことだが……」

「うむ」

「どうやら、彼はだいぶんいいものを村上さんに持って行って見せるらしいよ」

「いいものって何だ？」

「初期肉筆浮世絵らしい。駒井の線に一番近い仲間から聞いたんだが、彼はそれを一生懸命捜して、やっと一枚か二枚かを手に入れたそうだよ」

「ふうむ。そんなものがあるのかな？」

庄平はわざと首をかしげて言った。

「駒井が手に入れたというのは、自分でそう言っているのではないか。誰も見た者はいないんだろう。きっと、やつの宣伝だよ」

しかし、やはり、心は平静ではなかった。

「それで、お父さんは大阪に行って、村上社長に何か見せるような約束をしてきたかい？」

健吉はきいた。

「いや、べつにそういうことをはっきり言ったわけではない」

庄平は口を濁した。まだ、この計画はうっかり打ち明けられない。

「それは少し弱いかもしれないな」

健吉も首をかしげた。

「よっぽど強い線がない限りはどうかな。お父さんにそんな線があるのかね？」

じろりと横目を向けた。庄平はひやりとした。何だか意味がありげに見える。うすうす駒井から和子のことを聞いているのではないかという気がした。

庄平は、それを隠すために、今度はある程度のことをほのめかすつもりになった。またいつまでも息子に黙っておくわけにもいかないので、打ち明けた。

「実は、先方へ見せるものに心当たりがないこともない。村上社長の意向では肉筆浮世絵が欲しいらしいね。そういうものを持って行ったら、いつでも飛びついてくるそうだから」

「そいじゃ、駒井さんの言ったこととおんなじじゃないか」

「向こうの意向がそうだから、結局おんなじになる」

「で、お父さんに心当たりというのは？」

「うむ……。ちょっとした肉筆の絵が入りそうなんだ」

或る絵描きに描かせるとはまだ息子にも言えなかった。ひとつには牧村青年がやはり和子の線から出てきたからでもある。

「その画は古いの?」

時代の旧い贋作かという意味だった。

「いや、新しい」

「ふうむ」

健吉はじっと親父の顔を眺めていた。

「そんなことをしても大丈夫かな?」

早くも庄平が何を考えているか息子は察したのである。

「まあ、初めはおみやげのつもりで持参するよりほかあるまい」

庄平は弁解じみて言う。

「それをきっかけに出入りを許してもらう。そのうちに筋のいいのを入れたらいいんじゃないか」

「そうだな」

「そうしなければ、とても初めからいいものがこっちの手に入るわけはないよ。おそらく駒井だってそんなことを考えているのだろう。だから、彼の持って行くものもずいぶん怪しいものだ。こちらはあいつに負けないものをせいぜい心がけなければいかん」

「心当たりがあるという画は、いいものかね?」

「おれは相当なものだと思う。……いや、実はね、それで少し困ってるのは、絵が少々新しい。それには時代色をつけなくてはいけない」

庄平は、そこまで言って急に気がついたように、

「なあ、健吉、誰か、そういう古色をつける専門の人物を知らんか？」

と息子の顔をのぞきこんだ。

庄平は、牧村憲一に絵を描かせるとしても、その古色をつける手段に悩んでいた。それがなくては、いかに絵が江戸時代の肉筆浮世絵に似ていたところでニセモノだといっぺんにわかってしまう。それでは村上社長に見せても、わざわざニセモノを持ってきたと思われて逆効果となる。

素人がたとえそれを怪しいと思っても、ニセモノかホンモノかわからないところに興味があるのだ。

庄平は、自分に心当たりはあっても、うかつにそんなことは相手に頼めないから、一応健吉に古色をつける技術者はいないかときいたのだった。

「そうだな」

健吉は考えていたが、

「柿元さんはどうだろう？」

ときいた。上野の池の端に居る柿元阜泉《ふせん》なら庄平もよく知っているが、彼は浮世絵の大

蒐集家であり、その方面の商売人としてあまり有名すぎる。春峰庵事件にも関係して、法廷の裁きもうけた人間だ。そんな玄人にこんな事情を明かせるものではない。それこそ柿元阜泉の口から宣伝されたら、こっちの信用がガタ落ちになるのである。

「ほかに居ないかな？　柿元阜泉はあんまり名が知れすぎているよ」

「それもそうだな」

健吉は賛成したが、さて、次に浮かぶ適当な候補者がないらしい。

「柿元は有名だし、といってほかの男は腕のほどが信用できないし……」

行き悩んでいる。

「そうだ。いいことがある」

何を思いついたか、健吉は膝を打った。

「こういうことは他人に頼んではどう露顕するかわからない。仲のいい間はこっちの秘密を守ってくれるけど、いったん仲違いすると暴露しかねないからね。他人はとかく自分が手伝ったことは言わないで、相手の弱点しか宣伝しないからね」

「そこがおれにはこわい」

庄平はうなずいた。

「お父さん、いっそのことぼくがその古色づけをやってみようか」

「え、おまえが？」

庄平は、息子の顔を見た。

「うむ。それが一番安全だろうよ」

「しかし、おまえにそんなことが出来るかい？」

「理屈のうえでは大体わかってるがね、理論と実際は違うから、やってみないとわからないけどな」

「頼りないな。大事な絵をやりそこなってしまっては台なしだよ」

「もちろん、ぼくが初めから怪しげな知識でそんなことをしようとは思わない。ほら、お父さんも知っている、以前に柿元阜泉の弟子がいたね。一番弟子格だったが、女狂いで柿元のところを追い出された原平治という男さ」

「うむ、うむ、あの男なら思い出したよ」

「原に頼んで、おれが古色をつける技術を彼から習ってみよう。それだったら、きっと安全だと思うよ。もちろん、相手には何も話さないで、いたずら半分にやってみるということにしては？」

「そうだな」

健吉は面白いところに目をつけたものだ、と庄平は思った。


（下巻につづく）

人間葛藤《かっとう》を浮き彫りにした大作　中島河太郎《なかじまかわたろう》（文芸評論家）

千枚を越すこの大長編では殺人事件は起こらない。それにもかかわらず、策謀と血族の秘密を解き明かすプロセスは、終始サスペンスを孕《はら》み、老巧な筆は読者を捉《とら》えて離さない。立身出世美談と経営哲学に飾られた億万長者の実態を抉《えぐ》り、古美術骨董界の陋習《ろうしゅう》を糾弾《きゅうだん》しながら、愛人を囲った老骨董商をめぐるさまざまな人間葛藤が浮き彫りにされる。推理小説の多くが、いかに絵空事《えそらごと》にすぎぬかを痛感させるほど、著者の感触はみずみずしい。

カッパ・ノベルス版のカバー袖より

一九七九年十月カッパ・ノベルス（光文社）刊

※本作品中には、今日の観点からすると差別的な用語・表現が含まれています。しかしながら、著者がすでに故人であること、作品が書かれた時代背景などを考慮し、また、著者が差別的な意図をもって使用したのではないと判断し、発表時のままとしました。

（編集部）

光文社文庫

長編推理小説
雑《ざつ》草《そう》群《ぐん》落《らく》（上）　松《まつ》本《もと》清《せい》張《ちよう》プレミアム・ミステリー
著者　松《まつ》本《もと》清《せい》張《ちよう》

2014年4月20日　初版1刷発行

発行者　駒井　稔
印刷　堀内印刷
製本　榎本製本

発行所　株式会社　光文社
〒112-8011　東京都文京区音羽1-16-6
電話（03）5395-8149　編集部
8116　書籍販売部
8125　業務部

落丁本・乱丁本は業務部にご連絡くだされば、お取替えいたします。
ISBN978-4-334-76731-0　Printed in Japan

組版　萩原印刷・ジェイエスキューブ

お願い　光文社文庫をお読みになって、いかがでございましたか。「読後の感想」を編集部あてに、ぜひお送りください。

このほか光文社文庫では、どんな本をお読みになりましたか。これから、どういう本をご希望ですか。どの本も、誤植がないようつとめていますが、もしお気づきの点がございましたら、お教えください。ご職業、ご年齢などもお書きそえいただければ幸いです。当社の規定により本来の目的以外に使用せず、大切に扱わせていただきます。

光文社文庫編集部

読み継がれる名著

〈食〉の名著

吉田健一　酒肴酒

開高　健　最後の晩餐

開高　健　新しい天体

色川武大　喰いたい放題

沢村貞子　わたしの台所

数学者の綴る人生

岡　潔　春宵十話

遠山　啓　文化としての数学

名写真家エッセイ集

森山大道　遠野物語

荒木経惟　写真への旅

吉本隆明　思想の真髄

吉本隆明　カール・マルクス

吉本隆明　読書の方法　なにを、どう読むか

光文社文庫

ミステリー文学資料館編 傑作群

幻の探偵雑誌シリーズ

1「ぷろふいる」傑作選
2「探偵趣味」傑作選
3「シュピオ」傑作選
4「探偵春秋」傑作選
5「探偵文藝」傑作選
6「猟奇」傑作選
7「新趣味」傑作選
8「探偵クラブ」傑作選
9「探偵」傑作選
10「新青年」傑作選

甦る推理雑誌シリーズ

①「ロック」傑作選
②「黒猫」傑作選
③「X（エックス）」傑作選
④「妖奇」傑作選
⑤「密室」傑作選
⑥「探偵実話」傑作選
⑦「探偵倶楽部」傑作選
⑧「エロティック・ミステリー」傑作選
⑨「別冊宝石」傑作選
⑩「宝石」傑作選

森村誠一ベストセレクション 全7巻

45編の名作で編む自選傑作短編全集

作家生活45周年記念企画

この全集は、森村誠一の「作家の証明」である。

雪の絶唱
雪の絶唱　喪中欠礼　祖母為女の犯罪
花刑　連鎖寄生眷属　神の怒色

空白の凶相
空白の凶相　完全犯罪の座標　終身不能囚
凶原虫　うぐいす殺人事件　集合凶音

北ア山荘失踪事件
北ア山荘失踪事件　虫の土葬　魚葬
燃えつきた蠟燭　堕ちた山脈　魔少年
死海の廃船

溺死水系
溺死水系　肉食の食客　雪の螢　異常の太陽
青の魔性　被殺の錯誤　残酷な視界

空洞の怨恨
空洞の怨恨　殺意の造型　姦の毒
垂直の陥穽　赤い蜂は帰った　神の光源

鬼子母の末裔
鬼子母の末裔　蜜葬　禁じられた墓標
高燥の墳墓　神風の殉愛　ラストファミリー

二重死肉
二重死肉　夢の虐殺　魔犬
殺意を抽く凶虫　単位の情熱
枕に足音が聞える　ひと夏の形見

光文社文庫

松本清張短編全集 全11巻

「清張文学」の精髄がここにある!

01 西郷札
西郷札　くるま宿　或る「小倉日記」伝　火の記憶
啾々吟　戦国権謀　白梅の香　情死傍観

02 青のある断層
青のある断層　赤いくじ　権妻　梟示抄　酒井の刃傷
面貌　山師　特技

03 張込み
張込み　腹中の敵　菊枕　断碑　石の骨　父系の指
五十四万石の嘘　佐渡流人行

04 殺意
殺意　白い闇　蓆　箱根心中　疵　通訳　柳生一族　笛壺

05 声
声　顔　恋情　栄落不測　尊厳　陰謀将軍

06 青春の彷徨
喪失　市長死す　青春の彷徨　弱味　ひとりの武将
捜査圏外の条件　地方紙を買う女　廃物　運慶

07 鬼畜
なぜ「星図」が開いていたか　反射　破談変異　点
甲府在番　怖妻の棺　鬼畜

08 遠くからの声
遠くからの声　カルネアデスの舟板　左の腕　いびき
一年半待て　写楽　秀頼走路　恐喝者

09 誤差
装飾評伝　氷雨　誤差　紙の牙　発作
真贋の森　千利休

10 空白の意匠
空白の意匠　潜在光景　剝製　駅路　厭戦
支払い過ぎた縁談　愛と空白の共謀　老春

11 共犯者
共犯者　部分　小さな旅館　鴉　万葉翡翠　偶数
距離の女囚　典雅な姉弟

光文社文庫

松本清張

プレミアム・ミステリー

カッパ・ノベルスから生まれた
傑作ミステリー！

告訴せず

内海《ないかい》の輪
「死んだ馬」収録

アムステルダム運河殺人事件
「セント・アンドリュースの事件」収録

考える葉

花実《かじつ》のない森

二重葉脈

光文社文庫